NOW OR NEVER

岸上的灯光

触不到脚下的海水

海风一过

只看见一层黑黝黝的涌动

掐灭的烟亮了

睛了

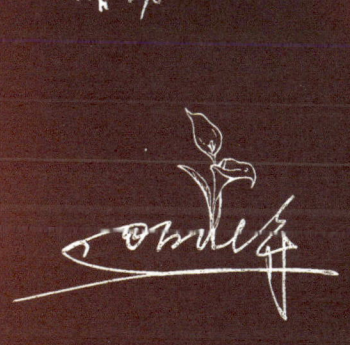

万丈红尘之轻

Above The fates

四百八十寺
著 ———

国际文化出版公司
·北京·

岸上的灯光触不到脚下的海水，海风一过只看见一层黑黝黝的涌动。

第一篇章　命运的轮盘……001

第二篇章　岸上的灯火……117

第三篇章　海上的日出……207

第四篇章　废墟与和平……223

目录 *Contents*

# Above
## The fates

第一篇章 | 命运的轮盘

## 01. 命运

明逾抬头便看见会所外几个酒红色的字母：FATES[①]——亚光的色泽，朴素的字体，在周边拼命争奇斗艳的霓虹灯牌映衬下，显出一种傲慢的低调。

FATES 是睥睨众生的。

自大，明逾勾出一抹若有似无的笑来。她常想，四十年前那三个女人是有多自大，才想得出这个公司名来。她们自认为是命运的三女神。

其实你我她不过一只只庸常蝼蚁，而那些在自己眼里大过天的事，不过是茫茫世事中的一粒尘埃。这是明逾扎根国际派遣行业十年私酿出的世界观。世界在变，新的世界观也在发酵。

C 城是 FATES 的全球总部。国际派遣行业是二十世纪七十年代伴随经济全球化兴起的一门年轻产业，说白了就是帮助跨国公司实现人才跨地区、跨国界调动，这里面包含了人力资源、物流、财务咨询、法律咨询，甚至房地产等一系列服务模块。

FATES 几乎是这门年轻产业的垄断巨头，而明逾，则是这艘巨头航母上一台不可或缺的制动机。

两小时前，中部时间下午四点，明逾裹着素袍在家中等礼服。

手机响了，显示来电者是 PR 家的销售卡茜。小众高级奢侈品的销售都练就了一身稳重气场和一口精英措辞，以此来和见多识广的人打交道，绝不像 G 家、L 家之流的销售，青黄不接。

---

[①] 全称 The Fates，公司名，出自希腊神话"命运三女神"。

"Ming，亲爱的，除了在等裙子外希望你一切顺利，帕特里克随时都会在你的家门前出现，请放心。"

明逾没给自己取英文名，她在国外的名字按照外交姓名礼仪写作Ming Yu，而不是Yu Ming，明逾就是明逾，为什么要跟着老外倒过来念？有的外国人发不出Yu，他们发成Yiu或者You，并以为这是她的姓，这倒挺好，明逾宁愿被叫作Ming。

卡茜做明逾的生意做了九年，算是老熟人了。

"卡茜，我还有一小时的时间换衣服。"

"足够了，亲爱的。裙子完全按你的尺寸缝制，无须担心。但是我让帕特里克给你捎带了一条红色的，款式稍稍不同，2号。请原谅我的自作主张，我只是想多提供一种选择，多个选择总不是坏事，我想。"

红色？她疯了吗？明逾摇了摇头："我看看吧，谢谢。"

"另外，我还让帕特里克带去了一套裤装，你知道PR不太出裤装的，这是珍品，我一眼就爱上了它，是你的尺寸。等你有时间再试，不喜欢的话给我电话，我去取。"

"我一会儿看看，"明逾话说到一半，门铃响了，"他到了，回聊。"

红裙像某种诱人的半液态甜品，足够抓人，但不是明逾的菜。定制的黑色礼服裙自然留下，也留下了裤装，这样的新品只有很熟的客人才能拿到。

这会儿她站在会所门口，抬头看那临时架起的公司LOGO。今晚FATES在这里举办酒会，她是主人。

作为全球两大地区的销售总监，明逾筹备了这场酒会来答谢客户，也将它当作一个绝好的拓展人脉的机会。FATES与客户的第一联系人总是出自人力资源部门，他们将人员调遣的任务外派给FATES，再深一层，就要接触其他C级别的执行官。而这场酒会所邀请的，都来自相当有实力的跨国集团。

会所门前用红毯铺着七级台阶，每上一层，明逾脸上各处便本能地调节着，等台阶上完，她的面孔已微绽精致而专业的笑容，这抹笑要拿捏精准，增一分则太过用力，减一分则缺少诚意。

特助在内门检查花束，看见明逾走进来："Ming，你今晚看起来容光焕发！"

"谢谢，艾希丽，你看起来也棒极了！我喜欢你的……"她带着赞赏扫过对方的一身行头，"鞋子。"这是女人之间惯常的吹捧，甚至可能打娘胎里便天天听，说起来天经地义，嘴唇一碰，舌尖挑动，眼神忽闪，便完成了。

艾希丽脸上一红，信了她的话。

明逾打开手包，取出一只小巧的盒子，是印着PR家LOGO的巧克力，刚才帕特里克带来的。明逾把盒子递给艾希丽："补充点能量吧，食物还有一会儿才上。"

艾希丽接过巧克力："Oh my gosh...①""谢谢"还没讲完，明逾已经飘走了。

这家会所的酒宴明逾来过多次，这场的captain②是罗杰，明逾对他很是放心，罗杰指挥的酒会往往收尾圆满，他的调酒师也是一流的。两人站在吧台前聊了聊，各自遵循着得体的寒暄模式，这模式在冠冕堂皇的场合屡试不爽。

罗杰继续去张罗了，明逾沿着会场走了一圈，快六点了，第一批客人很快就会到场。她绕到后厨，抓到罗杰的那个调酒师："嘿，尼克，我在想，能不能先给我一杯'日落'？"

这是她最爱的一款鸡尾酒，每次举办大型活动前，她都会小酌一杯，借此挥发掉最外层的那点不必要的拘谨和矜持。

客人们陆续来了，明逾又拈着一杯红酒四处应酬。

"凯蒂！嗨！你从国外度假回来了？那边的天气怎么样？"

"维克多，你大概难以相信，我的一位新客户也是湖滨飞行俱乐部的成员……"

"劳拉，我一会儿介绍位朋友给你认识，城西那片地，对，Z区，

---

① Oh my god 的另一种说法。
② 调度员，领队。

就是他们开发的,我想你有必要认识他。待会儿一定要告诉我你的唇膏色号,简直太美了。"

"白鲸"的人是六点半到场的,迟到半小时不算什么,他们能来,明逾还是有面子的。

走在前面的是白鲸驻 C 城的人力资源 VP[①]米歇尔,旁边是他们的法务部 VP 布莱恩,后面是两个亚裔女人,其中一个长发如缎,垂在腰间,笑盈盈地走过来。

女人看着不过二十五六岁,耳钉、裙子、手包、鞋……都是辨识度很高的经典款,明逾看在眼里,轻蹙了眉头。后面那个亚裔女人只进门时在明逾眼前一闪,这会儿脸孔已被长发的那位遮住,明逾只看见她头发和自己的差不多长,也许更短一些,在肩和后颈之间。这倒没什么,关键是她一身通勤套装,艾希丽发出去的邀请函对着装要求写得很清楚:晚礼服。

明逾正想着白鲸这次怎么这么不靠谱,米歇尔看到她,眉眼笑开了,过来亲热地将她搂了搂,蓬松的金发挠在明逾脸上。"Ming,我亲爱的,你看上去真不错,让我给你介绍两位同事。"米歇尔侧过身,突然想起布莱恩,诙谐地一摆手,"呃!布莱恩这家伙不用我介绍了,你瞧,我都忘了他!"

明逾亦笑着和布莱恩握了手:"谢谢你能来,布莱恩,希望今晚可以过得愉快。"

"Ming,请原谅 Lynn,"米歇尔说着请出了最后面的那个亚裔女人,"Lynn 是下午从 S 城总部赶来出差的,我临时将她带了来,所以没有准备晚礼服。Lynn,这就是 the fate of FATES[②]: Ming You!"

大家听着这介绍都笑了,明逾给米歇尔投去领情的一瞥。

"很高兴认识你,"Lynn 伸出手,"明小姐。"她用标准的中文说出

---

① 全称为 Vice President,意为"副总"。
② FATES 的命运,此处一语双关。

后三个字。

明逾接过她的名片——一张素白卡片，别说头衔，连公司名都没有，名字倒是双语的：Lynn Chin；下一行：陈西林；中文是简体字，再下面，是一串电话号码，总算体现了一点名片的价值。

"陈小姐，也很高兴认识你，着装的事请不要在意。"明逾笑着递上自己的名片。

陈西林颔首笑笑，她的话不多。

"Ming，这是 Jessica Chiang，刚刚被提拔为设计部用户体验经理。"米歇尔又介绍长发的那位。

"你好，杰西卡，恭喜你，"明逾也给她递名片，"要知道在白鲸被提拔一定要很优秀。"她边说着边低头看杰西卡递上的名片：Jessica Chiang；江若景。

白鲸什么时候给双语员工都印双语名片了？明逾想。

"这确实是杰西卡应得的，你都想象不到她有多努力。不过，Ming，杰西卡应该会成为你们的下一个客户，不久她就要被派遣回中国了。"米歇尔宣布。

明逾的笑不易觉察地凝了凝，转身看杰西卡，不经意挑起一侧眉："这是白鲸在 C 城的损失。"

杰西卡笑了笑："过奖了。"

"我会确保 FATES 的团队好好照应杰西卡小姐的搬迁。"

到了八点半，已有客人离席，明逾偷了个闲抓了外衣去楼顶的露台独处。

九月初的 C 城，夜晚已开始转凉，明逾看着雾气中错落有致的天际线，又看着近前映满霓虹的河水和湿漉漉的街道。这个点，上班族早已退去，餐厅中不时有三三两两的人走出，他们大多还穿着通勤的衣服，应该是刚刚结束一场小规模的商业应酬。约会的人不多在这一街区出现，他们一般在四五个街区外的酒吧和住宅区。

明逾点起一支烟，在露台上架着胳膊。

突然被人从身后拍拍肩膀，明逾的身子僵了僵，随即放松下来："你怎么在这里？"

"看你不见了，猜想在这儿能找到你。"

"我是问，你怎么来这场酒会了？"

"明总是觉得，我连你的酒会都没资格参加？"

明逾本能地想要否定，又想了想，好像自己确实是这意思，这场酒会邀请的都是各大集团的高层。

"呵呵，"女人在身后笑了笑，"逾，我要走了。"

## 02. 派遣

"怎么这么突然？"明逾转回身，"走前还升职了？"

江若景从她手里取过一支烟，点燃吸了一口，缓缓吐出："他们要派我回国，所以先给了我一个头衔，算是镇一镇国内公司的人。"

明逾弯起唇角，看着眼前的女人，她成长了太多。五年前江若景刚工作不久时被从国内派到 C 城，牙齿不整齐，"奔驰"她说"Benz"，别人说"Nice to meet you"，她答"Me too"；现在的她，牙齿矫正了，不说"Benz"而说"Mercedes"[①]，也晓得回答"You too"。

明逾看她抬手将瀑布般的黑发拂至耳后，露出精致的一张脸。

"小妞。"明逾唤她。

江若景闻言侧头看她。

"你很棒。"

"你指什么？我今天的打扮，衬得上你的酒会？"

明逾倒抽一口气："我跟你说过，从头到脚，能让人一眼认出的品牌，不要超过两个。"

"你还是嫌弃我咯。"江若景噘起嘴，"逾，我要走了。"

"我们还会见面的。"

---

① 即 Mercedes-Benz（奔驰），汽车品牌名。

"可这不是我想要的。"

"这是你能得到的，"明逾拢了拢长发，"我要进去了，你留在这儿吗？"

江若景在昏暗的露台上咬着唇，不回答这个问题。

"我先进去了。"

酒会到了这个时候，往往分出两批人，本就是走过场的已然离席，享受这夜晚的都喝得有点高，飘飘然意犹未尽。唯独角落里坐着的陈西林，明逾看不出她属于哪一种。

"陈小姐，怎么样？今晚还开心吗？"明逾递过去一瓶矿泉水。

"谢谢明小姐，"陈西林转头朝她笑，接过水，"我挺享受，酒会很成功，祝贺你。"

明逾料她是没有在国内工作过的，国内的人爱称呼"某总"，但还搞不清陈西林的身份——米歇尔介绍她时含糊其词，她的名片上也是一片空白。这些应该都是故意的，明逾自然也不会追问。

"陈小姐要在C城停留几日？还习惯吗？"

"C城也跑过几次了，"陈西林一拧，瓶盖开了，"停留多久还真说不清。"

明逾在她身边坐下，偏过头拢头发，顺便用余光看陈西林。陈西林这身装束在今晚虽显不合时宜，像会所的工作人员，但套装里裹着的身体无疑是修长挺拔的。这会儿陈西林微仰着头喝水，两条长腿在挺括的裤管里伸直了，长腿的尽头是一双银灰色的优雅细高跟，鞋跟上镶着颗钻，若隐若现。

陈西林盖上瓶盖，偏过头朝明逾笑了笑。她有种让人感到安适的美，头、脸、五官，都算小巧，拼在一起却不是小家碧玉的风格，反而有种浑然天成的大气，没有攻击性的那种大气。

明逾和陈西林一同坐在这排没有脚的矮沙发上，这是整个宴会厅唯一让人感到休闲放松的角落。她的脑袋放空了，眯着眼看着大厅里的光怪陆离，回过神又觉得有些奇怪，好像头一回，在陌生人面前没有感到非得找些话题的压力。她就那么懒懒地坐着，和陈西林一起，两人都不说话了,却并不尴尬。

九点半,客人都走光了,明逾谢过了罗杰和他的班底,一个人朝停车场走去。从电梯上到五层,明逾摸出手机轻触一下,车子启动了。

江若景站在车尾,吓了一跳,抬头撞上正走过来的明逾。

"你怎么还没走?"明逾问。

"等你……看你还能不能开车。"

"我没事,其实只喝了一杯鸡尾酒和一杯红酒,而且已经过去好几个小时了。"

"明逾。"

明逾面上冷了一些,打开车门:"我送你回去。"

江若景不再要求,只坐进车里,低头不再作声。

"什么时候走?"明逾问。

"初定十月。"

"交给我们做了吗?"

"还没有吧。"

"得抓紧了,只留两个月的时间都会很匆忙。"

江若景抬起头静静地看着她。

明逾熄了引擎:"若景,你有什么话想对我说吗?"

"没有。"江若景低下头。

明逾沉默了,半晌又说:"是你自己要求回去的吗?"

"一半一半,我的签证也快到期了,续签不好办。"

"嗯……"明逾拧着眉头想了想,"国内现在挺好的,以你在海外这些年的资历,再加上自身能力,回国可能比留在这里更有前途。"

"逾……我回去……家人就会逼我和那个相亲男结婚了。"

明逾去摸烟,突然想起这停车场禁止吸烟,手上摸了个空,心里烦躁起来。她不知道该如何帮江若景解决这个问题。

"逾,我只想要问你的意见。"

"我在这方面的经验有限,很难给出妥当的意见。"

拒绝的话最容易讲,她习惯了如此,过多的解释也不过是围着冷漠的本质兜圈：我没有时间和精力去管别人怎样，每个人的内存空间都有限，我的全被工作占着，我是个打工的，需要每小时、每天的薪水，需要每笔提成去维持我现在的生活和地位，不能出错。

即便她说得掏心掏肺，对方也不会认同。

江若景低头笑了笑，是啊，这不是明逾喜欢的相处方式。

她伸了个懒腰，眯起媚眼："再说吧。明总送我？"

"送你去哪儿？"明逾发动起车子。

江若景歪着头，刚才不是说好了送自己回家？她声音也轻了："送我去天堂？"

明逾偏过脸来看着她漂亮的眉眼。

什么东西透过车前窗照进来，一闪又消失了，明逾转过头，对面一辆车正驶离，驾驶座上的女人是陈西林，唇角还含着一抹笑意。

到了十月，C 城就冷起来了。

职场远没有那么光鲜，对于明逾来说，工作更多的是日常的烦琐事务，酒会之类的活动不过是烦琐事务中的重活儿。

她刚从 N 国飞回来，拎着两盒巧克力糖随电梯升到九层，出差度假回来能带给同事的最好礼物就是糖果，带这些总不会出错。

九楼是做派遣人员家用品搬迁业务的部门，明逾搬了只高脚椅坐在走道和他们聊天。

"女士们、先生们，有没有好好照顾我的客户呀？"

"当然了，Ming 的客户都是我们的重点优先目标啊！"皮特说得奉承，自己也意识到了，带头笑起来掩饰尴尬，其他人也跟着哄笑。

Ming 的客户？明逾眯起眼睛想，Ming 的客户可不就是公司的大头吗？

"大客户们怎么样？有没有客客气气地待你们？"她又问。

FATES 的客户分普通和 VIP 两种，像白鲸这样每年人员跨境调动近万起的就是 VIP 客户，而 VIP 客户里又有凤毛麟角的保密高层，他们的调动是商业机密，FATES 的人员不可以透露，甚至对内也不能谈论，而且他们的一切个人资料，包括姓名，是不能够输入公司系统的。

每个部门都有几个熟手专门面对 VIP 客户，他们不光业务水平要高，个人素质还要过硬，知道如何与这些 VIP 的高层交流。有趣的是，你会发现每个企业都有它独特的性格：A 公司的客户都比较好说话，B 公司的客户都比较苛刻……大约企业招人时都会选择与企业文化贴合度高的候选者，进去后再继续"腌制"，味道就都差不多了。

"我这周的还行，"卢埃拉粗声说道，"嗨，约翰，你上周那个客户要干啥来着？要不要和 Ming 分享一下？"

在这边，如果你看到一个又长又有法语味的美丽女名，几乎就可以断定是个非裔女人，她们的父母特别钟爱这种类型的名字。

"噢，简直不敢相信，上周一位客户坚持要带五十二瓶窖藏葡萄酒。"

"从哪里到哪里？"明逾问。

"J 城到 R 国。"

"哟……"明逾皱眉，"那可是红标国家[①]……怎么解决的？"

"跟他解释这批酒要单独运，他的公司不负责运费和海关税费，要自己掏钱，他还在考虑中。"

"嗯……"明逾想着，"确保他知道这是我们的额外帮助。"

"好的，Ming。"

五十二瓶红酒，明逾想，也许是那位客户半生的收藏，可对于 FATES 来说不过是某天某单中的一个小麻烦。其实这些细节问题都不是她该操心的，她只是时不时来业务部门表达一下关怀，也顺带了解些情况——他们的主管不会向上汇报的情况。

"Ming，N 国好玩吗？听说那里的酒吧很有特色？"美女温蒂问道。

"对啊，会售卖一些我们这里不被允许售卖的东西。"明逾说得认真。

"真的吗？"温蒂的蓝眼睛倏地放大。

"可能吧。"明逾看着她笑。

温蒂脸红了，大家笑了起来，哄笑中明逾瞥见小隔间里辛迪仕讲

---

[①] 在国际派遣行业里，红标国家有非常严格的进出口限制。

电话，神情颇为严肃。

她站起身："好啦，大伙儿。Keep up the good work![①]"

在大家的道谢声中，明逾往小隔间走去，越走近听得越清晰，辛迪口中不断蹦出"你的飞机"这个短语，等走到近前，辛迪正好挂了电话："嗨，Ming！"

"嗨，辛迪，怎么，有麻烦吗？"

"没有没有，不过倒挺有趣，"辛迪放低了声音，神神秘秘地说，"这位白鲸的高层有意向运一架私人飞机去海城。"

"运？直接飞去咯！"明逾听到"白鲸"两个字，特别关注起来，不自觉地凑上前去。

辛迪一边将电脑显示屏朝她转去，一边说："是直升机，飞不了那么远，她在这边代步用的，听说海城交通也很堵，她在考虑运过去。"

明逾朝屏幕看去，上面显出一张 E 国护照，名字是"Lynn Si Chin"。再看照片，明逾完全将她认出了，是那个身份不明的陈西林。

"她要搬去海城？"明逾问。

"对，计划年底人先过去。"

"这么急……飞机……她是认真的吗？"

"就了解一下，我跟她说了关税的事，还不如买架新的。"

"不光是关税啊，中国对私人飞机管制很严格的。停在哪儿？一天多少钱？要飞的话是否能申请航线……这些都考虑进来的话很不切实际。"

"是的，所以她也只是打听一下，看是不是她想的那样，听口气应该是放弃了。"

明逾刚要再说什么，内部广播响了，前台通知她去顶楼1603会议室。

她翻了个白眼，往电梯口走去。

---

[①] 继续努力！

## 03. 食言

明逾打开会议室的门,窗边站着个高大的身影,掐着腰看着窗外。

"你就这么用内部广播呼我过来?"明逾站在门口,不想进去。

伊万转过身,浅棕色眼睛里透出笑意:"进来吧,好歹我也是FATES的董事,找你跟我汇报工作总可以吧?"

"请问你需要了解哪些工作?"明逾依然把着门。

伊万笑着走过去,想将她背后的门关上。

"你小心点,"明逾低声控诉,"我会向HR[①]汇报性骚扰。"

"逾,"伊万将这个字说得字正腔圆,他九年前练了很久,"我有事找你谈。"

明逾冷冷地站着,看他关上了门。

"最近怎么样?"伊万问。

"你有什么事?"

"一点热场的客套话都不能有了吗?逾,我对你……也不太坏。"伊万脸上闪着无奈的笑意。

明逾看着他,九年前的他英俊挺拔,像极了一个好莱坞演员,现在已微微发福了,跟着他妻子一道发福。

她突然觉得自己刚才太过认真,这些年,这些人,早将她锤打成一个不去较真的人。她坐在会议桌旁,叠起腿,吐字也润滑起来:"我还不错。你呢?最近又去哪儿快活了?"

"哈,我有什么好快活的?我要是个寻快活的人也不至于——"他的话戛然而止,看着明逾渐渐皱起的眉,不想拱她的火,"亲爱的,我记得八年前……七年前,你很想要个孩子?"

明逾挑起眉看着他。

"现在呢?"

---

① 人力资源部门。

明逾的眼中喷出火来："你想说什么？"她的声音反而是轻轻的。

"那天我在网络新闻上看到你的视频，别误会，你看起来还是那么年轻美丽。逾，如果你还想要个孩子，或许我可以帮忙……"

"你有病？"

伊万的双手都举了起来，做投降状："缓缓，缓缓好吗？首先，我来会议室跟你说这些是因为你把我赶出了FATES，我连个办公室也没有了，你也不回应我的私人电话。其次，这件事于我个人毫无好处，我只是单纯地向你提供一种可能，毫无冒犯之意。如果你还想要孩子，也没有合适的人选，并且不愿意用精子库的话，我，是你的一个选择。我表达清楚了吗？"

明逾的唇角挂上一丝冷笑："突然来找我提这个，你想要什么？"

伊万的眼眸闪过一丝无奈的笑意，瞬间消失了，他低头看着明逾："逾，我们不继续说了，你记着我的这句话就行。"

明逾笑了起来。"你对自己，"她从上到下打量着伊万，"究竟有什么自信？"

"你误会了。"伊万认真地将她看了看，"看来那些关于你的传闻是真的……OK，我们不讨论这个问题，我是说，如果你需要，我们去医院做。"伊万说得真诚，"如果你不想孩子和外界知道生父是谁，我们甚至可以找律师签署保密协议，总之，一切按你的要求，我不占任何好处。"

明逾眯起眼睛，长长地呼出一口气："董事先生，请问还有别的事吗？"

"除了祝你一切顺利，Ma'am①，没有了。"

"那就滚出去吧。"她轻声说。

伊万走了，明逾的腰再也挺不起来了，她的手肘支在桌上，脸也向着手肘倒了去。

她恨起自己了。

---

① 英语中对成年女性的口语化称呼。

这些年，人前的光鲜都不足以让她停止鄙视自己，伊万是 FATES 的股东，如果他愿意，滚出去的是她。

FATES 要并购 N 国的竞争对手郁金香公司，明逾这次出差去 N 国也是为了这桩事。晚上和 CEO 开视频会议到九点，会议结束全然没有了吃晚饭的欲望，明逾洗了澡爬上床，大脑却还歇不下来。

人的精力放哪里，哪里总会好起来，就像这些年，明逾的心思全在事业上。

七年前她却没这么上进，那时工作说得过去就行，心思在感情上，却不见多好的回报，桃花开了谢、谢了开，一颗桃儿也没结出来。她发现了，有些事努力也没用，比如说感情；有些事努力总有用，比如说事业。所以这一句"人的精力放哪里，哪里总会好起来"，关键在于"好"字怎么定义：落到感情上，就是丰富；落到事业上，就真是好。

她是活到五年前才明白该在哪里使劲的。

明逾脑中胡思乱想，手机亮起了警报，院门开了，显示"闯入者"是江若景。

明逾住在城北区，几百年来 C 城的 old money[①] 都聚居在这里，如今想住这片区，门槛没有那么高了，老贵的子孙们都将家族的两三层小楼拆开了卖掉或者租掉，一层一卖，中产者也能买得起。

明逾四年前买了这栋两层小楼，警报系统、摄像头全副武装，前门设了三套指纹锁，一套是自己的，一套是那个家政阿姨的，后来她给江若景设了第三套，方便自己不在家时江若景来放取东西。每次有人用指纹开锁，她的手机都会收到提示，显示是谁进来了。可她也给江若景立过规矩，自己在家时，要按门铃进来。

她拧开床头灯，脚步声到了卧室门口，却踟蹰不前了。

"明逾。"江若景在门外细声唤道。

---

① 很早以前就积累起财富的家庭。相对于后来发家的新贵。

"进来。"

门开了,江若景像做错事的孩子,怯生生地站在门口,一头缎子般的秀发微微闪光。

"我路过这里。"

明逾知道她还有一个月就走了,不忍再责备,便叹了口气:"今晚住客房吧。"

"哦!"江若景说,"我……那我先去洗澡!"说完转身去浴室。

明逾处理了几封邮件,江若景洗完澡出来坐到她身边。

"若景,"她给出了之前拒绝给出的建议,"如果你确实不想和那个男孩子结婚,就不要勉强自己,人生太短了。"

江若景眼中一闪。

明逾看在眼里,继续慢慢说道:"我希望你不要稀里糊涂地打发自己,不要非此即彼,搞清楚自己究竟还能不能接受那个男孩子。这是需要你自己考虑清楚的,没有人能够帮你。你们也交往几年了,虽然异国异地,但感情基础是有的,如果说你可以收心和他过日子,你选了他,就不要再想其他可能,他是无辜的。若不能接受他,你得再想想要不要回国。要知道,遇到一个人不难,相守下去却是问题,干扰因素太多了。"

江若景像掉进水里的浮标,跟着她话里的意思浮浮沉沉。她的脑袋只在分析一件事。

"你也觉得我该回去,是吗?"分析到最后,她就问出了这句。

江若景想了想,又问:"回国不能不结婚吗?"

"能,但你要做好准备。"

江若景听得愣了神,半晌:"你的前任……"

明逾打断了她:"现在不谈我,只谈你。我希望我的话你能真正听进去。如果,我是说如果,你在慎重考虑后,选择留在这里,告诉我,我可以尽力帮你,白鲸那边我可以帮你和你的上司们交涉,把你留下来。"

江若景喉间一涩,沉默下来。

## 04. 谈判

　　如果你以为被外派的都是牛人，可就错了，大概三分之二的国际派遣是为了节约人力资源成本。五年前江若景来到 C 城，就是她个人和白鲸的双赢。

　　如今她要回去了，带着翻了几番的身家。明逾的建议她认真考虑过，但还是决定回国。她明白了，留在国外，她永远是明逾的小跟班，永远比明逾矮上几截，那差距是她在国外追不上的。她没有明逾那么好的运气和本事，在一个非母语国家能够不被边缘化，能够混得风生水起，她的专业性质也决定了她赚不到明逾赚的那些钱，除非中彩票。

　　回国就不同了。回国，她或许能活成另一个明逾。

　　怀揣这么宏伟的计划，江若景坐在候机厅里都没么伤感了。

　　明逾此刻坐在香港的一家酒店的行政酒廊等人，手机提示响了，显示江若景的航班即将起飞，她拨通了电话。

　　"在候机了吗？"

　　"在了！"对方声音里洋溢着欢喜。

　　"自己小心喽，争取睡一觉。"

　　"逾，我剪了头发！"

　　"嗯？"

　　聊天软件"丁零"一声，她已将自拍发过来。

　　明逾看着觉得也没太大变化，再仔细一看，齐腰的头发剪成了齐肩的："呦，怎么舍得？你那头长发可留了几年。"

　　"我要走了！"对方答非所问。

　　明逾抬眉，等的人到了："我客人到了，一路平安。"

　　来人是香港本地颇有威望的房地产商 WM 的总经理黄达开，业内的人都叫他"开哥"，再熟一些的直接叫"阿开"。

　　明逾是四小时前从 T 城给他打的电话，要今晚立即见他，这会儿他远远看见明逾，心虚地堆着张笑脸。

"阿 Ming 怎么这么辛苦？也不让我去接机！"

"黄总说笑了。"明逾的声音不大，凉凉的。

黄达开心下一惊，恭敬疏远的称呼印证了他持续几小时的猜想，麻烦到了，他脸上笑得尴尬："我请阿 Ming 去吃夜宵吧？"他总不好跟着叫回"明总"，那样就彻底凉了。

"谢了，不用。"明逾将手里的笔记本电脑放在面前的小桌上，不打算铺陈废话，"FATES 每到一处，都避免用当地的供应商，这么多年大家都在谈'本地化'，FATES 反其道而行，因为我们是服务业，我们坚持全球统一标准的高质量服务。"

"是，是。"黄达开拼命点头。

"说服总部用 WM，费了我多少心血？黄总不知道吗？"

"知道，知道……"

"做国际派遣服务的都知道派遣香港的成本有多高，其中最大的成本就是住房安排，这一成本又直接影响到我们对客户制订的薪酬方案……"

明逾正说着，看见前方墙镜上映出一个似曾相识的身影，正从自己身后的沙发站起来，往门外走去。她不由得回过头。女人高挑出尘，长至颈下的头发，发尾自然地微微曲起。那是陈西林，这世界真小。

黄达开也随着她的视线看向门口，目光怔了怔。

明逾转回头看了看黄达开，好奇他好像认识陈西林，但这会儿也不适合问。她沉了脸，继续说道："黄总，我跟你合作了五年，我不贪心，一直以来对你的要求只是价格和郁金香公司持平，你也是这么跟我保证的。"

"是的啊，阿 Ming，我在你们两家的抽成是一样的，你可以去查一查嘛。"黄达开硬着头皮说。

"也是我没本事，一直以来调到的都是你们桌面上的协议，谁能想到黄总您桌面下还有这些小动作？"明逾说着将笔记本电脑朝他转去。

黄达开头皮一麻。商战就是信息战，前阵子听说 FATES 收购郁金香公司的消息,他已经第一时间找了郁金香公司的销售总监,意思是以前做过的手脚千万别让 FATES 知道了去,没想到,这天还是来了。

"我算来算去,为什么郁金香公司承诺给落地香港的客户三个月至一年的免费医保后利润却不见减少,呵呵,"明逾冷笑起来,"香港这家和他们合作的医保公司,法人姓梅,这么巧,WM 大老板的太太也姓梅。"

黄达开伸手去挠头发,下面的话他都不想听了。

"明修栈道,暗度陈仓,黄总玩得真溜。这'送'出的医保保费,明面上郁金香公司送出的是十元钱的价值,其实他们只付给梅氏两元钱的成本。而到了后期,如果客户没有就医,梅氏再通过郁金香公司返还客户八元钱,郁金香公司扣取三元钱手续费,赚取一元钱差价,而客户则白拿五元钱。可这样一来梅氏一单亏六元钱,她傻吗?这钱是 WM 的,左边口袋的拿出来,放进右边口袋,只不过这么一换,就把给郁金香公司以及郁金香公司客户的额外六元钱洗成了合法合理的保费返还,顺便还推广了梅氏医保业务。FATES 不用当地供应商是有道理的,就是为了避免这些不规矩的事。"

黄达开一张口,还想说什么。

"你想说这些是我的估测吗?"明逾转过笔记本电脑,打开一个文件夹,又转过去,"证据全在这里。"

黄达开在空调充足的行政酒廊腌了一身汗:"阿 Ming 小姐,香港房地产这些年不好做,我是个生意人……"

明逾听到这里顿觉无趣,她自己都能帮他想出的说辞,还听它做什么?不过是浪费时间。

黄达开硬着头皮继续:"其实算起来呢,也没便宜给郁金香公司多少钱,没办法啊,他们贪心……"

"你倒会推责任,谁不想压低成本?我也想。这几年 FATES 的中国香港线总竞争不过郁金香公司,原因原来在你黄总。"

这罪责大了,黄达开抬手抹汗,眼睛转了转:"那么郁金香公司现在被 FATES 收购了,以后都是一家了。"他开始捣糨糊。

"你丢了两个大客户。好自为之。"明逾站起身。

"别别别，阿 Ming 小姐！"黄达开仍不松口，现在唯有这亲切的称呼可以证明曾经的亲密合作，"让我想想，让我想想有什么办法能够补偿 FATES！"

"补偿？信誉丢了恐怕不好补。"

"阿 Ming 小姐！我们在商言商，这个……我跟郁金香公司……不管那边，我跟阿 Ming 小姐合作这些年都是愉快的，对不对？请给我一晚时间，就一晚！明天早晨，我保证给你看到我的诚意！"

明逾收起笔记本电脑："黄总，现在的问题是，我都不知道怎么和我的老板交差。"

"理解，理解，给我一晚上，保证让阿 Ming 小姐完美交差！"

明逾冲了凉，被时差搅得乱七八糟，毫无睡意。她换上便服，这家酒店地下一层有个射击枪会，她打算去那里试试身手。

今晚这一仗她打得还不错。在 T 城时她就在想自己的底线在哪里，黄达开悄悄给她的竞争对手低价，可恶吗？可恶。可他没有义务给自己最低价，这不在合同条例上，只是人情。他是鸡贼，但正如他所说，他是个生意人，有利可图就去做，至于生意场上那些赴汤蹈火的姿态，不过是做戏。

所以她的底线是 WM 重新给她一个前无古人的低价，她的筹码是 FATES 和郁金香公司两家大公司。她知道，只要自己拿捏到位，黄达开不得不就范，哪怕他之后一年都不赚钱，保住这两尊佛才是首要的。如此一来的话她在 FATES 反而就是立了一功，会因祸得福。

这个时间点枪会人不多，大多是楼上的时差客人，明逾交了会员证，在靶道上等着。

她戴着保护镜和耳罩，有种与世隔绝的感觉，脑子里还为这场谈判和明天的结果而兴奋。意念闪回，明逾又想到了陈西林，她也住这里？她究竟什么来头啊？自己居然没去查一查……再一闪，江若景还在天上飞呢，陈西林也来了这里，她会不会是江若景的老板？那次在车上……陈西林看见没有？今天讲电话，她又听去了多少？

面前什么东西晃了晃，明逾抬头，陈西林正边冲自己笑边歪头摘耳罩，侧脸优美无瑕。暗自琢磨的人突然出现在面前，明逾有些脸红，也摘下耳罩："陈小姐，这么巧。"

## 05. 偷窥

"是很巧，明小姐出差？"

"嗯，出差。你呢，也出差？"明逾想起刚才在行政酒廊她身上穿的是正装。

陈西林竟想了一下，像是忘了自己为何在这里："算是吧。在等教官吗？"

"对……"明逾说着看了看四周，空荡荡的。

"这个点教官不多，你和我并道吧，我有教官证。"陈西林说着，从身后贴着后腰的小包里取出本证件给明逾看。

"嗯……好，那谢谢你。"明逾收拾起自己的东西，转身看陈西林，看得有点分神。

陈西林检查好枪，示意她过来。明逾几个月没摸枪了，有点不自信，不自信了就容易乱说话："我刚才好像有看见你。"

陈西林愣了愣："在酒廊是吗？嗯，听出你的声音，本想打招呼，听见你们谈商务，索性回避了。"

陈西林讲话不爱用关联词，话从她口中出来却行云流水，并不突兀。

"嗯，一个合作商，"明逾举起枪，"他好像认识你。"

"哦？谁？"

"WM的黄达开。"

陈西林想了想："名字有点熟，应该没接触过。"她并不问为什么明逾说对方认识自己，好像认识她是天经地义。

一声轻响，明逾射出去的这一弹差点脱了靶。

"还可以。"陈西林道。

"不行啊，太久没练。"明逾有点尴尬。

"也不是，心气稳住，"陈西林看她上膛，"别多想。"

明逾双手托起枪，瞄准，心却稳不下来。哪里出错了？她放下枪。

陈西林走到她身后："再试一次。"

拒绝就太怂，明逾悄悄深吸口气，将枪举起……

手指有些颤抖，她觉得陈西林该看到了："这两天倒时差，咖啡因摄入太多，整个人都有点混乱……"她给自己解围。

陈西林做出教学的姿势，低声询问她："May I?"①

May I?

明逾答不上来，算作默认。

"你今晚动了怒气，"还是那低柔的声音，平静得无辜，"抱歉，我听到了前半截对话，动怒对身体不好，收拾起意念，放松。"

她的意念倒是真收拾起来了，明逾在心里低低咒骂了一句，她算是明白了，陈西林就是个道行深深的老妖精，滴水不漏的样子就是陈西林道行的体现，她自己却晕头转向在这里着了陈西林的道儿，这在以往……这在以往自己都不屑于这么做！要是让江若景看到自己现在这副傻相，她那两排矫正好的牙齿都要笑歪了。

"陈小姐听到的前半截……有多前？"明逾不怕她了，开始了明目张胆的试探。

"从……"陈西林似乎回忆了一下，"从你和朋友讲电话开始吧。"

明逾简直要咒骂出声了。好，陈西林就装成一副波澜不惊的样子对吧？她转回头，想要拿回主动权，她一直都有的主动权。陈西林这张脸却货真价实地平静，护目镜后陈西林的眼睛专心看着前方靶心，见明逾回过头来便收回目光瞥了她一眼："注意呼吸节奏，明小姐，现在调整一下，不要屏息。"

明逾拿她没辙了。是自己想多了是吧？可明逾还是倾向于对方道行颇深，行，再厉害的狐狸也有露出尾巴的时候。不，她不是狐狸，

---

① 我可以吗？

她没那股子妖媚,她是一只白狼。

一丝若隐若现的笑意浮上嘴角,明逾转回头,手上稳了,对方的手撤下。

"砰!"

直击靶心。

"Bravo!"[1]陈西林轻声赞叹。

"掌声给我的教官。"明逾对她笑了笑。

一旁传来脚步声,迟到的真教官这才出场:"老板,不好意思啊。"男人讲广东方言。

明逾挑起一侧眉。

"没事啊,"陈西林也用广东方言回他,"明小姐呢,是我朋友,帮我好好照顾她。"

陈西林取下了耳罩和护目镜,改用普通话:"阿全是这里最好的教官。"她伸出手:"明小姐,我还有事,不能陪你了,又见到你很开心。"

"我也很开心,陈……老板。"明逾伸手同她握过。

陈西林淡淡一笑:"在香港停留多久?"

"明天早晨回 C 城。"

"噢……真可惜。"

可惜什么呢?她不把话说成乏味的客套,明逾也不会有疑问。

这下明逾对陈西林有了些兴趣,她陷在酒店白鹅绒的大床里,失眠了。

白鲸的高层都有维基词条,陈西林也有,但内容都已被删除了。LinkCareer[2]平台上她有账号,谁没有?但她的主页上没有简历,没有活动迹象,只有上千条来自别人的 endorsements[3]。

第一次接触,听着她标准的普通话,明逾觉得她是从中国来的。

---

[1] (喝彩)真棒!
[2] 招聘平台名。
[3] 担保。

A 国出生长大的第二代移民开口总是英语，而像陈西林那样主动讲普通话并把它讲得字正腔圆的，多是从中国来的新移民。

明逾听过陈西林讲英文，也没有口音，不，这不精确，她住在西海岸，却不像很多当地人一样把"t"音吞掉。她是 E 国国籍，但显然没有在那里生长，没有一口硬邦邦的腔调。她的广东方言是香港式的，不像很多老侨民一样带着其他口音。

她真是个谜。

更是个谜的是她的职位身份——那张空白的名片……枪会的人叫她"老板"……黄达开尊崇的眼神……

她登录 VPN①，登进 FATES 系统，突然想起陈西林是保密客户，没有姓名输入……

现在是 C 城的中午十二点，她拨通了助理电话。

"Ming！你好吗？我该说上午好还是下午好，或者夜里好？"

"鬼知道，我已经乱了。嗨，听着，白鲸的 Lynn Chin，客户号是多少？"

"让我看看……"电话里传来敲击键盘的声音，"我们有麻烦了吗？"

明逾顿了顿："为什么这么问？"

"哦！没有，只是你亲自问起……查到了，你方便记吗？……号码是……"

明逾调出陈西林的档案，却见她只做了生活用品搬迁一项，没有退房、租房、买房，没有薪资核算，没有签证事务……再看身份信息，早前看到的那本 E 国护照在系统里已经不见了，取代它的是一本中国香港地区护照，出生年月……她比自己大两岁。

明逾想了想，香港回归后依据中国法律，是不承认双重国籍的，所以陈西林大概让 FATES 删除了她的 E 国护照信息，持特区护照去内地工作，手续上简单些。

---

① 全称为 Virtual Private Network，意为"加密隧道"。

再看她的个人物品情况，没有海运，做了多个 LDN[①]空运箱，无疑是最为昂贵的选择。这倒没什么，保单吓了她一跳，不是按重量，而是所有物品，每一样，单独上保。FATES 狠赚了白鲸一笔保险费。

她的物品不多，明逾看到标有"明细"的文件，犹豫了一下。她有权审核每个客户的任何资料，可此时她的行为好像不带公事成分，完全是为了满足自己的好奇心。

这措辞真客气，还有一个更精准的，叫"偷窥"。

自己已经偷窥了陈西林的很多个人资料……而她本人，却，还是个谜。

手机响了，明逾皱起眉，如果不是在时差中失眠，这就是个"午夜凶铃"。

来电显示是白鲸的人力资源 VP 米歇尔。明逾就纳闷了，她一想陈西林，陈西林本人或者跟陈西林本人相关的人就会出现。

米歇尔显然不知道明逾此刻在东八区，她热情洋溢，来电的核心思想是白鲸高层 Lynn Chin 正在办理外派搬迁，请明逾亲自过问，确保无误。放以往明逾会说："Believe or not?[②] 我刚刚还和她一起打枪。"但她没提，因为更准确的说法是："Believe or not? 我刚刚还滥用职权调查她。"

"我会的，放心，米歇尔，"明逾有了光明正大询问陈西林的理由，"她在白鲸的职位是？……"

"资深顾问。"

"什么？"明逾脱口而出。这是什么闲职？

那边笑起来："这是你问题的直接答案，我知道听起来有点怪，如果你想问她实际上在做什么、是什么地位，恐怕她在白鲸无可取代。她的身份很特殊，她目前在掌管的项目关系到白鲸的存亡，这次

---

[①] 通常指最大最贵的空运箱。
[②] 你信吗？

去海城总部，你可以说她坐在COO[①]的办公室里顶着顾问的头衔掌管着企业生死。Ming，这是我作为人力VP所能告诉你的极限。"

明逾沉默着，她接了一个敏感的案子，一个烫手山芋。

## 06. 征服

黄达开早晨七点就毕恭毕敬地在酒店大堂候着明逾。他带来了一个颇显诚意的草案，和明逾的预料一样。

接下来的一年，他将零利润地和FATES继续合作，用他自己的话说，补偿他给郁金香公司和FATES之间的差价，一年后开始抽成，用当初给郁金香公司的价格。这是一份五年合同。

明逾满意而归，她搞定了未来五年的香港市场。

江若景电话打来的时候，她坐在机场的business lounge[②]候机，销售总监的机票规格是商务舱，她知道自己还没有到云端之上的那个阶级，她不是贴不起钱拿头等舱的票，而是，德需配位。

"逾，我落地了。"

"那就预祝你在海城的工作一帆风顺。"

"明逾，你没有其他具体的建议……"江若景音调提高了八度，可下一句瞬时蔫了，甚至磕巴了："Lynn……陈……陈总……"

明逾觉得自己听错了，肯定是昨夜想多了产生幻觉，手机那头传来的声音否定了这一想法。

"我是来接你的。"

声音隔着距离，听起来很小，但那平平的调子是她没错。

明逾愣了愣，挂了电话，这两日陈西林出现得太过频繁，她嗅出了点危险气息。

---

[①] 首席运营官。
[②] 商务休息室。

C城这会儿真冷，在香港时明逾的手机显示华氏72度①，到了C城，戏剧性地翻转过来，变成了华氏27度②。

一封客户投诉邮件逐层escalate③到她这里，投诉人是某著名会计师事务所的一名员工。该员工将要被派往C城公司，她有一份给海关的声明，先用中文写出，然后自己凑凑巴巴地翻译成了英文。在将资料提交给FATES业务员时，这位客户请业务员帮她检查英文声明的文法和措辞，被业务员委婉拒绝。FATES只负责收集和确保资料的完整性，至于文字翻译，这是客户自己的事。

这名客户认为她和这位FATES的业务员一来二往已经熟了，对方母语是英语，自己是客户，这点小要求居然被拒绝，简直是冷酷无情，于是这位客户书面投诉业务员，理由是"拒绝协助客户检查资料的准确性"。

明逾一看就懂了，对方是典型的缺乏法律意识思维，先别说FATES没有检查文法的责任，FATES的业务员根本不懂得她的中文写了什么。如果一点头说英文声明没问题，过海关时出了什么事，FATES是有责任的。

如果FATES出错了，她是会亲自去向对方客户道歉的，哪怕对方只是一名基层员工。可这件事不同，她没有教育对方基本常识的义务。她拨通这家会计师事务所在C城的人力资源总监电话，确保对方理解这一情况。对方说他也收到了邮件，表示FATES没有错，他会处理这件事并撤回投诉。

这世界上的所有事情，只有和思维水平相当的人才能说清。

明逾剔除了不相干的人，只把邮件回复给FATES相关部门的经理："此事已经解决，我方没错，对方应该会很快撤诉。Please keep me updated.④"

---

① 约为22.2摄氏度。
② 约为-2.8摄氏度。
③ 升级。
④ 有进展请及时告诉我。

下一桩事，某跨国企业中层，进入Ａ国后个人信息被航空公司和机场合法获取，从而收到了多家旅行社广告，这位中层打听到Ａ国有一份"免泄露个人信息申请"，所有过境和入境的旅客信息默认被机场获取，如果想免泄露，要提交这一申请，而FATES有义务提醒每位客户提交这份申请。

FATES的业务员恰恰忘了给他发送这个提醒。这是一份书面提醒，在FATES的系统中有固定模板，业务员稍加编辑发送给客户，之后系统会有记录。他没发，也有记录。

客户要求赔偿，明逾摇了摇头，将邮件转给法务：这是我们的错，需合理赔偿。

她又发给这位业务员的上司：赔偿数额出来后，我们再讨论凯文的失责问题。

这是给业务部门施压，丢钱了，利润少了，总要有人买单。她的销售团队满世界飞，给FATES打拼，后台这些处理业务的部门就是她的后盾，这也是她常常搬个凳子坐在基层中间听他们嬉笑怒骂的原因。她重视他们，他们才会重视她的客户。

还未到家，她已经处理了两宗升级到她这儿的投诉。车在院门外停了下来，是她在机场订的专车，有时一个人行走世界反倒省事，不用等人，不用见人，不用欠人。

家中很暖和，显示阿姨早晨来了一趟，她习惯了在明逾回家之前来做除尘。中央空调远程设定了今天早晨开启，这会儿屋内宛若春天。

明逾正脱衣服准备洗澡，江若景的电话又进来了，她将羊绒衣套回没了束缚的身体，接通来电。

"你不睡觉的吗？半夜三更的。"

"我后天才去公司报到。"江若景为了打破僵局，开始没话找话。

"嗯⋯⋯陈西林怎么会给你接机？"明逾突然想到了这一茬。

"哦，"话题来了，江若景语气也活泼了，"我可真吓死了！本来安排的是行政来接机的，她说她正好从香港飞海城，就顺便带我回去，她居然知道我航班几点到，你在香港的时候她也在。"

明逾思忖着这件事是哪里有一点异样的气息，哪里呢？对了，陈西林知道江若景和自己交往甚密，而江若景又是她下属，顶着顾问头衔的 COO 去接下属的机……昨天在香港她却并未向自己提起。

明逾眯起眼睛："小妞，陈西林究竟是什么角色？"

那边笑了起来："怎么？逾，你也嗅到八卦的气息了？"

明逾修长的手指在浴缸里一划，带起一圈涟漪，以前她边泡澡边讲电话，掉进去过两部手机，后来就再也不搞这种操作了。

"八卦？"

"哈哈……陈西林的八卦，在白鲸经久不衰，近来她要驻扎海城，这里的人明里暗里跟我打听几个月了。"

"那我倒没有听说……所以她究竟是什么身份？"

"恐怕白鲸真正知道的人不多，我也不清楚哦，但我听过各种版本的传闻：大 Boss 的情人，大 Boss 的私生女，某黑礼会老大的情人，某黑社会老大的私生女。哦，还有更离谱的，E 国皇室某成员的情人……"

"好了，"明逾打断她，"这是什么恶俗言情小说？"

"哈哈哈哈哈……"江若景笑得清脆，没感觉到明逾突生的厌烦，"她今晚请我吃饭来着。"

"你开心就好。"明逾没多大感觉。

江若景问："你在干什么呢？"

"准备洗澡，挂了。"明逾说着要挂电话。

"哎！等等！"江若景踟蹰半刻，"我真的在意……"

"你多在意在意事业吧，未来空间很大，陈西林作为空降高管，需要她自己的人马，你和她一起去海城，她也许会重用你，如果把握好了，前途无量。"

## 07. 大雪

C 城下了场大雪。

圣诞节到了，有雪的圣诞才完整。

明逾驾车在商业区的大道兜了一圈,却不想下来,商场活动她不感兴趣,也贪图车内的安适和私密。她只是不想被时节遗忘,在装饰着圣诞彩灯的大街上来回开一圈,可以看看街边摇着铃的节日乞讨者,感受购物者为重要的或不重要的人买到合适礼物后的满足笑容。

　　车内的和车外的人此刻都甘心做一件事:不戳穿节日祥和外衣下的资本运作。

　　想到这里,明逾笑了笑,在前面的交叉路口打了转向灯。行人从对面拥来,明逾看到了特别适合在这种气氛下出现的一家四口:伊万揽着个十来岁的男孩子,走出了一副称兄道弟的腔调。男孩继承了父亲的身高和年轻时的挺拔倜傥,伊万微胖的太太推着婴儿车,车里的孩子被遮住了,明逾知道那是个三岁左右的女娃娃。

　　显然伊万和妻子的关系在几年前得到了缓和,造出的第二个孩子就是证据。

　　他要给自己捐精生子?明逾看着这其乐融融的一家人,看得眼睛都眯了起来。他哪里来的这种厚颜无耻的想法?而且他自己好像并不这么觉得,甚至连一丝窘促都没有,明逾简直生起气来了。

　　行人走了,绿灯亮了,冷空气中的水汽又开始结晶,撒下第一批雪花。明逾想起第一次和伊万约会就是在这样飘着雪的日子,那是九年前,她在 FATES 的第二个年头,和"高帅富"股东相爱了。一切就如童话,唯一的美中不足是,王子已娶了王妃,连小王子都造出来了。

　　她第一次知道,掷地有声的道德竟可以这么脆弱,在他那双浅棕眼睛的注视下"咔嚓咔嚓"地裂开,化成粉末,再凝起,再碎开,反复许久。她,他们,都决定给自己条活路,爱就爱吧,万一哪天不爱了呢?

　　那时她住哪儿来着?喔,大学母校附近,和一群有今天没来日的小年轻住在一栋 L 形楼里,他们吃 Taco①,听重金属音乐,周末的夜

---

① 玉米卷,墨西哥食物。

里和伴儿将天花板摇得震天响。

她觉得自己比他们高尚。她这样的人偏偏觉得自己高尚。

直到伊万给了她一把钥匙,她的高尚便有了不抽象的载体。

钥匙打开的门在城北与市中心之间的昂贵地段,它没有城北的隐富低调,也没有市中心的喧嚣杂乱。

楼下大堂的黑人 doorman[①]一水儿的黑西装,毕恭毕敬地称她 Miss 或 Ma'am,可不就高尚了吗?

这是伊万名下的一处房产,伊万祖上是十九世纪 C 城大火后靠做房地产发家的,不缺房子。

公寓里散着幽香,落地窗外是蔚蓝的大湖湖面,洗手台上是一盆矜贵的兰花,再没有 Taco,再没有重金属,再没有震天响的天花板,高尚的人向邻居掩藏这种人类进化史上亘古不变的运动。

就像此刻人床上的他们,伊万残留着短须的唇在她颈间流连,所触之处在暗夜里闪着"吱吱"响的幽蓝火花。

"逾……"他已将这个英语里不存在的音发得圆满,"我爱你。"

她脑中突然想到一些事。

等白天到了,她跟伊万说:"我付你房租吧。"

伊万好看地笑了,唇边带着高加索帅气男人特有的弧线,浅棕色的眼睛动情而包容地眨了眨,表示谢绝。

她知道,钱不够。

那年,那套两居的公寓的月租金比她扣去税和保险的月薪还高。

PR 的定制裙上万元一条,伊万让卡茜送来内部新款图片,让明逾挑。伊万就这样,让她住进她付不起的世界里,很绅士地给她不付款的理由。

和"高帅富"高管恋爱有多刺激?明逾坐在业务部的格子间里,看着伊万刚发来的信息:"今晚我想见见你……"

她抓了本文件夹去乘电梯,电梯升到十六层。她坐仕伊万宽大得

---

① 门卫。

不像样的办公桌上,荷尔蒙的气味从身上的每个毛孔散出,她的两条长腿没处安放,伊万将它们兜在自己肌肉发达的手臂上。她抬起一只手拉伊万的领带,将他拉到近前,脱下他的西服外套,解开他的白衬衫,他早晨刚洗过澡,好闻的身体混着衬衫上的皂香。

有一次伊万问她:"如果没有这张脸、这副身体,如果没有金钱和地位,你还爱我吗?"

明逾想了想,摇摇头:"你的脸、你的外形给了你自信和乐观,你的钱、你的地位给了你优质的教育条件和气质……你要抽走底部的一处根基,上面搭建起的一切都会跟着倒塌,这是个幼稚的问题。但是,若你今天突然残疾、破产,一无所有,我还是会爱你,因为你已经成了你。"

伊万再疯狂,也没有在办公室里准备一盒避孕套,就那一次,明逾中招了。

她是个没人管的孩子,未婚先孕也不会有一群家人要死要活地骂她辱没门楣,像当年自己的母亲一样,但她不想让孩子经历那些无法正大光明的纠结。

伊万却不希望她打掉孩子,他不能接受打胎,他要养她,要养孩子。

"你会和我结婚吗?"明逾问。

伊万艰难地摇摇头。

那么,好了,明逾的恨跟着这花生仁一般大的血肉一同长起来。快两个月了,她一次次发誓去做掉,一次次被一种叫作"母性"的东西拉扯着。终于有一天,这团血肉帮她做了选择,自己流了出来,可她的恨没有因此停止生长,反而从此生根着床。

为什么死的不是自己,像当年的母亲一样?她在夜里哭哑了喉咙。

有时会怀疑冥冥中真的有什么能量控制着红尘种种,做错了会有一天报应回来,欠别人的会用别的方式加倍付出。

可她还是要恨,哪怕全世界都会骂她自作自受,她还是要恨。

两年的恋情结束了,明逾的脸上再也现不出甜蜜憧憬的调调,她成了一个冷漠的人。

她和伊万说条件：FATES 有一项助学基金，她要申请到，要去最好的学校读最好的相关专业硕士。

还有一条她没说出口的：学成回到 FATES 后，她要坐他的位置。

因为妻子抑郁，伊万认识最好的精神科和心理科医师。明逾没告诉伊万，自己去找了他们治疗、吃药……这些医生有一点好，他们认为个人隐私是件庄重的事，即便是你亲老公的验血结果都不会透露给你。

FATES 提供给明逾一笔可观的学费，条件是学成后服务 FATES 至少五年。这有什么？要坐上伊万的位置，可不要五年吗？甚至更久。

明逾这会儿驾着车在雪中的街道上回忆着，五年了，按理说她可以离开 FATES 了。

她脱去华服剪掉长发，在校园里做个朴素的学生，可怎会被掩埋？学校里谁不知道这个美女学霸？明逾坐在草坪的长椅上看鸽子，白色柔软的卫衣，纯蓝的牛仔裤裹着修长的腿，鞋子是便宜的休闲鞋，阳光在不施脂粉的脸上勾勒着美好的轮廓和质感，二十来岁的留学生满怀憧憬而又缩手缩脚地凑上去，想认识她。

明逾淡淡一笑。二十岁的小留学生，三十岁的 MBA 镀金者，四十岁的访问学者，他们都来跟自己套近乎。他们若知道自己身上一年前流掉过一个孩子，又会怎样？

江若景对明逾的所有事都只知其一不知其二。她知道伊万这个人，却没听过背后的细节，她也知道继伊万后的人，却也不知道细节。明逾对江若景，连倾诉往事都觉得没有必要。

可洪一开始便知道有关伊万的所有细节，并心疼明逾。后来的后来，洪给明逾发消息，咬牙切齿的样子透过手机屏钻出来："你为我做过什么？当年你可以为那男人重新来过，对我你却不能放弃任何！我醒了，看透了你！"

明逾说："当初的我一无所有，有的也是他给的，如今的我背负了太多……我说了给我两年处理这些，你答应了，现在还有一年。"

洪说:"你不过是想推卸责任,我不傻。"

明逾突然连哭都提不起劲了,手机屏的光映在她眼底,凝成一块寒冰。两年前的狠劲又上来了,那些曾被洪融化的坚冰、孵出的笑脸又都作废了,她一个字一个字打出:"那你给过我什么?"

车轮碾过新积起的雪,进入库中。明逾打开车道地热,不让雪花在上面累积。

系统弹出提醒:客户号××××××××出库,今晚上飞机。

## 08. 出身

那是陈西林的个人物品,米歇尔特意跟她打招呼,让她亲自跟进,她便在系统设了提醒,每一步进展她都会知晓。明逾看了看表,C 城的晚上七点半,业务部已经下班,今晚大概没有人会通知客户。她不知道陈西林此刻在哪个时区,打电话会不会打扰人家,便从系统调出她的邮件地址,给她发了封电邮,通知她这个消息。回复几乎是即时的。

——谢谢。

——节日愉快。

她在 A 国吗?明逾想想,欧洲这会儿已经凌晨,她大概不在北美洲就在亚洲。她翻出陈西林的电话号码,是那张名片上的,明逾已将它录入了手机中。

对方接了起来,明逾说:"也不知你那里是几点,有没有打扰到。"

"我在东索办些事,不会打扰,时差早你一步扰乱了生物钟。你在 C 城吗?"她问。

东索?非洲东北部的一个国家,隔壁的西索正经历内乱,陈西林怎么跑到那里了?这么说她那边现在是……凌晨四点多……

"对,我在 C 城,你的航空箱我会及时跟进,情况更新后第一时间告知你。"

对方笑了起来,笑声被手机听筒压低,近在耳边:"这不是大事,明小姐无须费神。圣诞假期有什么计划吗？"

"哪有什么圣诞假期。我放假，我那些客户不放假。"

"哦……"陈西林是了然的语气，"节日不过是给大家放松自己找个借口，都要给自己找借口才行。"

明逾琢磨这话，突然觉得迷茫，像迷失在了非洲的荒原上，想问问对方是一个人在东索还是怎样，想想又算了。若是陈西林愿意，她根本不用寂寞。

"明小姐，我好奇一件事。"陈西林却不打算放过她。

"什么事？"

"如果你们经手的客户，在一段时间后被发现是商业间谍，你们会有连带责任吗？"

"嗯？"明逾大脑一时短路。

"只是个人好奇。"

"哦……"明逾想了想，"十年前倒真发生过一起有一定影响力的案件，有一个客户，是名高级技术人员，后来查出是间谍，新闻上都有报道。记得当时有人来 FATES 调了所有资料，包括所有的电话录音，发现我们只是协助对方办理搬迁，最后被判定没有责任。"

"没想到明小姐在 FATES 这么久了。"

"是啊，大学毕业就进的 FATES，"这话题和今天的回忆诡异对接，"一进公司就出了这事。"

"看来还是有一定的风险度，每天处理这么多派遣调动，谁知道有几成是间谍。"

"商业间谍肯定是有的，政治间谍的话，十年我就看到了那么一起，也许有更多，潜伏得成功而已……"明逾想了想，换了一副调侃的语气，"陈总对间谍这么感兴趣，该不会是……"

自从在米歇尔那里打听到陈西林在白鲸的大致地位，明逾不知不觉称呼她"陈总"。

对方又笑了起来："不会是什么？间谍？哪个间谍会大大咧咧跟人提这个？生怕别人脑子里没有这根弦似的。"

明逾随她一起笑着，笑完也就没有话题了，她和陈西林的交集，大约也就是这单搬迁。

"那陈总在那边注意安全，我这边有什么消息会通知你。"

"谢谢你。Don't work too hard, enjoy the holiday season.[①]"

到了二月中，农历新年假期结束，明逾便飞去抓客户。

她的第一站是燕城。FATES 在燕城设了处办公室，人不多，但 FATES 的规模不在于自己命名的机构有多大，而在于几乎各地都有它的下级代理。四十年前 FATES 是做物流起家的，到目前为止，在全球范围内，几乎每 50 平方英里[②]内就有它的一家合作物流机构，而它们 80% 都是 FATES 的子品牌。

明逾在燕城待了一周，公司在东三环，她住在东三环与东二环之间，有空的时候却会跑到老城区，跑到西边去轧胡同，这里和 C 城极不同，有股浓浓的人情味。

她的母亲在结束二十一岁的年轻生命前，在这里生活过，那是二十世纪八十年代。

这故事太俗了，水灵灵的舞蹈演员被有钱有势的人看上。明逾有时会觉得命运就像一个轮回，大概有些东西是要遗传的，可她永远不会知道，当年的母亲究竟是自愿的还是被强迫的。母亲娩下她时就死了，她不知道在那有限的瞬间，自己有没有和母亲对视过一眼。

她一直认为母亲是恨自己的。直到她怀了伊万的孩子，那些狠不下的心，以及知道孩子走了后的悲痛，让她对这个认定动摇。她开始懂了母亲，隔着时空触到了母亲的心。

怀胎十月，她有太多让自己死掉的机会了。

那个老色鬼生父——明逾懂事后在心里一直叫他"老色鬼"——他在母亲怀孕后就把她送回了家乡平城，她不能留在燕城。老色鬼给

---

[①] 不要太辛苦了，享受节日假期。
[②] 1 平方英里约为 2.6 平方千米。1 英里约为 1.6 千米。

了母亲娘家一笔钱，意思是以后的事他就不管了。

他有身份有地位，怕母亲家的人缠上他。

老色鬼有个罕见的姓——"青"。明逾的本名应该是"青瑜"。

明逾恨这个名字，她不是块美玉，她要跟母亲姓，给自己改名，明逾。

她要逾越自己的身世，逾越这世上丑陋肮脏的一切。

母亲未婚先孕，男方身份不明，这在二十世纪八十年代的平城街巷里，已经足以让她的家人抬不起头了。

舅舅将她养到高中，写信给老色鬼，意思是这些年物价翻了百倍，老色鬼以前给的那笔钱早就花完了，现在要送他女儿出国，钱由他出。

老色鬼这才想起十几年前的风流债，这世上突然多出个十几岁的女儿，年逾花甲的人突然动起慈父之心，钱要给，女儿也想认。明逾听说舅舅和老色鬼联系上了，一怒之下离家出走。

等找到她时，她已在海城的酒吧里做了个受欢迎的驻唱歌手，母亲的艺术细胞都遗传给了她。舅舅上去就是两巴掌："你就跟你妈一样！唱啊跳啊的当婊子的命！"

这话说重了，舅舅是把这些年的窝囊气一口吐出来了，可明逾这儿过不去了，她恨起了舅舅。

后来舅舅瞒着明逾收了老色鬼的钱，又故意卖了老房子，那时房子突然值钱了，平城算个二三线城市，老房子卖了不少钱，舅舅说："这钱送你出国读书。"

老色鬼的儿子，也就是明逾同父异母的哥哥，试着联系她，转送老色鬼递来的橄榄枝，明逾不理。老色鬼给她寄信，告诉她，她的母亲当年和自己是情投意合的，不是世人说的那般龌龊。

血浓于水，明逾虽恨他恨得入骨，可听到他和母亲当年是有感情的，竟觉得安慰。谁会希望自己是一场暴行的产物？

老色鬼飞到C城，在大学附近的酒店住着，只为明逾能原谅自己，见自己一面。

电话打了一通又一通，明逾硬着心不见。她知道老色鬼如果硬要来，总能来学校找到她。老色鬼耐着心住了一个月，明逾心软了，心里唾骂自己，母亲当年可能就是这么被他骗到的。

他俩在学校里的 Wendy's[①]见面，明逾在这里打工。那时候学校里流行一种"黑暗料理"——拿薯条蘸着冰淇淋吃。明逾穿着店里发的大红色 T 恤，亭亭玉立得不像样，她就那么没心没肺似的坐在快餐桌前，拿薯条往冰淇淋里戳一下，咬一口，老色鬼看得心都化了，老泪不住地流。明逾抬眼看看他，下意识想给他递纸巾，又忍住了，想开口，又差点叫他"老色鬼"，索性不理了。

老色鬼说："你长得真好，和你母亲一模一样，个头这么高，随我们青家的人。"明逾将手里的薯条狠狠戳进冰淇淋："我和你们青家的人无关，谢谢。"

老色鬼还是抹眼泪，说有这么个女儿，此生无憾了，说了半日，明逾说她要去卖汉堡了，老色鬼脸上一沉："青家的人怎么可以卖汉堡？我给你舅舅的钱呢？"

明逾这才知道，舅舅的钱是老色鬼的钱，眼泪就这么不争气地往下掉。

老色鬼误会了这眼泪，更加心疼起来，又哭唧唧拖了半日，临走时给她张银行卡，让她在 C 城买处房子，说密码是她母亲的生日，好像在说——你看，我一直记着你母亲的生日呢。

明逾将卡扔回给他，两人来来回回拉扯，店里客人多了起来，都在看他们，明逾打开碎纸机，当着他的面将卡插了进去。

后来的几年里，明逾再也不肯见他，她看了一眼那个所谓的父亲——那个负了母亲一生的人，就够了。六年后突然传来老色鬼病危的消息，他在 L 城一家疗养院里，说要见她。老色鬼的儿子差点将她手机打爆，如果不是怕时间来不及，已经打飞的来抓她了。那时明逾刚刚失去孩子不久。她站在 C 城机场的大厅里，周围的人流都不见了，大厅的顶端像教堂的穹顶，她仿佛站在通往天堂和地狱的十字路口，

---

[①] 连锁快餐店名。

仰着头，想自己何去何从。

疗养院里那个奄奄一息的人，当初在得知母亲怀孕后，像扔一只狗似的扔了她，在自己降生、母亲离去时，他都没有出现，如今他要走了，凭什么要求自己去送他？

他的儿子拼命发短信来："爸爸撑着在等你，他有话跟你说。"

明逾怕了，她好怕他在生命的最后一刻告诉她，告诉她她其实是暴行的产物，告诉她她母亲从未愿意过。她怕他忏悔。

她关了手机，往机场外走去。

多年后她才意识到，这一趟，去与不去，也许决定了很多故事。

老色鬼走了，他的儿子骂明逾冷血，骂她薄情寡义。平城的舅舅这几年一直在收老色鬼的钱，明逾曾警告他，如果再收老色鬼的钱，自己就和他断绝关系。

"囡囡，你要讲良心的。"舅妈这么回答她，"十几年我们在弄堂前前后后的闲言碎语里抬不起头，辛辛苦苦养你到这么大，当初老头给的钱哪能够啊？今天我们收他点钱嘛，也是应该的哇。"

"那好，要钱就别要我了。"薄情寡义最容易。

明逾就是这么遭到众叛亲离的。

洪听着明逾的故事，感慨万千，说："你其实是做凤凰的命，落进鸡窝里也改变不了你身上流淌的血液。"说："你只是不愿意，愿意的话金钱啊亲情啊招手即来，你只是不愿意。傻得让人心疼。"

后来的后来，洪冷冷的调子慢悠悠地从电话里传来："明逾，你从来搞不清自己该做什么，不该做什么，资源都在你身边，你却从不懂得合理配置。"

洪说："如果当初你跟亲爹服软，也就没有后面被伊万抛弃的被动局面，你亲爹的钱白白落到你舅舅手里，你在快餐店打工，还被你舅舅家人骂不讲良心。如果当年你和亲爹搞好关系，再时不时救济你舅舅一家人，他们不但不会骂你白眼狼，还要千恩万谢夸你孝顺，你亲爹那边的人也不会跟你决裂。一样的事两样做。"

"众叛亲离，都是你自己造成的。"洪说。

## 09. 体面

　　一周后明逾从燕城飞去海城，这次要在海城停留一个月有余。FATES 在海城的分公司规模不小，她这次来海城，一项重要的计划就是谈下一家专做高端医疗保险的公司，这样的话 FATES 在中国地区将多出一个业务模块，就是医保。

　　FATES 在海城的总经理肯特已经在机场候她，肯特三十五岁，海城本地人，离婚无孩，能力突出，外形尚可。不过，外形这事儿得看配谁，配一般女人还是绰绰有余的，到了明逾这儿，肯特就没自信了。

　　两年前肯特用他自认为的十分委婉的方式向明逾提出过交往的要求，明逾装作没听懂，他也就借着台阶下去了。

　　两年前那天肯特邀她一同吃晚餐，挑了江边露台的桌子，明逾一进场就嗅出气氛有些暧昧，她挑起眉毛，想看看肯特会怎样开始今晚的话题。

　　肯特求交往的方式是极具"传统"特色的，先说自己是海城本地人，家里有两套房，父母住 A 区，房子 140 平方米，自己住 B 区，房子 120 平方米，父母表示等他婚结好了可以将大房子换给他，要是对方不满意，卖掉一套再贷款买更大更高档的也未尝不可。

　　明逾想给他鼓掌：数据时代用数字说话的楷模。她在心里算了算，这两套房不得了，照着 A 区和 B 区的房价，加起来比自己在 C 城的产业值钱。

　　但她从肯特身上看不到什么突出的眼界和气质。他们不是一类人。如果和肯特这样的人在一起，这辈子穷是穷不了，可每天都会在心里合计家中拥有什么，从抽象的数据中找满足感。他这样的人会怎样呢？会琢磨什么品牌的车子开出去会得到什么程度的尊敬，会告诉你一个"海"字车号牌打败了成百上千的外地人，等将来养出了孩子，会攀比着托儿所、幼儿园、小学、中学是不是有洋人老师给你带孩子……

　　可这些明逾都不在乎。

他这样的男人该配什么女人呢？她们喜欢买能让人一眼就看出牌子的名牌包，这样的女人足够世俗可也足够精明，懂得最大限度地让成本产出，你能说她们不体面吗？走出来绝对体体面面的。

肯特们自有一套价值观，价值观没有对错，能给自己带来满足感就好，哪怕他们已经忘了一样东西本身的价值。

那天明逾接着他的话跟他聊起了房地产，聊了一大圈，肯特突然反应过来，这不是今晚的主题啊，可又反应过来，这大概就是明逾的答复。

好在明逾拒绝得不动声色，他也就有面子。那以后明逾每次来海城，他照例去机场接。如果明逾待得久一些，像这次，他就提前租好车，将明逾送到酒店后再把车留下来给她。明逾抗议过几次，说自己提前订好了车在机场取就行，肯特说那怎么行，一个女孩子家不能这么辛苦。

明逾出差欧洲或者北美洲其他地区是没有人接机的。东亚人礼节多，而东亚男人的大男子主义不仅体现在女人应该是乖乖的、可爱的，还体现在男人该照顾女人，很多东西是相辅相成的。明逾心底里抗拒他的殷勤照应，因为她不可能乖、不可能可爱，起码对肯特不会这样。

"明总辛苦了，先送你去酒店歇下来。"肯特开着车，如沐春风。

"不用了，我们直接去公司，行李放在车上就行，"明逾下意识地看了看这辆车，"哎？这好像是你自己的座驾？"

"不好意思了明总，租车行出了点差错，要明天才能取到车，今天就委屈一下由我代驾吧。"肯特"呵呵"笑着。

"那太麻烦你了，"明逾想了想，"那这样，我们先去酒店放行李，再回公司，后面我自己打车，你不用管我了。"

"那怎么行呢？是我办事不周，理应由我效劳，"肯特将音响声音调出，"明总不介意的话，听听音乐？"

车里响起的歌明逾不熟，她转头看着窗外寸土寸金的海城。

"白鲸的人很关心你呢。"肯特说。

"白鲸？谁？"

"杰西卡,明总熟吗?"

大概不能更熟了。

"嗯……在 C 城见过面。"

"哦,她前两天还问你什么时候来海城。"

明逾有些莫名:"她……跟你们很熟吗?"

"哦,"肯特笑起来,"认识,认识。还有陈总,也问起你的。"

"陈西林?"明逾脱口而出。

"对。就前两天我们一起吃饭,陈总请了我和下面几个经理,她很客气,说答谢我们帮她把物品完好地运过来。这不是应该的吗?不过讲起来她的那单确实麻烦,哪能想到每一样都是被抽税的?就说她那套高尔夫球杆,你知道我们海关对这玩意儿不是按套抽税,是按根抽税的。哦哟,她那套球杆光缴税就缴了两万多块钱,还有其他东西,都不提了。"

明逾愕然,陈西林的单她只大而化之地跟进了状态,显示到港、入海关、出海关、出仓……她看着没问题就没过问细节,谁知道过程这么不经济。

"钱是谁出的?白鲸还是她自己?"

"她私人出的。我本来说咨询一下你,看白鲸的 HR 有没有可能付掉,她拦下了,说应该她自己出,让我千万别问。后来我问了搬迁部的人,他们说她那球杆都是定制的,上面好像还有签名,所以就不愿意买新的。反正富人的世界我是不懂。"肯特"嘿嘿"笑道。

正说着明逾电话响了,来电号码隐藏,明逾给掐掉了,翻翻手机有一条聊天软件上发来的消息,是一小时前江若景发的。

——你在哪儿?

她刚要回复,又有人打进来,显示的是陈西林,是她的其中一个号码。

明逾赶紧接起来:"喂?陈总?"

"明小姐,听肯特说你今天到海城。"

明逾拿眼睛扫过肯特,对方也竖着耳朵在听。

"对,我正坐在他车上呢。"明逾笑道,电话换到左手,右手无意地摸在座椅边上,摸到什么东西,她也没在意。

"代我向他问好。前两天我和他们吃饭,可惜你不在,如果可以赏脸就让我单独请你一次吧?"

"这怎么好意思,应该是我请陈总,刚刚肯特说我们给你带去了不少麻烦。"

"相反,你们帮助我高效地解决了问题,海关清货很快。"

明逾觉得她太客气,有点不好意思,把玩起了手上的东西,这才发现是一支口红。肯特该是找到跟他合拍的女人了。她不由得偏过脸看他,对方正微笑着开车,余光中见明逾转过脸,知道陈西林在那头能听见,便大声说道:"陈总很照顾我们的,马上又有一笔大单给我们。"

明逾"呵呵"笑着:"现在太晚了,明天我去拜访陈总,晚上我做东。"

对方沉吟片刻:"你先好好休息,明天下午我在市里办公,可以约个时间。"

白鲸在海城新区有大片工厂,总部在海城西南角那个著名的CBD[①],和FATES离得不远。

"好的,那下午……四点怎样?我去接你。"

一来二回这么敲定了,挂了电话,肯特冲她竖起大拇指。

"怎么?"明逾不知何意。

"还是你厉害,陈西林来了海城一个多月,拒绝了我所有的约见,我只能见到她的HR总监。"

"她不是前两天还请你们吃饭?"

"那事蛮突然,她本来说要请你,我说明总过两天才到,以为她会说要等你来一起,结果她又没等。"

"嗯……"明逾凝眉,又舒开,"你也看出她是白鲸这边的老大了?"

"这事很明显啊,而且看样子她在负责一个很大的工程,听说她

---

① 中央商务区。

大多数时间泡在新区的厂子里。"

"好了,明天我跟她聊聊,看能得到什么有用的信息。"

明逾心里有点打鼓,吃饭这一套按理说国内人最热衷,双方还没怎么样就先请吃饭,而且都是挑晚上,生意拿到酒桌上谈,陈西林到了国内就像被传染了似的,这大约叫"公关本地化"。

"明总,"肯特打断了她的思绪,"要不要我帮你订个桌子?"

"嗯……也好,不过以我私人的名义来,不要从公款走。"

"不不不,理应还是 FATES 海城做东。"

"不用啦,"明逾想了想,"不要找那种阴森森的私人会所,500 平方米的厅里就坐两个人,况且我预算不够。"

肯特笑了起来,国外回来的人都不要面子得很,海城人算讲究实惠了,但也不会讲出"我预算不够"的话来。

明逾知道他笑什么,好歹自己也是隔壁平城长大的,这些人心里在想什么她大致清楚。这些年国内"土豪"们恨不得把"欧洲上流社会"的东西全部搬过来,他们不知道,欧洲人多抠啊。

"江边露台怎么样?"肯特问,"有风景,也有一定私人空间。"

"挺好的,那麻烦你了。"


到了酒店天已经黑了,明逾刚收拾好东西,手机振动起来,打开一看,是江若景的电话,再一看,她已经发了几条消息过来,一晃神,电话也错过了。

明逾正要打回去,有人在外面敲门。

"哪位?"

"我。"江若景的声音。

打开门,她站在那里,头发已经变成了波浪卷。

"你变侦探了?"明逾将她让进来。

"我连找都找不到你了。"

"我很忙。"

"倒是可以接陈西林的电话。"

"她是工作。"

"你怎么知道我找你就不是工作?"

"哦?"明逾转头看她,"说说看。"

江若景眼中迟疑了一下,随即耸了耸肩:"不重要。"

明逾眉毛一挑,继续查看冰箱里的酒水。

"明逾,我回来三个月了。"

明逾转身递给她一支通体冰蓝的瓶子:"这里有你喜欢的酒。"

江若景不接。明逾将瓶子放了回去,关上冰箱:"我准备做个沙拉,一起吃?"

"一起吧。"

明逾倒了点 farfalle[①]出来煮,又从冰箱里拿出葡萄、橄榄、芝士、小番茄……"你还没告诉我,怎么知道我房号的。"

"问了肯特。"江若景看她切小番茄,每只一切为二,汁水从指间流出来。

"肯特?你怎么跟他熟了?"明逾握着刀的手顿了顿,又继续切起来。

"我故意接近他,好打听你行踪。"

"我今晚很累,吃完了你就回去。"明逾声音里没有涟漪。

江若景冷冷地回答:"我已经饱了。"

她转身往门外走去。

门被重重地甩上了。

明逾低下头,轻声叹息。

## 10. 挑衅

第二天肯特却还是开着自己的车来接明逾了,说是租车行还是没能把问题解决,拿到车之前他会全职给她做司机。明逾说不用担心

---

[①] 蝴蝶结面,意大利面的一种。

她,但自己又有点担心晚上跟陈西林的约饭。

白天很忙,早晨给销售和业务部门开会,上午接见约好的医保公司销售总监和副总,中午一起吃了商务餐,接着和肯特分析评估……明逾下午三点回酒店洗了澡换了衣服,四点到达白鲸。

明逾在前台处沙发上等了五分钟,陈西林就自己出来接她了。前台一路目送两人进去,后脚矮墩墩的信息分析部主管从电梯出来,对着进门处行了会儿注目礼,扶了扶眼镜,冲前台道:"哦哟,什么人啊?陈总亲自来接?"

前台吐了吐舌头:"FATES的明总啊。"

"FATES啊,又要调人?"主管脑筋倒转得快。

前台做了个鬼脸:"不知道呢!"

从门口到陈西林的办公室本有条单独通道,只是这通道窄窄长长的,两个人一路走过去不免尴尬。陈西林从正门将她引入,走过一个个部门,顺带给明逾介绍了一下公司的布局。明逾其实来过多次,跟着她往前走,最后路过的是设计部用户体验组,江若景在这里有间单独的经理室,不大,用玻璃墙隔着。

助理送来茶水,陈西林将门关上,往椅子上一坐,长腿轻轻点地转了过来:"累吗?"

累吗?明逾端着茶杯抬眼看她。陈西林算是个有意思的,不按常理出牌,这语气就像上了一天班回到家得到的问候。

明逾弯了唇角:"有点。"

"那就该好好歇着,等我安排,"陈西林眼中含笑,注视着明逾,"很久没见你了。"

明逾好像从未有机会这么好好看她,陈西林长自己两岁,早不是什么妙龄女郎,可毫无过熟之态,反而自成风韵,皮肤紧致透亮,眼眉雅致生动,鼻子小巧挺拔,嘴巴……陈西林的嘴巴最耐看,像有自己的生命,动起来唇角微扬,让人移不开眼睛。

"是蛮久了,上一次见到陈总好像还是在香港。"

"叫我Lynn吧，"陈西林歪头想了想，"你喜欢被叫作什么？"

"明逾。"

"那好，我很喜欢你的名字，读起来很特别，不像我的。"

"你的名字……让我想起……人静山空见一灯……小船摇曳入西陵。"

陈西林眼中波光一动："那我可要记下来，将来再有人问，我就这么答。"

明逾笑了起来，低头喝茶。陈西林摸到百叶窗的遥控器，下意识想关上，又放弃了。

"说到名字，"陈西林抱起手臂，"听说FATES的创始人是三位女性？"

江若景透过陈西林办公室玻璃墙上百叶窗的间隙观察二人，只看到明逾的侧脸，却觉得她的一颦一笑都不像是在谈公事。江若景知道明逾办起公事来是什么样子。

"是啊，四十年前三位女士创建了FATES货运物流，"明逾边说着边将垂到脸侧的发往后掠去，秀发在头顶重新分开，垂下，自成弧度，"到了二十世纪九十年代末挂牌上市，逐步发展成了今天的规模。"

"了不起，"陈西林点头，忽而想到什么，唇角扬起，"The Fates，命运三女神，克洛托负责纺织生命之线，拉克西斯负责丈量这根线，而阿特洛波斯则负责剪断它。人们常常认为阿特洛波斯最可怕，手中握着剪刀，掌握生死，又有人说拉克西斯才是幕后的黑手，如果她不去丈量，阿特洛波斯就不知道在何时何处剪断这根线……你觉得呢？三女神谁真正掌握命运？"

明逾将右手肘支在椅背上，手指屈起，轻轻托着下巴："真是有意思的问题，要我说，纺线的人才真正掌握命运，没有开始就没有结束，而人们总是倾向于在结束处浓墨重彩。"

话音刚落，陈西林冲她打了个轻手势："对不起。"说完按下通话键："让她进来。"

明逾下意识往门外看去，江若景已在门口，手里拿着个文件夹，款款走到陈西林桌前："陈总，这是您今早要的分析报告。"

陈西林抱着手，脸上笑得和煦，却并未去接："谢谢。"

江若景顿了顿,将文件夹放在她面前的桌上,又等着,陈西林依然微笑着,并不说什么。

"那我……"江若景气焰低了一截,"不打扰了。"她转过身从明逾身边经过,后者轻蹙着眉。

"晚上一起吃饭?"江若景小声问明逾。

"晚上我有约了,"她淡淡说道,"明天再说。"

空气一时凝固,江若景顿了顿,朝门外走去。

"她的男朋友你认识的。"陈西林说。

"是谁?"

"是肯特。"

明逾的目光重新碰上陈西林的,一时千头万绪,百感交集,脑海中闪过肯特车中的口红、肯特提到江若景时的样子、江若景提到肯特时的话语……原来一切都在悄无声息地发生着,而自己,恰是最后一个知情的人。

江若景和谁交往,本与自己无关,可偏偏是FATES海城总经理,偏偏她三个月前还陷在非此即彼的挣扎中。

明逾低头看了看表:"准备走吧?我今天……你要是不介意,我叫部车。"

"叫车?我开了车。"陈西林站起,往落地窗前走去。

"确定是车?不是直升机?"

陈西林抱着手臂站在窗前,明逾只看见她的侧身侧脸。听见这话,陈西林只淡淡一笑,她的思绪仿佛更多地被窗外占据:"下雨了,海城的二月也能下这么大的雨……"

明逾起身走过去,可不是嘛,天地间灰蒙蒙一片。

两人各自伫立许久,就像第一次在酒会上的见面一样,近在咫尺,各自放空,却像熟悉了很久,不曾尴尬。

"走吧。"陈西林开口。

她带明逾从后门出去,出门一拐就是大厦的后座电梯,想必这才是陈西林每天上下班的路径。陈西林俏皮一笑:"迟到早退不会被全公司看到。"

明逾笑着，跟她下到车库，坐上副驾驶座，这才拿出手机看了看，见陈西林前她将手机调成了静音。肯特打来过一个电话，大概看她没接，就发了条消息过来。

——江边露台因为下雨暂时关闭，餐厅问是否移到室内？

明逾一时不能决定，这么突然的变动会不会导致室内拥挤？再说没有了露台景观，去那一家用餐的意义就大打折扣了，可如果现在想临时换地方也不现实，好些的餐厅这会儿都应该订满了。

"怎么了？"陈西林感觉出她的不快。

不如问问当事人，明逾这才想起："倒不是大事，天气这么糟，原定的露台关闭了，要么移到室内，要么……你有什么特别想去的地方吗？"

"有啊。"

"哪里？"明逾满怀期待。

"我家里呀，这种天气，去哪儿都没家里舒服。你想要露台，我也有，玻璃壁顶，还有室外暖炉，不会关闭。"

明逾被她逗乐了："可是怎么好去你家里打扰？"

都是客套话，对方明明已经提出邀请。

陈西林发动起车子："就是晚饭可能没那么讲究了，有什么吃什么，怎么样？"

这下，她再说不去，就是嫌弃了。

等车出了地下车库，明逾发消息给肯特。

——麻烦帮我取消吧，计划有变，有劳了。

她想着他正在和江若景交往，心里一阵发毛，连电话都不想跟他讲了。

车子往北开，这个时段已经开始堵塞，开了约半小时进了一条幽静的小路。天黑了下来，车灯照出一栋洋房小楼的轮廓，楼底车库开了，陈西林驶了进去。

## 11. 秘密

　　这是老海城人讲的"上只角"中心地带。伊万说二〇〇几年时，他心心念念想在这附近买栋老洋房，甚至通过中介锁定了一栋，后来出于种种原因耽搁了，也就没再提上日程。两年前他心血来潮看了一下那栋楼，十来年间净涨了七千万元人民币，他的肠子差点悔青了。

　　外派来的高管一般会选择租住地段好的服务式公寓，住到老洋楼里的，只陈西林一人，但明逾记得，陈西林没有托FATES办理任何租房买房事宜。

　　"很有感觉的小楼，租的还是自己的？"

　　陈西林想了下才答："不是租的。"

　　"哦？我一直以为你没有在国内待过。"明逾随她下了车。

　　陈西林低头取钥匙："其实我小时候在海城生活过。我出生在E国，两岁时随母亲搬回海城，一直到八岁又搬去A国……后来就在A国、中国、E国之间辗转，读大学后在A国安定下来了。"

　　明逾扶额："听起来好动荡，像外交官家庭。"

　　"那倒不是，大多是家中生意缘故。"

　　陈西林打开门，大厅的灯随之点亮，然后是楼梯、二楼……"请吧。"

　　明逾眼前一晃，乌沉的墙裙与家私，复古的灯盏，圆拱形的门窗，老式的电话机……这分明就是一派民国宅邸的复原。

　　她看呆了，忘了进门，直到目光被客厅正中一幅照片吸引。照片上是位四十岁左右的中年女子，身着旗袍，面容俊秀绝美，妆容有丝现代感，并不是后期做成彩色的民国老照片，却也像有了点年头，不是新近挂上去的。

　　"请进来吧。"陈西林再次邀请。

　　"喔……"明逾踏进门，踏上大理石地面，"谢谢。"

　　"走，带你看看露台。"陈西林笑道。

　　"原来你喜欢民国的风格，以前我倒没太留意，今天发现有种独

/050

特的美。"

"嗯……家里有人喜欢。"

陈西林说着转回头,将明逾认真看了看。明逾不知为何,从那幅照片上收回目光,匆匆对着陈西林笑了笑。

她想,这座洋楼应该是陈西林家中产业,她不是小时候在海城居住过几年嘛。而照片上的女士,说不定就是她的母亲,或者姑姨之类的长辈。

"这位女士,是你的家人吗?"明逾将目光转回到那幅照片上。

"对。"

对?就这么一个字,也不说具体是谁,明逾心生奇怪,直觉背后有些什么,是陈西林不愿谈起的。

"真美。"她给了自己一个台阶。

陈西林淡淡笑了笑:"我很喜欢一部小说,书里的故事大半发生在民国,改天推荐给你看。"

"什么小说?告诉我名字,我去买来看看。"

"买不到了。"

"嗯?不再版了吗?"

"是一篇发表在网上的小说,被锁了。"

"你看网上的小说?"明逾不解了,陈西林这样的人居然有闲去网上看什么小说……

"不要小觑网络文学,网络是个卧虎藏龙的地方,只是浮沫太多,可能还没撇完你就失望了。说起来我确实没想过去看那些,只是几个月前在员工上网记录里频繁看到这部小说……好奇看了看,发现还不错。"

"嗯……"明逾想谁这么不小心,拿公司设备看小说,不知道这一切都在技术部门的掌握中吗?她又问:"你刚才说被锁了?"

"锁了,是部谍战题材的小说,但写的是……两个特工之间的爱情。"

明逾琢磨着这话,拂了把头发,笑笑:"谁这么倒霉?什么都暴露给了老板。"

陈西林若有所思，却没再继续这个话题："露台从这儿上去。"她做了个"请"的手势。

雨打在隔音玻璃上，还是可以听见轻微的"噼啪"声，像某种精灵的舞步。陈西林给一人高的室外暖气通上电："好了，过十分钟就暖和了。"

明逾随陈西林下楼到厨房，脱了大衣，陈西林接过去帮她挂起。"舒服吗？"陈西林指了指明逾身上的西服，"我打算换件衣服。"她也穿着白天的通勤西服。

"凑合吧。"明逾干脆脱下西服，室内暖和得很，一件衬衫就够。

陈西林转过身去："我失陪一下，换件衣服。"

厨房的装修风格和别处一脉相承，但那只是表面，内里是个西式厨房。明逾看着四处那些不染尘埃的桌台和设施，肚子有点饿了，这"家徒四壁"的，到底有吃的没有？

要是去露台泡面……也成，反正国内的泡面不太难吃。

陈西林走了下来，穿着件粉粉的卫衣式家居服，边走边为这颜色解释："上了年纪后私下里突然对粉色感兴趣了。"

明逾笑了起来："我也是。"

陈西林白净的脸在粉色和顶灯的映衬下显出浅浅的小麦色，好看极了，唇上白天的红色浅了，应该是刚才卸了唇妆。

"我们看看Lynn家里有什么可吃的……"她打开冰箱，自言自语道。

"你胃好吗？可不可以吃鱼生？"陈西林问。

"可以吃。"

"那好。"

陈西林"搬出"一只密封的塑料盒子："下午四点到的，距现在……"她转头看了看钟，"两小时了。"

盒子打开，里面是一截厚实的雪白色鱼肉块。

"今天凌晨捕捞上来的，中午处理了运了过来，这是九绘鱼。"

"这……你会片吗？"

"还真学过，不过片得不好。"陈西林拿出刀具和切菜板，刚要作业,又想起了什么似的问,"你吃馄饨吗?"

"啊?"

"螺肉和猪肉馅的,你吃吗?阿姨下午走前现裹的,家里还有鸡汤,不然先吃碗鸡汤馄饨暖暖胃?"

"好。"

陈西林小火煮上馄饨,转身取出鱼块,放在切菜板上。

"你平时都自己煮饭吗?"明逾问。

"自己煮或者阿姨煮,外面的食材大多不太好,真正好的呢,又卖成噱头。你呢?三餐都怎么解决?"

"应酬多,尤其每次在这边的时间里,几乎顿顿应酬。休假的时候会自己做点饭。"

陈西林将鱼肉片成了透明状的薄片。

"那今晚算不算应酬?"她问。

明逾愣了一愣,还没回答,陈西林又开口道:"希望不是。"

"让人安适的就不是应酬。"明逾答。

陈西林细细切着鱼,将这话咀嚼一番:"住酒店挺不舒服的,哪怕设施再全的套间,也没有家的感觉。"

"可不是嘛,早些年住进五星级酒店特别开心,现在对总统套房都不感兴趣,一闻到酒店的气味,满脑子都是奔波。"明逾将馄饨锅的锅盖掀起一点。

"这次待多久?"

"一个月吧。"

"你老家在哪里?"

明逾想了想:"平城。"

"那不远啊,周末回去吗?"

"不回,家里没人了。"

陈西林抬头朝她看了看,又低头切最后一片。"要是喜欢,就多来这里同我吃饭。"她切好了两碟鱼生,开始收拾切菜板,"平时我就一个人。"

喜欢什么？她没指明，也许是喜欢这顿饭、喜欢这栋房子、喜欢这个人，又或许是都喜欢。明逾突然觉得有些梦幻，自己何时跟陈西林走得这么近了？

"Lynn……平时都没有应酬吗？"

"普通的应酬，交给他们就好了。其实我大多数时间在新区的工厂和实验室里。"

陈西林取出一只托盘，将鱼生和酱碟放上去："馄饨好了吗？"

明逾关了火："好了。"

"我先把这些端上去，你自己盛吧。"

雨像不会停了似的，夜空也透支了，泛着红色。

"好久没在冬天来海城了，不记得会有这么强势的冬雨。"陈西林道。

明逾舀了口鸡汤喝进去，胃里一阵舒适："嗯……今天确实不太正常，不过说起来也早立春了。"

"你冷不冷？"

"不冷。"

"真是一顿乱搭的便饭，没有提前准备。"

"要是准备了请我吃什么？满汉全席吗？"明逾放下勺子，"其实我特别喜欢这样的气氛……谢谢你。"

陈西林冲她笑，耳钉在露台的幽光里一闪一闪的，她忘了摘。

饭吃完了，雨不见停，明逾提出不便再打扰了，陈西林说送她回去。

"我叫辆车吧。"明逾不好意思再麻烦陈西林。

"今天我服务全程，下次你再来，自己开车。"陈西林说着站起身来。

明逾端着空碟子，走到楼下，经过那张照片旁，驻足看着："有点眼熟的感觉，是不是明星？"

陈西林抬头，眼神深得像要钻进明逾魂魄里，摇摇头："不是。"两个字都未说完，眼圈红了。

明逾想自己是不是看错了："怎……怎么了？"

陈西林却笑了笑，两瓣唇也感性起来，半晌道："眼熟吗？"

明逾又偏头仔细看了看："有点……这是……你的长辈吗？"

陈西林笑着摇了摇头，放弃了这空气中的莫名拉锯，迈开脚往厨房走去："我送你回去。"

　　车在雨幕中缓缓停泊，门童早撑着伞走过来，帮明逾打开了车门。

　　"今晚很愉快，谢谢你，改天我请你。"明逾做道别。

　　陈西林笑着刚要说什么，眼睛看到明逾身后，顿了顿，闪回到她脸上，笑容有些僵住。

　　明逾顺着她的目光回头，江若景就站在自己身后，雨就这么打在她没有遮挡的头发上、身上……

## 12. 诅咒

　　明逾和江若景一起往大堂走去。

　　"回去洗个热水澡吧，"明逾语气冷静，"你这样肯定要生病的。还有，今天下午你那么做，是置你自己于何地？置陈西林于何地？她脸上对你笑不代表她心里也笑，你究竟为了什么要在自己老板面前这副样子？别的不说，会让她觉得你很不专业，公私不分，情绪管理能力差，你知道吗？别说坐到她这个位子上的人，就连我自己，都很不喜欢看到这样的员工。"

　　"你太高看她了！"

　　明逾冷笑："你太小看她了。"

　　"呵呵。"江若景偏不松口，"她是不是还跟你聊了她的民国情怀？"江若景看着明逾脸上的表情，一瞬惊，一瞬恼，满意地大笑起来，"哈哈哈哈……告诉你吧，我来海城不久，她就请过我两次，我说你高看她，是因为她连接近别人用的话题都不换。明逾，你也许是个通透的人，但缺点弯弯肠子。"

　　明逾愣了愣："是不是在你眼里，闲聊都是弯弯肠子？"

　　"她有没有闲聊，你自己心里清楚，也只有你心里装的全是事业。她？省省吧！"

　　明逾的肩垮了下来，心里突然觉得好累："你回去吧，我累了。"

江若景往门外的雨幕中跑去。明逾追出去拉住她："让门童给你叫辆车！"雨打在两人头发上、衣服上。

"你管好你自己吧！"江若景看着她。

明逾心中生出一股怒气，冷冷地看向她。

江若景问："你很生气，为什么？"

"你招惹了我的同事和客户，我不喜欢这样，让我尴尬。"

江若景也冷冷地看向她："你真虚伪！"

明逾蒙了，手慢慢垂了下来，半晌，有气无力地扔下一句："到此为止。"说完便转身往回走去。她不懂，她只是和陈西林吃了一顿饭，事情怎么就弄成这样？

她不知道自己是怎么进了电梯、怎么走进房里的，那种熟悉的混乱感再次从身体深处袭来——第一次发生，是在失去了孩子之后；第二次发生，是在洪决绝地离开她之后。

可是为什么呢？用心待人得到这样的结局，不用心也是这样的结局……

她还有什么出路吗？

她仰躺在床边的地毯上，闭着眼睛。

她的脑中浮现出三年前刚认识江若景时的片段。那天 C 城也下着雨，车灯把污浊的雨丝照得亮晶晶，车轮辗着湿润的路面向城西驶去……

女人面前放着杯廉价的混合酒，缎子般的黑发拢在右肩上，转头看着向自己走来的明逾。

"我……我没想到你是……这样的。"

记忆在湿漉漉的脑中短路，发出"吱吱"的声响，曾经的一幕幕错乱了顺序，像颠倒浮生的电影。

洪说："我总能找到办法在这里定居，你不用操心。"

内衣上的褐色血迹，终于有一天变成了鲜红往下流淌……耳边传来婴儿啼哭声……精神科医生瓦蓝色的眼睛……一支支半透明的橘色的药瓶和白色的标签……

伊万浅棕色的眼睛透着疲倦:"对不起……"

难闻的机舱,无处回避的流感病毒……

她抱着洪,死死抱着:"再给我两年时间,我会努力安排好一切……"

"这些是你早就该安排好的,你在国外这么多年,都干什么了?"

阳光下洪虔诚的笑脸:"我一直把你当成我最好的朋友。"

电话线中冷冷的声音:"明逾,你是怎么回事你还不清楚吗?我们结束了。"

心理治疗师,梅,温柔的耳语在流淌:"Ming,接受你所有的过去……"

眼泪从闭着的眼角流下,喉间轻轻滑动,她努力控制着自己,深呼吸,深呼吸……她不能,她不能再让自己滑入这深渊,不能太过沉重,也不能自轻自贱。


陈西林站在客厅中央的照片前,抬头看着照片中的女子:"她也说你看着熟悉……不有趣吗?"喉咙一哽,再说不出什么。

尖锐的门铃声吓得她猛一转身,这宅子已经很久没有响过门铃声了。她皱了眉,走到墙上的门禁屏幕前,是……江若景。

## 13. 使命

蜂鸣器中传来轻微的电流声,显示陈西林开了对讲。

"陈总……"江若景的声音嗡嗡地传过去,"是我,杰西卡。"

"有……什么事吗?"陈西林的声音依旧平平的。

江若景低头,不再作声。电流声消失了,她等了一会儿,门开了,陈西林站在面前。

雨刚停,江若景浑身都还湿着。

"杰西卡……你……怎么知道我的住址?"

江若景抬头看她,有些不知所措的样子。

"你这样会生病的……我送你回家吧。"陈西林说着转身打算去拿钥匙。

江若景却叫住她:"对不起……陈总……"

"究竟出了什么事?"

"我……我能进去说吗?"

陈西林犹豫一下,将她让进屋内。江若景也知道自己浑身湿答答的,就只站在那里,拘谨得很。

"我先去给你拿点预防药吧,"陈西林说完没立刻走,怕又被她拉住,"你坐吧。"

江若景看了看沙发,摇了摇头。

药拿来了,江若景开始打喷嚏,看来预防也已晚了。她将药吞下,慢慢蹲下身,哭了出来:"陈总……"

陈西林犹豫着,弯下腰,将手轻轻搭在她头发上,冰冷的触感让她心下一惊,再一摸,头发湿得可以拧出水来:"你这样不行,去洗个热水澡,我给你套干衣服换上。"

"陈总……你会开掉我吗?……"

陈西林皱了皱眉:"你先处理一下我们再谈吧。"说着便带她往客房的浴室走去。

她找出套新内衣和自己的厚实衣物,放进浴室,帮她调好花洒,又将浴巾、吹风机备好:"洗暖和了再说。"

浴室里传来水声,陈西林去拨明逾电话。

手机在玄关处的包里振动着,明逾躺在里间冰凉的地毯上拼命将自己从深渊里往外拉。五年前医生警告过自己,不能再受刺激。她闭着眼睛,此时此刻,只能用强大的理智控制住自己,不让那些混乱再度袭来。

陈西林用两部手机各打了一次,不见人接,抬手看时间,也才九点,想着对方有可能在忙,便不再打扰。

她走到露台上,早些时候这里的一颦一笑都已冷却,空气中一丝遗留的尾香证明明逾曾来过。她坐在露台椅上,想明逾订江边露台究竟是想看壮阔绚丽的江景，还是喜欢那私密精致的氛围？若是前者，她这里是没有的。

她凝眸看露台外的点点灯火，久久未动。身后传来脚步声，她像醒了过来，转头看去，江若景穿着自己的厚毛衣和家居裤站在门里。

"来坐吧。"她转回头。

江若景走进露台，往桌边走去，一丝熟悉的香气传来，她愣了愣——明逾来过这里。

陈西林转头看她："怎么了？"

"没什么……"江若景晃了神，"谢谢陈总……谢谢陈总收留我……你会开掉我吗？"

"看是为了什么。"

江若景愣住了，接不上话。

陈西林看着她，又转头看回露台外的灯火："让我开掉一个人只有两种原因：一、这个人工作做不好；二、这个人触犯了法律。"

红彤彤的天际终于转黑，黑得让人迷失。

"你得到了想要的答案吗？"

"嗯……"

陈西林按开手机，明逾没有回她的电话。

"你感觉怎么样了？需要……让肯特来接你吗？"

"不不，"江若景直摇头，想了想，"我暂时不想和他见面。"

"吵架了吗？"

"我不知道该不该继续和他走下去。"

陈西林在黑暗中微微拧起眉。

江若景低诉："我有什么办法吗？"

"这是……你找我的第二件事？"

"对不起，陈总。"

"不必抱歉，不过，私人的事情我给不了任何建议。杰西卡，别忘了你我肩上的使命。"

江若景抬头，半晌："嗯，我知道。"

"一百亿元的项目竞标,没有什么比这更重要。我的任务是让白鲸中标,其他的事情都往后排。这个项目涉及 AI 云技术,我担着很大的险,我希望你能明白。"

"我……明白。"

陈西林走到她身边:"杰西卡,我送你回家。"

江若景蹲下身去,狠狠地哭了起来。陈西林弯腰抚她的头顶,又转身将纸巾递给她,不经意触到她的脸颊,烫手。她将江若景拉到屋内,就着灯光一看,脸已经烧得通红:"你家里有什么人吗?"

江若景愣了愣,摇摇头,摇得脑仁跟着疼。

陈西林转身:"我拿体温计给你量一下,如果严重得去医院。"

温度量好了,39 摄氏度,江若景说:"没事。"

陈西林又拿起手机,明逾还是没有半点反应,她叹了口气:"你今晚暂时住这儿,我去给你拿两样退烧药,明天如果不见好转就去医院。"

她去取药,走着走着就想,也许这才是江若景今晚闯入的真正目的。

明逾醒来时发现自己还躺在地毯上,屋里一片漆黑,重新闭上眼,却觉得浑身冷了起来,挣扎着坐起,看了看床边的钟,三点多了。

平静了,平静了很多,她庆幸自己最终没有走向失控的深渊。跟跄着站起,在黑暗中摸到门把手走出去,客厅里亮着角灯,她找到药箱,给自己倒了杯水,将泡腾片放进去。

明天……明天约了谁来着?她努力回想,哦,医保公司要进一步谈一谈……包呢?手机呢?她挨个在房间找,最后在玄关发现了它们。手机上有三个未接电话,一个是陈西林国内的号码,晚上吃饭时她存了,一个是陈西林 A 国的号码,一个是肯特。

她想给陈西林发条消息,但凌晨三点发出消息总是打扰,这么一想就决定早晨再说。走进浴室,打开灯,天……镜子里的女人像鬼一样,花掉的眼妆,模糊的红肿,她摸了摸脸上,不疼,她冷冷地看着自己。

天亮了，陈西林家的保姆来做早餐。

这一夜几乎没睡，她穿戴整齐，轻轻走下楼去，打算跟保姆交代几句就出门。

客房的门还是开了，江若景穿着自己给她的那套衣服，怯生生地站在门口："陈总早……"

"早，"陈西林抬腕看了看表，"我要到新区去。你感觉怎样了？"

"好……好些了。"

"那就好，你今天可以不用上班，阿姨会照顾你早餐，中午如果还是不舒服可以请她留下做午餐，但是她下午两点会走，要去接她的孙子放学。我今天可能会在厂里待到下半夜，所以阿姨走的时候，你得自己打车回去，可以吗？"

话音刚落，阿姨端着一只托盘从厨房出来，看了看江若景，又看向陈西林："陈小姐来客人啦？吃早餐了。"

"我不吃了，这是江小姐，她有些发烧，你照顾她吃吧。"陈西林又将刚才的话跟阿姨交代了，便径自出了门。

坐进车里，她又看了看手机，明逾还是没有任何回音，刚刚七点，她也许还没醒吧，陈西林发动起车子往工厂驶去。

明逾不知怎的就惊醒了，剧烈的头痛让她还未睁眼便皱起了眉头，翻了个身，慢慢睁开眼，看了眼时间，七点半了。

她是到了天蒙蒙亮才迷糊睡着的，得赶紧起来了，无论夜晚多么狼狈，白天还是要拾掇光鲜了行走人世，那些拼命想要窥探这光鲜背后故事的人，都是过客，不值得向他们展示自己的狼狈。

她梳洗好，头依旧沉沉的，想起昨晚陈西林打来的电话，找到手机想去回复。

解锁便收到一条消息提醒，是江若景发来的，是张照片。

明逾用尽全身力气将手机往墙上砸去，顷刻间，七零八碎了。

## 14. 错乱

怒气排山倒海袭来，昨晚江若景说自己什么来着？"虚伪"……

她不虚伪吗？她明明不喜欢陈西林，就因为陈西林位高权重而接近陈西林？明逾像个傻子一样站在客厅中央，她不知道自己是谁了，更不知道怒气来自哪里，失望？但她已经不去追究了。

喘息重了起来，再没有那份清醒的意识说要控制自己，她不知道自己摸到了什么，奋力往地上摔去，"叮叮当当"，桌上的东西全都落了地，她大口喘着气，找不到一个出口。

混乱中从包中摸出另一只手机，用的是 A 国的那个号码，她也不管此时那边是几点，哆嗦着手指翻找电话簿，拨通了。

"Ming？"

"这世界上有什么美好的人？不存在的，我自己恶心至极，别人又好在哪里？外表的装腔作势下居住的都是轻浮龌龊的灵魂，老实人不过没有资本，有资本的都不老实。"

"Ming，你在哪里？"

"所有的人，所有的人在享用了我的好处后都要翻脸不认人。他们翻脸翻得那么心安理得，都忘了一开始的约定是什么。说好了要有自己骨气的明家人，伸着手去跟人家要钱；说好了不谈感情的人，最后摇身一变，变成了受害者，要用恶毒的方式施展报复；说好了一辈子的人，想走就走好了，偏偏在走前把一切罪责都推给我，让我自责了好久好久。是，我让别人失望了，我是个私生女，神秘感过去之后就很容易发现那些显赫的家世光环都与我无关，我也没有圆滑世故的处事方式，可是高兴的时候，夸我特别、夸我云淡风轻，不高兴的时候，这些就都变成了蠢笨的缺点……年轻的时候，我的眼里没有物质，我不存钱，不买奢侈品，她问我怎么花掉的。怎么花的？我去看世界，去花在看不见的地方，所以她遇见我时才会觉得我博学，觉得我独特，觉得我与众不同，可后来呢？后来却嫌弃我不懂得合理支出，嫌弃我跟了富人一场却连一套房子一身名牌珠宝都没给自己配置……"明逾哭了起来,"我怎么知道?他们对我好的时候我只会感动,我怎么知道在他们心里都一笔一笔算着呢?他们走的时候觉得给了我很多,觉得对我不差了。我拼命爬到这个销售总监的职位,本来我不想去做销售的,我不喜欢今天东八区明天西五区的生活,可等我做到了,有人却骂我,骂我利己自私,骂我不肯放弃 A 国的东西,这些东西是我拿十几年的青春和眼泪换来的,我有多大错?是啊,我本不该原谅那些人,是我自己蠢笨。"

电话里一阵沉默:"Ming,你遇到新麻烦了?"

明逾的声音冷了下来,调子也慢了下来:"一个人总是去指摘别人的地方,往往都是自己的缺点。我不能有一点不满,不满了就是要求高,使一点小性子就是不稳定,其实到底谁才是那个时时掂量着的人?说我没有良心的,自己又如何?为了要钱亲情也不要了。说我薄情寡义的呢?却不知是自己薄情寡义在先。"

"Ming,是什么让你五年后重拾这些委屈?怎么突然又都过不去了?接通电话的第一句话,表面美好的人,你指谁?"

"梅……抱歉……我撑不下去了……"

"你现在在哪里?"

"海城。"

"Ming,在你的情况进一步恶化之前,我需要你立即回 C 城。我现在会出具一份医生证明,在登机前,我需要你把这份证明交给机场工作人员。"

陈西林一直忙到下午一点才想起吃午餐,她坐在实验室旁自己的小办公室里,因为大部分时间花在这边,就让行政收拾出了一间小办公室。她拿出手机,明逾还是没有动静。

她索性将电话打了过去,好像留宿江若景这件事,有必要用不太刻意的方式跟她打个招呼,电话里传来提示音:对方不在服务区。

她不知道,明逾的那部手机已经被她摔得粉碎。而此时的明逾,已在海城国际机场的一处医务室里。

明逾是某航空联盟最高级别的会员,当前的情况让她备受重视。其实她的情况本可以向航空公司隐瞒,但她的心理治疗师梅担心她在十几个小时的飞行中出事,所以要求她在购票时向航空公司说明这一情况。地勤医生刚刚和梅通完电话,并且拿到了医生证明的传真件,这才允许明逾登机。

她被安排在特殊铺位,由空乘随时照顾。

明逾没有想到,这一趟出差会以如此狼狈的姿势回去。

已到了晚饭时间,江若景坐在自己出租屋空空的餐桌旁,看着手中的手机。一天了,明逾没有任何回复,江若景失望极了。

她看着手机,肯特半小时前发消息给自己,说他今晚约了人谈公事。那明逾是不是也参加?明逾是不是太忙,所以忽视了自己的消息?

她犹豫了一下,给肯特打去电话,铃声响了两下,对方掐掉了。江若景觉得要崩溃,就连肯特也不理她了,但电话很快就进来了,肯特还是理她的。

"亲爱的,"肯特鬼鬼祟祟地说,"刚才在酒桌上呢,我出来跟你讲两句就得进去。"

"哦……你在哪里吃饭?"

江若景听见自己的声音吓了一跳,哑得不像样。

"呦,你怎么了?病了吗?"那边着急了。

"有点,感冒了,你在哪儿呢?"

"别提了,这个明逾今天把我害惨了……你先乖乖吃点东西,我尽早结束就去看你。"

"到底发生什么了啊?"江若景一急,忍不住咳了起来。

"乖,乖,别急,不要担心我,没事的。明总今天突然回C城去了,招呼都不打,人到了机场给我发了封邮件让我跟进她对接的供应商。哦哟,真是想一出是一出,还好我都能对接上,你怎么病了啊?"

江若景听不进他后面说了些啥，稀里糊涂挂了电话，又稀里糊涂去拨明逾的电话，一个不在服务区，一个已关机。她站起身，心里有些慌。认识三年多，两人之间偶尔会有些不愉快发生，但这次好像不一样。

她解锁手机，给明逾发去一条消息。

——对不起，对不起，对不起……我不会再打扰你了。

## 15. 修行

一束阳光从天窗照进来，照在原木地板上，明逾坐在一只浅绿色的垫子上，头发在颈后扎成一束马尾。她从闭着的眼睑感受阳光的温度："梅，我真的，有想过去做修女，有阵子我每天下班都看见一位拖着滑轮包的修女，我去问过她。"

"然后呢？"

"我放弃了，我和她交谈，发现她并不能够将我带到一个更干净的世界，她很简单，但很俗。"

"俗？"

"俗，她的世界里都是教堂的事务。与她相比，我的世界，既肮脏，又不俗。"

屋子里安静了下来，明逾睁开眼，仰头看天窗外的天："梅，你的工作环境很不俗，你每天接触的事也很不俗，但从我的眼睛看你，也是俗的。"

梅温和地笑了："说说看。"

"你把它当成工作，它就俗了。"

"修女也是这样吗？"

"修女和你有着不一样的俗。她其实是看过的风景太少了，我和她讲话，我可以看透她，她却不懂我，她的世界太小。而我理解的修行，是在看过世间风景后化繁为简的修行。于是我醒悟了，修行不需要你加入什么团体，不需要什么形式，团体和形式都会将这事变俗，你就一个人大隐于市，悄悄修行就是了。"

"所以你觉得自己在修行吗？"

明逾摇摇头，眼泪从眼角滑出："红尘那么重，压着我，走着走着就忘了。"

"尘不该是轻的吗？"

"可它是红尘，"明逾重新闭上眼睛，"其实我知道我从来没好透，我知道我活该，我知道总有一天我又要就范。"

"你用了三个'我知道'，这么肯定。"

"是不是听起来很自负？"

"我更好奇你为什么这么肯定。"

"恰恰因为不自信。"

两天了，明逾的电话永远是关机状态，江若景已经查过航班是否失事。

她找不到明逾了。

陈西林在面前的第三台显示器上点开一个窗口，放大，画面上是江若景，她已经这样两天了。

陈西林拨了一条内线："杰西卡，到我办公室来一下。"

敲门，进来，江若景满眼疲倦："陈总……"

"身体好了吗？"

"嗯……烧退了，谢谢陈总，那个……衣服……"

"哦，"陈西林想了一下，反应了过来，本想说不用还了，又觉得听起来像是嫌弃对方，"不急。工作方面，都还顺利吗？"

江若景一时想不起工作是否顺利了，"嗯嗯啊啊"的："都还好……"

陈西林看着她。自己这两天两次拨打过明逾的电话，都找不到她，再看江若景现在的状态，也许也跟这事有关。

"陈总……你有逾的消息吗？"

陈西林顿了顿，原来她俩也失联了："我给她打过电话，但一直联系不上。怎么？你也找不到她？"

江若景不知是失望还是安慰，摇了摇头。

陈西林站起身来："肯特知道吗？"

"他只说逾两天前的早晨突然就回C城了……今天早晨我让他问了一下C城FATES本部的人，说她一直没去上班……"

"会不会……家里出什么事了？她在那边有家人吗？"

"没有……逾她都是一个人……陈总，我好担心，她走前那天晚上……我和她吵架了，我……"

"就是你去我家的那晚上？"

"对……"江若景不敢继续说了，那晚陈西林送明逾回酒店，她堵在车前，再说下去，恐怕陈西林该猜出吵架跟她有关了。

陈西林走到落地窗前："那以你对她的了解，她会为这事赌气吗？"

"不……不是赌气……她不会跟我赌气，我只怕她出事……"

陈西林愕然地回身："你知道航班号吗？"

"我查过了，甚至打过电话给前天所有飞C城的航空公司，没有人出事……"

"那你是担心？……"

"我怕逾她旧疾复发……我记得……她跟我提过，过去有几年……她看过精神科医生……"

陈西林虚了视线，她不懂江若景为什么要跟自己说这些。

江若景整个人愣住了，自己这是在做什么？把她当闺密似的吐露心声？为什么她会毫无保留地说给陈西林听？大概因为，这世界上再没有谁能让自己毫无保留地表达对明逾的担心。

"那天晚上你究竟对她做什么了？"陈西林的声音里有一丝快要孵化成形的质问。这颗质问的种子惹恼了江若景，她一下醒了，陈西林无权质问。

"没什么，拌拌嘴，她生气了。"

"这让你怀疑她旧疾复发？"种子继续孵化。

"……陈总，抱歉，我失言了，这是逾的隐私。"

陈西林抱起手臂："你该说抱歉的人是明逾。"

江若景走了，陈西林看了看表，此刻是C城的早晨八点。她拨通了白鲸 C 城 HR VP 米歇尔的手机，对方没有接起，也许在开车，她被接入语音留言，"哔"声后，她缓缓说道："嗨，米歇尔，是 Lynn，我有点急事找 FATES 的明逾。如果你能在中部时间十点前搞清楚她在哪里，并告诉我，将十分感谢。再联络。"

不告而别。她站在落地窗前，她不喜欢不告而别。

治疗室里明逾换到了角落的位置，抱着膝，马尾辫有些乱了，一绺头发散在脸侧："那天我挑了瓶 Pinot Noir①，这种红酒口感太涩，我不喜欢，但喝完唇齿间会一直萦绕淡淡的果香。洪不爱喝酒，跟着我喝了一杯，我醉了。"明逾睁开眼，瞳仁在阳光的照射下呈现出无辜的琥珀色。

梅温柔而理性地看着她。

她的手覆在自己的胸前："我突然哭了。"

"哭了？"

"我觉得像找到了家。眼泪夺眶而出，继而大声哭了出来，我控制不住自己。"

"洪呢？"

"洪吓得看我，我意识全都模糊了。"

"那是你第一次在那样的时候哭吗？"

"第一次，和最后一次。"

"那是好的经历还是痛苦的？"

"好到痛苦。全身全心投入，可惜洪不懂。"

"确定洪不懂？"

"确定。最后洪将我全盘否定，梅，你知道全盘是什么意思吗？"明逾抬起头看向她。

"什么意思？"

"洪说从一开始，我原谅洪欺骗我，允许洪来 C 城看我，就是报

---

① 黑皮诺，红酒的一种。

复洪的开始。"

"Ming，有时候魔鬼会占领人的思绪，相信洪在冷静下来后，会意识到这种想法很偏激。"

"如果宽容可以用最为邪恶的方式去解读，我为什么要继续宽容？"

"Ming，五年前你没有告诉我这些。你有别的疏解渠道吗？"

"除了你，我不会再跟任何人谈起过往了，有什么用？当年洪和我在网上说了半年心疼我的每一步。你知道'心疼'是什么意思吗？"

梅看着她。

"'心疼'就是，'别人怎么可以伤害你？放着我来'。"

米歇尔的电话打了来。

"Lynn，抱歉，错过了你的电话，你交代的事情我查了。"

"没关系，怎么样？"

"FATES 的人说她回来就拿了假期，马克说了，你有什么事他亲自代 Ming 给你处理。"

"这样……我还是等 Ming 吧，因为之前在海城跟她起了个头。你知道她假期什么时候结束吗？"

"我问了，很奇怪，他们说暂时不确定，我也打了 Ming 的手机，但一直关机……Lynn，我觉得有点不对劲，我认识 Ming 几年了，她的手机二十四小时都会开着……如果你有重要的事，我建议，还是找马克解决。"

"知道了，谢谢米歇尔。"

陈西林踱到落地窗前，深深叹了口气。"不告而别……"她轻声说出心里反复响起的这个声音，双手插在米灰色的西裤口袋中，"不告而别。"

她大步走回桌旁，电脑里一串讨论激烈的邮件，参与人是董事会执行委员会的六个人，包括她自己。这封 Re[①] 来 Re 去的邮件，主题

---

① 回复。

是对陈西林负责那一百亿元竞标工程资格的质疑,而质疑她的首要原因是,她不是A国人。

几个执行委员会的元老各怀心思,吵来吵去,有人质疑,有人维护。陈西林一直保持沉默,所有邮件都抄送了白鲸的创始人白亨利,他也一直沉默。

陈西林坐到椅子上,点开日历看了看,又看回邮件,点击"回复所有人"——

全体:

  我愿意回一趟总部与大家讨论我的资格问题,请于各位都方便的时间安排一次执行层董事会。我的最早到会时间是后天,周五上午。

  敲定时间后请通知我。多谢。

Lynn Chin

## 16. 投票

南湾区的气温突然飙升到15摄氏度以上,陈西林戴着副太阳镜,身着浅米灰长款西装套装走下直升机,她的身材可以驾驭这种长且无腰身的款式。

这是白鲸斥资搭建的直升机停机坪和小型航站楼,专供高管通勤使用。这一带交通堵塞太厉害了,白鲸所在的工业区不宜居住,高管们的宅子大多在几十英里外那些风景如画的保护区。

陈西林大步朝前走着,并不单单因为螺旋桨带来的气流和噪声惹人心烦,还因为她扫见CFO布莱尔从那边追过来,她知道布莱尔想跟她说什么。

"Lynn! Lynn!"布莱尔果然还是追了上来,"Lynn,你不能这么对雷蒙!"

陈西林没有理他,径自往航站楼走,布莱尔连嘴巴都不晓得合上，也不知吞进了多少沙粒和蝇虫。

"雷蒙是我手底下的人,我有权决定该怎么处理他。"等风小了,陈西林开口道。

"可你知道,雷蒙是我的侄子,一直以来他的销售业绩也遥遥领先,为白鲸贡献了很多净利润。"

"哦,抱歉,他犯了原则错误,他和手下的销售团队在 D 国花天酒地,将账单全部打乱拼组,每份都变成三万元以下的数额,因为三万元的账单就需要我签字。布莱尔,我没有起诉他就不错了,我要是你,我都感到脸红,别说再去求情。"

"见他的鬼,听着,Lynn,我跟雷蒙谈过,他说那些消费确实用于销售应酬,只不过各地文化差异太大。D 国那些大佬就是这么谈生意的,他怕审批程序太长,才走了捷径。"

"规则就是规则,要是人人都在规则里给自己找点灵活度出来,这个世界还要规则做什么?再说了,真的都是销售应酬?如果和客户赌博白鲸都要负责掏腰包,是不是下次和客户吸毒也要白鲸买单?不想让我看到这些消费是因为他心虚,所有的隐瞒背后都有原因。"

"Lynn,赌博在 D 国是合法的,请不要和吸毒混为一谈。"

"雷蒙违反了公司规定,而且是在最为敏感的事情上挑战公司底线,他必须走。"

航站楼外停着辆车牌"BAI 006"的豪华轿车,陈西林认出那是白亨利的一辆车,司机见陈西林出来,毕恭毕敬地打开后座车门。

"Lynn,你知道一会儿董事会上我的一票很重要。"布莱尔不依不饶。

陈西林笑了:"我就没指望过你会投赞成票。"

布莱尔绕到另一侧,想去开车门,陈西林一脚刚要踏进去,冷冷地说道:"你得自己去会议室。"

这是布莱尔下飞机后吃进去的最大一只苍蝇。

海城已进入深夜,江若景握着手机坐在床上,她是早晨得知陈西林回了 A 国的,算一算时间,现在早该到了。

江若景在犹豫，犹豫要不要请陈西林打听一下明逾的下落，却又不甘向她开口，说不定，说不定她是冲着明逾回去的呢？

江若景不太说得清自己为什么这么介意陈西林的出现，从明逾的反应看，她知道她俩的关系没那么好，可她就是过不去陈西林这道坎儿。

她没办法，原先那个工作签证虽然没有到期，但如果再持它入境 A 国，很有可能被海关扣下驱回，所以前两周她刚刚申请 A 国的个人旅游签证，还没下来，护照都已经交到领事馆了。就算她再急，现在也不可能冲到 A 国去。

她将邮件关上。陈西林能打听到的，难道肯特打听不到吗？

陈西林抱着手臂坐在会议桌前，偌大的长桌周围坐着其他五位执行董事，桌前墙壁上的视频中，白亨利坐在轮椅上的身影苍老而威严。

"Lynn，各位，我不认为这是在重复议题，半年前我们的确通过了让 Lynn 负责这个项目的决议，但局势总是在发展变化的。这几个月发生的一系列政府行为，让我们的国家对于很多的技术表现敏感。"布莱尔的死党乔治说道，"Lynn 不是本国人，这已经构成了技术'事实出口'。"

"我再说一遍，"法务 VP 迪恩的声音厚重缓慢，"第一，Lynn 拥有本国长期居留权；第二，针对 Lynn 的情况，白鲸已经获得了'出口许可'。"

"迪恩，感谢确认，但是 Lynn 不是一般的外国雇员，你所说的一般流程是否可以适用于这项特殊工程？我们不能让竞争对手以及政府里竞争对手的人抓到任何把柄，我这么说，是对白鲸负责，也是对 Lynn 的个人安全负责。"乔治不依不饶。

"乔治，作为一个专业律师，我可以保证，我们的所有程序都没有问题，你的担心只是主观感觉。"

"迪恩，作为风险管理师出身的人，我也可以告诉你，你永远都不知道哪一天我们会栽在这里。"

"我同意乔治，白鲸为什么要冒一个早就能预见的险？"布莱尔附和,"Lynn 还是可以参与项目的,但为什么不能任命一位更具资质的人做总负责人?比如说白西恩。"

"什么叫'资质'?"陈西林看向布莱尔,"整个白鲸,还有谁比我更有资质负责这个项目?五年,我和我的团队用了五年的时间研究 AI 云技术,这五年里白西恩在干什么?"

陈西林的咄咄逼人只出现在工作场上,且通常只对平级或更高级别的人,比如说现在。

"不要误会我,我并没有否认你对 AI 云技术的贡献,只是说在形式上我们可以换个总负责人,而你则在团队里继续参与嘛。Lynn 不会是对竞标总负责人每年额外拿到的三十万元无法放弃吧?"布莱尔笑了起来。

"布莱尔,"陈西林没有玩笑的意思,"每年多三十万和少三十万,对于我来说,毫不影响我的生活,它只是我的某张卡上的某个数字,请不要以你滑稽的想象力去揣测我。所以我想问你,白西恩在你眼里比我更具资质的原因是,他是 A 国公民?"

"这是其中的一个原因。"

一时大家都看向布莱尔。

"还有一件事我比较担心,据我所知,Lynn 在东索有一个基金会。"

"没错,这不是什么秘密。"陈西林回答。

"东索和西索是邻居,而西索内乱严重,所以我的很大一部分担心也来自这里。"

"我的基金会和西索毫无瓜葛。"陈西林简单陈述事实。

"就连东索自己都不敢说他们和西索毫无瓜葛,这两个国家在历史上有着过于复杂的纠葛。Lynn,你又怎么保证你的基金会能够与西索完全撇开关系?"

"布莱尔,你真是在挑战一个法律专业人员的忍耐度,"迪恩摊手,"你们看到 Lynn 在东索有个基金会,看到东索和西索是邻居,从而就质疑 Lynn 做这个项目总负责人的资格,这套逻辑对于我来说主观而幼稚。作为一个成年人,尤其是白鲸执行董事中的一员,我希望大家保持客观、理性，任何家庭主妇式的担心都不该拿到这张桌子上讨论，因为这是在耽误在场的每个人的时间，而我们的时间很贵。"

"各位，"HR VP 黛波尔开口，"我想在大家过度讨论前将我们的关注点拉回一些，大家对 Lynn 的资格的怀疑目前基于一点，那就是她的国籍，至于基金会，并没有任何相关条文显示一个注册于东索的基金会将对 Lynn 的资格存在任何影响。我想问一问 Lynn，如果说你的国籍确实会改变执行董事会对这件事的决议，你有没有什么挽救措施？"

会场上突然安静下来，之前一直被忽视的某种轻微电流声此时被放大。

白亨利静静地注视着屏幕。

"我可以加入 A 国国籍。"陈西林的声音平静而清晰。

"Lynn，"白亨利在屏幕上缓缓开口，"国籍是件大事，你不用今天做决定。"

"我已经决定了，亨利，"陈西林看向会场上的每个人，"各位，AI 云的项目只能由我负责。我从十六岁开始在白鲸做实习生，我的本科论文是白鲸的项目，硕士论文之一是白鲸的项目，博士研究所做的是白鲸的项目，白鲸的 AI 云计算项目由我起头并跟进了五年，如果谁能够打败这些数据，我甘心拱手相让。"

又是一阵寂静，大家都学会将内心的惊涛骇浪掩藏于外表的不动声色之下。

"好，那么迪恩，"黛波尔打破寂静，"如果 Lynn 现在开始申请入籍，大约需要多久？"

"八到十二周。一旦程序启动，Lynn 不可以离境，直到获得国籍。"

"我猜现在可以开始投票了，"白亨利苍老而浑浊的声音再次响起，"如果 Lynn Chin 在期待的时间内——根据迪恩，我们应该期待在未来的半年之内——转换国籍，你是否表决赞成她继续做一百亿元 AI 云计算竞标项目的总负责人？"

投票结果：三票赞成，两票反对，一票弃权。

白亨利投了赞成票。

会议散场，陈西林一人站在硕大的屏幕前。

"谢谢你，爷爷。"

"孩子，我想让你知道，我的赞成票和我们的私人关系，无关。"

"我当然知道。"陈西林笑了。

"Lynn，改变国籍是个很大的决定。"

"什么都大不过这个项目，它就是我的孩子，我养育了它五年。"

"如果哪天你遇到了困难，记住爷爷永远是你的后盾。至于布莱尔那帮人，我希望你不要太放在心上。"

"他们不值得我放在心上，一群拉帮结派的人，西恩在香港坐镇指挥。"

"Lynn，"白亨利改用吴语，"老爹（爷爷）不想看你和哥哥嘎苗头。"

"爷爷，你这么想吗？对于我来说，只要西恩和他的人不找我麻烦，我懒得理他们。"

白亨利缓缓点头，从屏幕上仿佛分不清他究竟在点头，还是说老化的脖颈再也支撑不了沉重的脑袋了。

"东索的事情，你不要太执着……你和哥哥，老爹总归宝贝你个。"

明逾驾着车驶入市中心，车载广播里 Shawn Mendes[①]正轻盈活泼地唱着——

  I'm a couple hundred miles from Japan and I（我距离日本几百英里）

  And I was thinking I could fly to your hotel tonight（我想我可以在今夜飞去你的酒店）

  Cause I can't get you off my mind（因为你在我的脑海挥之不去）

---

① 加拿大男歌手。

"距日本几百英里……你在海上吗？"明逾低声嘀咕，又轻锁眉头，"哦，也有可能在韩国。"

这是她第一次听到这首歌时冒出的第一个念头，较真得很。车子驶上大道和 C 城河交叉处，那里有一块硕大的电子屏：华氏 32 度。

明逾眯起眼睛，摄氏零度，这里有零度的春天。

车子右转，沿着河岸缓缓前行，铁质吊桥的桥头围着稀疏的一撮人，被围着的是个亚裔姑娘，抱着把吉他，明逾打开车窗，听见同样轻盈而活泼的声音——

你是自由的

我是附属的

她是永远的

我是错误的

……

明逾挑眉，悲哀的词竟可以唱得这么活泼，再抬眸，女孩对面什么时候站着位衣着精致的漂亮女人，女人看着唱歌的女孩。

下一秒，下一秒她差点一个急刹车——吊桥边行人道上，陈西林裹着身黑色羊绒大衣，双手插在口袋里，走成一副若有所思的样子。

## 17. 永失

明逾的心竟"怦怦"跳了起来，车子还是缓缓滑过去了，她想，还是不要再有什么交集吧。

电话却通过蓝牙在车里肆无忌惮地响起来，Mendes 正唱着——

Let's get lost tonight...Let's get lost tonight...（今晚让我们沉醉吧……今晚让我们沉醉吧……）

歌声自动渐消，委委屈屈地为电话让路，屏幕显示 Lynn Chin，明逾让它响了好久，铃声消失了，Mendes 又唱了起来——

All it'd take is one flight（只需一趟航班）
We'd be in the same time zone（我们就在同个时区了）

"Darn it!"[①]明逾在心里咒骂。
电话铃再次响起，将她的咒骂撵走。
"Darn it!!"
陈西林做什么这样不依不饶地呼自己？明逾接起电话："This is Ming."
"明逾，是 Lynn，我刚刚是不是看到你了？"
"……没有吧。"
陈西林屏息听电话那头背景里的歌声："爱是盲目的，恋是疯狂的……"她偏过脸看桥头唱歌的女孩子。明逾听到电话背景里的歌声，下意识地伸手想去关窗，又停下，晚了。
"我想应该是你，宝蓝色的那辆，是吗？"
"我……在 C 城啊。"
"我也在，我知道你在开车，如果不方便我一会儿再联络你。"
"嗯……陈总是有急事吗？"
陈西林皱起眉，"陈总"，她叫回自己"陈总"。C 城河上的寒风刮了过来，穿过电话线，呼啦啦地响。
"有点事，不急，你还好吗？"
"我挺好，那我再给你打回吧。"
陈西林的回答被风声吞了，明逾挂了电话，窗户关上了。
陈西林摘了手套，给江若景发了条消息。
——我看到 Ming 了，她没事。
明逾刚刚回忆起自己这是往哪儿赶，一周的疗程结束了，她约了

---

① 见鬼！

自己老板去公司开会。电话铃突然又响了——Mendes今天是唱不尽兴了,是江若景的电话。

怎么?连给自己打电话这桩事都要体现一下默契?明逾直接掐掉了,梅建议明逾远离敏感源。

江若景的眼泪在海城的深夜夺眶而出,她一定要和明逾说句话才行。电话又打了过去。

真是见了鬼,明逾接起电话。

"明逾。"江若景哭得像个孩子,"你还在生气吗?"

明逾听见她哭成这样,心中泛起同情。

"你好好的。"

江若景抽了抽鼻子:"陈西林去找你了。"

"她为啥要来找我?"

"我找你一周了,明逾,我错了,我不该那样说你。"

明逾听着她的话,好似并没回答自己的问题。"我知道了。"车拐进车库,这不是一个纠缠这些问题的好时候。

"明逾,你还好吗?什么时候回海城?"

"我到公司了,现在有个会,你睡觉吧。"明逾挂了电话。

江若景握着手机,又凑到眼前看了看,确认她挂掉了。

明逾这个最后一刻才通知的假告得有点久,搞得马克措手不及了好一阵子,好在他了解明逾工作狂的属性,相信她不会胡来,要知道在这个团队里,明逾是永远不会用完年假的那个。

告假原因是身体突发疾病,马克将她打量着:"你怎么样?康复了吗?"

"无碍了,再次抱歉,马克……"

CCO马克摆了摆手:"无须向我道歉,我希望团队乃至FATES的每个人都懂得维持好身体健康的重要性,只有健康的身体才能好好工作。我也理解你这次是事发突然,否则的话我还是希望能在告假前安排好后续工作，尤其是确保你的客户都有人替你照料。你这次从中国海城离开，搞得他们很被动。"

"我明白，海城 AG 保险集团我会继续跟进。"

"我们已经跟丢了。"

"什么？"

"海城的肯特尽力了，你的部下，东亚区客户经理艾瑞克也飞过去补救过，但对方还是咬定价格不松口，我们没法以那样的价格合作。"

"该死，他们对我松口过。"

马克耸耸肩："据我所知，现在他们签了大野派遣。"

"我会再与他们接头，了解一下情况。"

"白鲸的米歇尔也找过你，就在你刚请假后的一两天，她说是 Lynn Chin 有急事，我试图替你解决，但对方谢绝了。你恐怕应该在会后主动联系她一下，虽然过去这么久，我不确定她是否还需要你了，但对客户表现得热情些总没错。"

"……好，明白了。"

马克叹了口气，双手交叉在颈后，往椅背靠去："焦头烂额，真是焦头烂额。"

明逾听他这番牢骚，一时沉默。

"Ming，那封邮件你看了吗？"马克又问道。

"哪封？"明逾今天刚刚回到尘世，邮箱里躺着上千封邮件。

"关于伊万……"马克的目光意味深长起来。

"没有……发生什么了？"明逾皱起眉。

马克面上有些为难："这样的话，我要成为那个告诉你噩耗的人了……"

早几年明逾和伊万的桃色新闻在 FATES 高层悄悄流传，相传伊万因为她辞了公司职务，变成了闲云野鹤的股东，马克甚至怀疑过明逾这次突然的告假和伊万有关……

明逾直觉不妙，下意识攥起拳头："发生了什么？"

"伊万在一场车祸中去世了……所幸的是他的心脏成功移植给了

他患心脏衰竭的儿子，救了孩子一命。"

明逾盯着马克的眼睛，希望看到顽皮的一闪，然后对自己说："嗨！这是个玩笑！"

可惜她没等来这句玩笑。

"当然了，我们都很难过……"马克的补充让这件事板上钉钉了，"追悼就在明天，后天葬礼。"

明逾有太多问题，却又无从问起，满心都是质疑，却不知向谁质问。

她的心里飞速理出一条线："他的儿子怎么了？为什么需要心脏移植？"

"心脏衰竭，之前我们都不知道，据说如果找不到合适的配型心脏就活不过一年了，这下也巧了……"

明逾站起身来，她需要一个自己的空间才能将这件事反应过来。她将自己关在办公室里，面前是 CEO 三天前向全体发出的邮件，标题是"FATES 永失一位优秀而忠实的朋友——伊万"。

泪水在眼眶里打着转，面前的屏幕时而清晰，时而模糊。伊万是一周前出事的，就是自己上飞机的那天，进医院三小时后抢救无效死亡，随即进行了心脏移植手术。

明逾不自觉摇头，泪水掉落在桌子上。有些人出现的时候你无视他，甚至憎恨他，可你还是希望他在这个世界上的某一处好好活下去。

她的心绪也被一种疑虑困扰着，这疑虑早在马克刚刚讲出这件事时就冒出来了，好像十月时伊万那番莫名的言行可以得到解释了。不！她甩了甩头，这是巧合，这一定是巧合。她又想起自己刚到海城的那天，伊万打过自己的电话，她一直拒接伊万电话，那天也就自然掐了他的，可那会是伊万最后的道别吗？

手机振动起来，吓了她一跳，来电显示是某律所，明逾接起电话，是伊万的私人律师，已经找了明逾一周。对方约她尽可能快地去律所碰面，两人约在了下午三点。

律师戴维斯郑重地关上门，呈上一个密封的文件袋。

"明女士，E 先生生前委托我交给你一些东西。"E 是伊万的姓。

那个猜想在明逾脑中越来越清晰，她的声音却模糊了："那是……什么时候？"

"今年一月二号，新年假后第一天。"

明逾沉默着。

"明女士，等你准备好了请告诉我。"

明逾下意识深吸了口气："我准备好了。"

戴维斯拆开文件袋，将里面的东西逐一整齐地码在宽大的桌上。

"这一份，"律师递上一只信封，"是 E 先生写给你的信，他要求你阅后即毁。抱歉明女士，我只能要求你在这里阅读，读完后我会用这台特制的碎纸机将它打碎。"他指了指身旁的机器，"另外需要你签字，"他又变出一张纸，"我将和你一同签署这份文件，声明这封信没有做任何复制，并在阅后即毁。"

## 18. 护送

明逾心里生出一股火气，接过信，拆开。那是一封手写信——

我亲爱的逾：

不要跟戴维斯发火，你的伶牙俐齿很可爱，但可怜的戴维斯也只是拿钱办事。至于我的火气，等将来再见面时再说吧。

逾，答应我最后一件事——虽然这对于你来说有些不公平——请帮我保守这个秘密。

诺亚的心脏维持不了几个月了，他是那么棒的一个男孩子，应该还有很长的人生路去走。我爱他，并且——我这么说绝没有让你负罪的意思——在他刚出生的那几年，我对他的忽视一直让我这个做父亲的深感愧疚。后来当他确诊了，我确实受不了。

我愿意倾家荡产去寻找匹配的心脏，但一直的等待消耗着小诺亚的生命,他病情恶化得太厉害了,两周前还可以正常走路,上周突然倒在了地上,现在他只能卧床了。

逾,我不想让你听这些,可是我还能对谁去说呢?卡罗也快支撑不住了,你知道卡罗生下诺亚后病了几年,诺亚就是卡罗的一切……我不想看到他们全部倒下。

我更不能让他们知道真相,我不能让可怜的小诺亚活在愧疚中,不能让卡罗活在"丈夫、儿子二选一"的噩梦中,还有我可怜的小姑娘——"爸爸或是哥哥?"——不,我不能让他们在我自私的决定中痛苦一生。

逾,我亲爱的逾,我唯独信任你,也爱你,这爱和当年那轻浮的欲又不同,你在我的生命中不断沉淀,历久弥香。我欠你很多,包括那个失去的小生命,这一年我总是想,我还能给你点什么呢?悄无声息地给你,不会给你带去困扰。

恐怕最后还是要惹恼你,我所能给你的,从来不是光明正大的。逾,你会原谅我吗?不原谅也行。

请不要担心,诺亚的心脏问题来自他母亲那一方,我是健康的。

再见了,逾,无论你接受与否,我最好的祝福都给你,给你美丽的人生,你是个多么美好的女人,你根本不知道。

…………

落款在明逾眼中模糊了,直到她意识到这封信她根本不能拥有:"对不起,我想再看看。"

"明女士,你想看多少遍都可以。请慢慢来。"

明逾知道那只是他的客套话,天大的事也不过是他一天下来处理的数十桩案子中的一桩,客套的基础是她看上去不像能在这里一把眼泪一把鼻涕将信看到天黑的女人,更何况桌子上还躺着很多事等他们处理。

她将信认认真真看了三遍,又认认真真折好,交给戴维斯:"可以销毁了。"

"你确定吗？"

"确定。"

戴维斯很有仪式感地站起身，明逾也下意识地站起，信在机器里化成了尘埃一般轻的粉末。

两人签字，证明信没有被复制，已销毁。

"好了，明女士，准备好下一个环节了吗？"

明逾坐回椅子："准备好了。"

戴维斯将一份文件翻开，呈现在明逾面前。

"E先生在C学院精子库为你冻存了六管一毫升的精液，其中三管洗过，三管原液。上述物品以'已知捐赠'的形式开设户头，使用人限定为明女士你，提取条件为这封带有提取码的律师函。E先生预付了二十年的冻存费用。另外，E先生委托我为他签署保密协定。"戴维斯又翻到下一张纸，"一旦你签署协定，将没有人知道捐赠人是谁，保密性受法律保护。具体条款都在这里，这项协定的宗旨是保护明女士你的利益。"

明逾有些吃不消了，伊万给她的惊吓太多太丰富。

"明女士，我理解这是一件很复杂的事，所以你无须在今天做出决定。我将为你提供一份复印件，供你回去慢慢研读思考。"

明逾点点头："如果我不接受呢？"

"你只要不去取精液就行，二十年后精子库会将它们销毁，也无须签署这份协议。"

"明白了。"

"E先生还为你留了一样东西。"

明逾站起身来，紧闭的百叶窗让她透不过气。

"明女士，你还好吗？请问需要喝点什么吗？"

"水，谢谢。"

助理送来一大杯加冰的水，明逾一股脑灌进去。

"明女士，如果这让你压力过大，我们可以约改天继续。"

"不，我可以。"

"好……"戴维斯拿出下一份文件，"E先生有意将C城A区雨果街1566号1702公寓赠予你，他已签署好相关手续，并将预估的过户费用冻结在本律所。一旦过户程序启动，我们将解冻这笔费用并代为支付，目前看来预支费用十分充足，余额将退还给明女士你。"

那是她曾经居住过的那套公寓，带着与伊万那两年爱恨的记忆，明逾摇了摇头："如果我不接受呢？"

"不签手续，并呈交书面声明，声明你不接受这笔馈赠。同样，明女士，你不需要今天做出决定。"

"不好意思，"明逾疲倦地低下头，"我……我其实是今天才知道伊万去世的消息，所以这一切对于我来说……"

"完全理解，"戴维斯开始归档，"就像我之前所说，后两份合约我将给你提供复印件，等你考虑清楚，随时来找我继续。这套公寓是E先生婚前公证的个人财产，经E先生委托授权，在清点遗产时不计入遗产名目，如果明女士你选择不接受，将会由律所匿名捐出。现在，请问你有什么问题吗？"

明逾想了想，摇了摇头。

"那好，"戴维斯站起身，"请节哀。"

这是句对死者亲属说的话，此时却不突兀。明逾也站起："谢谢。"边说边同戴维斯握手。

出了律所天已经黑了，明逾看了看手机，陈西林两小时前发来一条消息。

——想出来喝一杯吗？

明逾将手机扔进包里，此时什么也不想，工作、客户、刚才看到的文件，这些都变得轻薄起来。她曾经的男人此刻被掏空了心脏躺在某只冷冻抽屉里，死前却早有"预谋"地扔给自己这么个摊子，将天一样重的秘密压在自己身上，她别无选择，只有背着它，一直背着，背到坟墓里。

她的车辗过冷硬的街，沿着湖往北郊驶去。

我有什么办法？明逾想，我没有办法。

人没了，再也不能找他理论。

当初孩子没了，她理解为上苍对自己的报应。或许伊万觉得，到头来她还是拼命想要那个孩子的。

那年他竞选区长，几个候选人在各个社区开设讲坛拉选票，明逾在唐人街找了个老太太，给了她二十块钱，老太太在 Q & A 环节[①]举手问伊万："如果候选人私生活不检点，把妻子之外的人肚子搞大了，我们该如何看他？"

全场哗然，伊万落选了。

浑蛋，明逾悻悻地想，死了也要护住家里那个女人，从一开始到现在，女人什么都不知道，自己却什么都知道。可她能怎样？除了帮他瞒下去她还能怎样？对，那个女人就是被人保护的命，这命自己是没有的。

车子驶进一片静谧的社区，每栋宅子里都有一盏或几盏亮着的灯，或宣布主人的团聚，或等待家人的归来。

自己对他说的最后一句话是：那就滚出去吧。

她看着伊万一家生活的宅子，宅子里透出的光里是家该有的温度，可这个家失去了男主人，好在他那个男孩子也会长大，明逾想，带着他的心脏。

宅子一侧的小径上有什么东西在动，明逾吓了一跳，仔细看去，小径边宅子外墙上的壁灯光很微弱，昏黄的光影下一个女人认真而投入地翻着垃圾桶。

明逾将车缓缓滑过去，女人没有一丝察觉，明逾打开车门。"卡罗。"她轻声唤道。

卡罗转过身看了她一眼，又埋头继续干活，她干脆将桶放倒，把里面的几只大袋子拖出来。

"卡罗，我是伊万的同事……我叫 Ming……你还好吗？"

---

[①] 问答环节。

卡罗没有回答她的话，却自己嘀咕起来："伊万上周扔掉了一个剃须刀，剃须刀坏了，可他用了五年，我想把它找回来。"

明逾走下车："卡罗，扔了就扔了吧，let go①。"

"不！"卡罗生起气来，"你不懂，你不会懂的，他用了五年了，我记得上周末我没把垃圾桶推出去，所以它应该还在这里面……"

"卡罗，"明逾打断她，"明天再找好吗？你的孩子们呢？家里有人吗？"

卡罗这才将明逾打量起来："不好意思，你是谁？"

"我叫Ming，是伊万的同事，我……刚好路过这里，看到你。"

卡罗站在那里，好像突然忘了自己在做什么，忘了明逾刚说了什么，忘了这个世界。

明逾心里闪过一丝害怕的感觉，她熟悉这副样子。

前门不知道什么时候打开了，一个小小的女孩子抱着只洋娃娃怯生生往小径走来："妈咪……"

卡罗仿佛没听到，转身继续去翻垃圾。

"卡罗！"明逾拉住她，"你不能只沉浸在自己的世界里，你还有两个孩子，他们需要你的保护和支撑！"

卡罗弯着腰，两只手撑在膝上，闭起眼睛。

"妈咪……"

"宝贝，过来。"明逾蹲下身，朝小女孩张开怀抱。

她抱起伊万的小女儿，在她脸上看到伊万的眼睛："宝贝，哥哥呢？"

"哥哥在医院里。"小女孩奶声奶气地诉说。

"卡罗，他怎么样？"

"手术是成功的，还要在医院观察一段时间。"卡罗没了刚才的执着和戾气，整个人透支了一般。

"好，回家去吧，"明逾空出一只手去揽她，"我送你们回去。"

她将母女两人送回家，这是她第一次踏进伊万的家中，应该也是

---

① 放过它。

/086

最后一次。她希望以后各自安好，希望这一家人能够节哀，是的，该节哀的是他们，然后好好生活下去。

日子还很长。

"听着，卡罗，"明逾将小女孩放下来，"如果你感到混乱，感到无法控制自己，请先妥善安置好你的孩子，在你还清醒时给你的家人、朋友、医生打电话，告诉他们你的情况，寻求帮助，你懂吗？"

卡罗点点头。

"现在，今天晚上你可以照顾好她和你自己吗？需要我吗？"

"我没事了，谢谢你……对不起你叫什么来着？"

明逾转身："这不重要。"

她往回开去，心里想着伊万真是个不折不扣的浑蛋，留下这么个无助的女人。可不是嘛，他当初不忍抛弃的是这么个无助的女人。

房子，房子是不能要他的，自己有什么资格要他的房子？

她将车泊在路边一处弯道上，八点半，夜生活刚刚开始，她给陈西林回消息。

——你在哪儿？

很快，对方发过来一个地址，是城北的 The Hardy's 酒吧。

## 19. 红豆

"嘭，嘭——"鼓点响了起来，陈西林刚给自己点了这首王若琳的 *Wild World*①。今晚她来 The Hardy's 是给朋友捧场的，中国台城的一支乐队刚来 C 城客演，乐队东家是她朋友，这组人马做了十几年音乐，从一开始的默默无闻到现在给一位二线歌手做幕后，也算靠实力拼出来的典范。

她只约了明逾同来，没有约任何白鲸 C 城分公司的人，工作和私事她一向分开，而约明逾究竟算工作还是私事？说不上来。

---

① 歌曲，《狂野的世界》。

明逾一直不回复，其实陈西林想过会被谢绝，但没想过不回复。她的失踪和她今天的态度都很明显地表明她遇到了什么事，陈西林直觉跟自己也有点关系。

直到她的回复进来："你在哪儿？"

陈西林觉得她不是刚看到，而是刚想来。

今晚酒吧满了，不再接收客人，陈西林和老板打了招呼去门口接她。

明逾回家将西装裤换成了黑色牛仔裤，又洗了脸重新化了妆才打车赶来，倒没别的意思，只是想保持得体礼貌。

刚到门口就看到了陈西林，在拥挤的人群中也显眼，她今晚跟以往不同，黑色高领无袖线衫，贴着身体勾勒着曲线，领口在灯光的变幻中细细闪光。

明逾跟着她往里走。

陈西林带她在靠前的好位置入座，跷起脚。

明逾点酒，跳开女士们最爱的鸡尾酒，直冲白兰地来。陈西林撤了面前的余酒，陪明逾点了杯白兰地。

"我要叫回你明小姐吗？"陈西林咧嘴笑。

明逾端起酒杯往嘴边送，眉毛也挑了起来，一口吞下了半杯："有些事情我不想参与。"

"你指？"陈西林看她将酒喝得这么急，好奇地看着她。

明逾感到胃里一阵灼烧："江若景。"

"江若景？"陈西林大概知道问题在哪儿了，"我和杰西卡只有工作关联，再无其他。"

明逾没作声。

"明逾，以后如果你对我了解多一些会知道，可能有些话我不会说，但只要我说出来的，就都是真话。"

明逾看她说得认真，心里有些过意不去了，将那剩下的半杯又吞了进去："没事，我就是说一声，我不参与这些，她的事……也与我无关。"

"与你无关？我以为很有关系……"

酒精疏通了明逾今天因为几次流泪而略堵塞的鼻腔，今晚陈西林身上的香有点 woody[①]的调子，夹杂微妙的辛辣，迷人，让人感性。

明逾起身去吧台点酒。

陈西林撑着太阳穴，看着她的背影。

Wild World 唱完了，稍作停顿，键盘手敲出一小截干净的前奏，旋律听着熟悉，麦克风里突然传出中文："下面，有请我们的老朋友——明逾小姐。"完了又用英文讲了一遍。

明逾从吧台转身，惊讶地看着台上的乐队，刚才她一直在和陈西林讲话，并不曾注意他们。陈西林也小小吃惊，翘首往明逾的脸上找答案。

"阿 Ming，还记得我们吗？"讲话的是吉他手阿 D。

明逾脸上的惊讶和警惕慢慢融化，露出一丝笑来，她轻轻摇着头。酒吧，阿 D，这支乐队……

随着她脸上表情的微妙变化，键盘和架子鼓起来了，场上的气氛被搅动起来。

"来吧，阿 Ming！给老朋友和新朋友们唱一支你的拿手曲目！"

明逾笑着摇头，做出"No thank you"[②]的唇语，现场却爆出掌声。陈西林大概明白了，他们应该是老相识，便也微笑着随大家鼓掌助兴。

吧台小哥也冲她笑，场上一半的老外懵懵懂懂，却也跟着期待。

明逾没办法了，朝台上走去，隔着高脚椅和一圈设备伸长手跟每个人握过："真没想到……"

"明逾小姐——《红豆》！"阿 D 大声喊出，将麦递给明逾，下面掌声夹杂着口哨声。

明逾摇头，在高脚椅上坐下，前奏再次响起，一只手摸到座椅下，椅面往上升了一点。她穿着掐腰的浅灰色缎面西服，内里是件素

---

[①] 指木质香。
[②] 不了，谢谢。

白的 T 恤，黑色牛仔裤像第二层皮肤，将修长的腿勾勒着。

这是十几年前她在海城驻唱时的保留曲目，可是十几年了，再没唱过，一张口，缓缓哼唱出——

还没好好地感受……

她停下了，场上静了下来，她觉得就这半句词就堵得她难受，声线从麦克风里传出，也悄悄变成了和十几年前不一样的质感，再没有那么轻盈剔透，岁月给它染上了一种低诉的姿态。

陈西林凝眸看她。

掌声从角落响了起来，随即传染全场，明逾将秀发往后拂去，给了阿 D 一个"可以"的手势。

音乐再次响了起来。

……

等到风景都看透，也许你会陪我看细水长流。

一切结束。掌声和哨声没有悬念地响起，明逾刚要站起身，阿 D 却将她喊住："阿 Ming……"

明逾重新坐下，转向阿 D："是。"

场上又安静下来。

"好不好跟大家分享一下，今天再唱这一曲和十五年前唱时有什么区别？"

明逾想了想，眼中染了复杂的情绪，颔首对上麦："初闻不知曲中意，再唱已是曲中人。"

陈西林心中像被什么一击，眼神也跟着疼起来。

## 20. 道破

乐队演完这一支歌曲便中场休息,明逾跟着阿 D 走下去,十几年未见总要叙叙旧,她朝陈西林打了个手势,陈西林扬起唇角冲她眨了下眼。

老朋友在吧台聚首,阿 D 仍然是最活泼的那个:"我的天,怎么能想到会在这里碰到呢?我就说那个是阿 Ming,他们两个还不信!"

"变好多,十五年哎……"贝斯手辉哥闷闷说道。

"成熟了成熟了,哎?但是你细看噢,脸蛋五官还没有变啊,歌还是唱这么好啊。"

明逾啜干了一支伏特加调的鸡尾酒,抬眼笑:"我怎么有你们都没变的感觉?"

"那不可能啊,我们都老了!阿 Ming 怎么在 C 城了?这些年都在做什么?"

明逾有些恍惚,这些问题能写本书:"嗯……不唱歌之后就来这里留学了,毕业后就留在这里,一直到现在。你们呢?好开心乐队还在。"

"我们在海城待到二〇〇七……二〇〇八年,对不对辉哥?是二〇〇八年吗?"阿 D 得到肯定,"就回台城发展了,当时正好有个机会,跟'红石'签了,说起来跟你一起的那位陈小姐,是我们老板的朋友哎。"

阿 D 说着往那边指,明逾一回头,陈西林不见了。

服务生端来一杯什么,呈到明逾跟前。"是那边那位小姐点给你的。"服务生转身指着陈西林坐过的位子,"哦,她走开了。"

明逾谢着接了过来,杯子是普通的水杯,透明的液体里漂着片柠檬,闻了闻,也只有柠檬味,再尝一口,果然只是一杯柠檬水,她再转头满场找着,却还是找不到陈西林。

跟阿 D 他们闲话了两句,留了联系方式,她便说失陪一会儿,走到座位旁,陈西林的外套也不见了,她拉住服务生:"之前坐在这里的那位小姐走了吗?"

服务生想了一下:"噢,没有,她出去了。"

明逾也抓了外套走出去,两种烈酒混在一起,这会儿劲头刚上来,周围的世界高高低低的,她扶着门,见陈西林正将烟头丢进垃圾桶上的沙盘里。

"Lynn。"她唤道。

陈西林转头,冲她笑,边走了过来,走到她面前,贴得那么近了,又远了:"你还是喝多了。"

"还好吧……"明逾侧过身,后背倚在一旁的墙上,这样就不怕站不稳了。

陈西林侧身轻靠在明逾一侧的墙上,看着她:"唱得真好。"

明逾苦笑:"不比当年了。"

"不会,你都说了,当年你都不懂曲中意,又怎能唱好?"

她压在道理上,明逾无法反驳了。

"当年……怎么会去唱歌?"

"这个嘛,说来话长,长话短说就是家里遇到了困难。"

陈西林眯起眼:"你今天怎么了?"

一阵沉默,明逾弯下腰,深深呼出一口气:"一个老朋友去世了。"她想轻巧巧地说出,最后几个字却哽咽了,自觉失态,又站直身子,想要故作平静。

"想哭就哭,不必撑着。"

空气定格一秒,明逾却笑了起来,笑出了声。她贴着墙将自己转了一圈,和陈西林之间转出自己的一个手臂的距离,轻声嘀咕:"都是这么开始的。"

"什么?"陈西林不确定她的意思。

明逾低着头,不打算去解释这句话。

陈西林将思路清理回去:"其实死亡是一种不错的道别。"

明逾瞬间有一种茅塞顿开的感觉,她知道陈西林讲的一定不是她和伊万,到了这个年纪可能每个人对每件事的观点都有些自己的经历在背后做支撑，然而这话出奇地适用于伊万。是啊，这是种不错的道别。

"我们在这世上寻寻觅觅，可最后都要跟我们寻觅到的一切道别，"明逾苦笑，"不如不找。"

"不如不找。"陈西林一瞬失了神。

酒吧里突然爆发出一阵欢叫，他们热闹他们的。

陈西林抬头："你还进去吗，还是想回去？"

回去？开玩笑，明逾想，她今夜是不敢清醒着回去面对黑夜的。她转身往门里走，也不知道自己有没有走成直线，边走边笑道："我可不想喝柠檬水，又不是来养生的。"

陈西林目送着她的背影，又从口袋里摸出一支烟来。

等再进去，明逾正和一个棕色皮肤的男人坐在吧台边喝酒，她看了眼明逾手里那只扇形酒杯，又是混着喝。酒杯的主人聊得起劲，眉飞色舞的。

看了眼时间，快十一点了，她本打算十一点前回去的。

一个拉丁裔美女走到她身边："嗨，听说你是他们的朋友？"她指了指台上的乐队。

"嗯……"陈西林红唇轻扬，礼貌地笑了笑。

"我叫杰西卡，能请你喝一杯吗？"女人直接得很。

杰西卡，叫"杰西卡"的女人都漂亮得张扬。

陈西林犹豫了一下："谢谢，杰西卡，我叫Lynn。"

"Lynn，很高兴认识你。"

杰西卡的亮片短裙裹着秾纤合度的身段，裙子太短，她在高脚椅上叠着腿，棕色的波浪长发半遮着呼之欲出的胸。

陈西林点了支酒精度很低的鸡尾酒。

"Lynn，你是中国人吗？中国女人都好矜持，不过很有魅力。"杰西卡话说得直白。

陈西林一点都不意外。至于她是中国人吗？算吧。

"我和我朋友中间总得有个人待会儿还能走路。"陈西林笑道。

"你朋友？是刚刚唱歌的那位小姐吗？"

"对。"

杰西卡笑起来:"你朋友的乐队很棒,我很享受,他们会长期待在 C 城吗?"

两人就着话题聊了起来,那边明逾喝得眼角泛红了,视线往这边扫来,只看见杰西卡的侧身,像很多这里的女人一样,胸部发育太好。

她转回目光,对眼前的男人嫣然一笑,也不是,她只是一笑,在他人眼里却是嫣然。在以往她会直接拒绝男人的邀酒,不想耽误彼此的时间,这种场合,这种情境,人家请你喝酒难道就是想谈谈人文地理拓宽一下知识面?不过是讨一夜欢愉,又何必耽误别人的时间和殷勤?

今晚她却借着这个男人喝酒,她不想再借着陈西林去做这件事,因为喝酒总要聊天,而跟她聊的东西好像越来越危险。

她又点了一杯酒,对面的男人皱了皱眉,微醉的女人很可爱,可谁都不想带个吐成一团或者不省人事的主子回去伺候。他开始觉得不对劲了,找了个借口开溜。

陈西林站了起来,往这边走来:"我送你回去吧。"

明逾露出夸张的惊讶表情:"那她怎么办?"她拿下巴尖指着杰西卡。

"我不认识她。"

明逾笑了起来:"你别管我了。"说着站起身,微微地摇晃。

"你等一下,我去打个招呼就送你走。"

话音刚落一旁传来女人的笑声,是杰西卡走了过来,一开口,居然洋腔洋调地用中文说道:"你和你的朋友走吧。"

陈西林略讶异:"你会讲中文?"

女人又笑了起来:"我以前交往过一个来自中国的朋友,学过一些中文。"她又转向明逾:"Lynn 很关心你哦。"边说边俏皮地挤了挤眼。

明逾抓起包:"你和人家聊了半天,连人家讲什么语言都没摸清。不好意思,你叫什么来着?"

"杰西卡。"

明逾笑了，意味深长地："杰西卡……Lynn 你该多了解了解杰西卡，我没事，先走了。"她转身去和阿 D 他们打招呼。

杰西卡冲陈西林做鬼脸："她对我有点敌意。"

陈西林垂睫："谢谢你的酒，晚安。"

她在门外追上明逾，夜深了，气温降到 0 摄氏度以下，她揽过明逾的肩，边拿出手机拨通一个号码："杰克，可以走了。"

明逾偏过脸看着她，看到她的眼睛里。陈西林没松手，顿了顿："冷不冷？"

明逾眼里蒙上了一层不解，就拿这不解的眼神继续看着陈西林。

陈西林搭在她肩上的手轻轻拍了拍："你喝太多了，我带了车来，送你回去。"

一辆 Limo[①]缓缓泊在两人面前，黑人司机绕过来，毕恭毕敬地打开门。

"你的地址是哪里？"陈西林问。

明逾报给司机。陈西林先将她让进去，自己也坐了进去。明逾半倚半靠在座位上，陈西林从面前水吧里拿出一瓶水给她："怎么样？难受吗？"

明逾皱了下眉头："别担心，我最高纪录是两瓶红酒，没吐，只是头疼得厉害。"

车里暖气很足，陈西林解了外套搭在一旁："明天要加班吗？"

明逾想了想，摇了摇头，明天周六，是伊万的追悼会，她得去送他一程。

陈西林将一边脸侧的头发拨到耳后，低语道："在海城……究竟为什么突然走了？"

明逾脸上浮上一丝近乎讥讽的笑，移开了视线。车里很舒适，暖暖的，微微的震动就像轻摇的婴儿床，她简直想睡过去，不再去想任何事情。

---

① 全拼为 Limousine，一种加长版豪华车车型。

陈西林心里生出一丝挫败感,她不是个迷迷糊糊的人,这变化她不需要外力去看清。这已经让她有些不安了,更让她不安的是,每当她靠近到某一处,就有一道玻璃墙横在她面前,绕不过,敲不开。

"我其实……找你好久。"

明逾又转过目光看她,陈西林的一张脸在她视线里模糊了起来。

陈西林看她眼圈渐渐发红,先前听她唱歌时那种强烈的心痛又犯了,只觉得这女人心里埋着沉沉的过往,说不清这是心疼她还是折射自己,说不清。

"明逾,不管遇到什么都别伤害自己。"

明逾的视线清晰了,语气中也带了一丝玩世不恭的调调:"我才不会伤害自己,"顿了一下,倾过身凑近陈西林,悄声耳语,"太傻了。"

她的唇角依旧弯着,配合着眼神里的俏皮,那声低语在陈西林耳边萦绕。

陈西林颤出一口气,闭上眼,轻声道:"作为朋友,有点心疼你……"

明逾像被什么烫着了,挣扎坐起,眼角也湿润了,口中呢喃:"都是这么开始的。"话里带着不领情的意味。

陈西林微微拧眉,这句话这晚上明逾说了两次,第一次她觉得没听清,这次她确定了:"都是这么开始的?……"

明逾收了眼角的泪:"对不起……我……今晚真的是……可能是情绪不好,你别放心上。"

陈西林眼中蒙了一层雾,又消散了,低头莞尔。"是我唐突了。"她将滚落在座位上的水拈在手中,又偏过头像是思考什么。

明逾扭过头看外面,看了很久才转回来:"跑不了一样的结局。"

陈西林皱了眉,一时不知从何问起,从何说起。

车却在这时停了,车外是午夜寂静的街和寂静的房子。

明逾抓起包:"谢谢你。"

"不用。在头开始疼之前早点睡,如果需要帮助你有我电话。"

司机开了车门,向明逾伸出手臂,她跨出脚:"你也早些休息,晚安。"她连礼仪也不要了，司机的手臂白白悬空着，没人搭它，明逾逃回了家。

陈西林目送着她的背影，直到大门开了，她消失在门内。她的手里还握着那瓶水，明逾没有打开，她倚在座椅上，握着水的手慢慢搭在自己肩侧："怎样开始？怎样结局？……"

## 21. 越界

自从明逾突然离开，江若景对陈西林特别关注起来。现在陈西林也走了，她踱到自己的小办公室外面，若有所思地看着陈西林办公室的百叶窗。

小米在大办公室的格子间里抬头瞄了眼她，转头对旁边的实习生姑娘 Cici 使了个眼色，实习生姑娘来了两个月，小米带着她，八卦知识点比用户体验方面的涨得多。

两个人小声地八卦起来。

江若景往小米这边踱来，高跟鞋踩在地板上"嗒嗒"响。"小米，"她倚在小米桌前，"上周那个弹窗的报告出来了吗？"

"哦，我找找，我找找。"

小米埋头去电脑上调资料，江若景撩头发扫到 Cici，后者正用研究的眼神看着她。

"怎么样 Cici，做得还习惯？"

"哦！蛮好的！谢谢杰西卡！"姑娘一声嘹亮的回答后低下头。

什么毛病？江若景想。小米还在奋力寻找，江若景解锁手机，翻了翻热点，看到一张蠢萌的猪猪图片，立刻爱上了它，保存了图，发给明逾："看，猪猪……"

蓝光在闪，明逾突然醒了，摸来手机，是江若景发来的两个消息：一张图，图上是只猪，还有一句话："看，猪猪……"

她没看懂，把手机正面朝下卡在床头柜上，干渴的感觉瞬间袭来，脑子里突然浮现车里那瓶水，摸索着坐起来去倒水，头果然疼了起来。

"不好意思杰西卡！我上午还看到了，记得就在这个文件夹里……"小米脸都红了。

江若景顿了一下："这么重要的报告不能随手乱丢啊。"

"明白，明白，我再找一下，肯定能找到！"

江若景又举起手机，明逾没有回复，她打开邮箱，编辑了一封邮件，发送——

"Hi 陈总，打扰了，我知道你这会儿在睡觉，希望没有吵到你……有空能否告诉我逾现在怎样？多谢了！"

陈西林打开邮件的弹窗，卧房里循环播放着《红豆》，凌晨一点多了，她没睡着。

是江若景的邮件，她想了想，没有回复。

小米终于调出了文档："不好意思啊杰西卡，我找到了……"

"发给我吧。"江若景转身往办公室走去。

Cici 抬头对小米吐了吐舌头："Mia，她是不是御姐？"

小米摇着手指，老练的样子："傲娇！"

"哇，那陈总呢？"

小米想了想："可御姐可傲娇，完美！"说完做了个夸张的手势。

晚上肯特带江若景去吃潮汕火锅，肯特是老饕，又是本地人，江若景这几个月跟着他，算是把在国外五年甚至前面二十来年没吃到的中餐精粹都尝遍了。

"你看这脖仁的雪花长得多漂亮，哎……"肯特指着面前的一小碟，用他极具吴语口音的普通话叹道，"这块肉啊，一头成年牛身上切不出一斤的，只有脖颈后面的一小块。"肯特说着指了指自己后颈。

"来来，稍微烫一下就好。"肯特把它涮好，夹到江若景碗里，"怎么样？"

"嗯，嫩。"江若景放下筷子。

"再试试这个，这个叫什么你晓得吗？"

"叫什么？"

"这个你们西餐里也有，叫 chuck，我们就叫此皮（匙皮）。"

"……死皮？"

"匙啊，'钥匙'的'匙'，"肯特边说边拿手指在桌上比画着，"这块肉最考验师傅刀工，切得好的能让你入口即化，那种不会切的半吊子师傅切出来的，就这根筋……"肯特拿小指头指着说："能让你嘴巴嚼酸了都嚼不烂。"

肯特不光带她吃，还喜欢给她讲，这就有意思了。

"就同一块肉？"

"同一块肉。你尝尝这个，"他把烫好的一块又夹给江若景，"这盘肉我一看就知道是老四切的。"肯特故作神秘地笑着。

江若景最让他喜欢的地方就是懂得捧场，每当他这么侃侃而谈的时候，她脸上的表情会让他真的觉得自己讲得特别好。她不会像有些女人那样夸张地附和赞叹，就认真地听，也不多发表意见。肯特有时甚至觉得，她比明逾那种女人好很多，他在明逾面前就不敢这么放心地发挥见解，万一对方比自己见解高明多没面子，话题不知不觉被一个女人带着走更恼人。

江若景对"吃"这件事没那么多研究，乐得听他侃，她知道肯特很受用。

"你有明逾消息了吗？"她问肯特。

"哎？我发现你特别关心她，你们在国外的时候很熟吗？"

"熟啊。"

"倒没听她说过的。"肯特翻着眼睛想了想。

"人家跟你说这个干吗？你又没跟她说我俩什么关系。"

"也是，"肯特喝了口啤酒，"她今天上班了。"

"哦……"江若景倒不惊讶，"那她什么时候再来海城？"

"我不知道啊，能别来就别来咯，来了我还要伺候她。"

"下次她来我帮你伺候她呢？哎？我帮你接机。"

肯特只当她开玩笑："你是帮我还是想帮她啊？"

江若景俏皮一笑："帮你，顺便帮她。"

正说着，肯特的电话响了起来，他扫了一眼，是中国香港的号码："不好意思，我接个电话。"他边说边站起往门外走去。

肯特站在门外墙角处，压着声音："最好是从当地找，不然要办签证过去很麻烦的……对，对，人家委托我也是看中我们在东索当地有业务嘛，你要从香港或者海城派过去的话，人家自己找好了呀……"

顿了一刻，对方不知在电话里说了些什么，肯特开始踱步："这个得给我点时间，急不来的呀，万一时机不对搞砸了，麻烦可就大了……"

江若景夹起一块匙皮仔细瞅着，真像肯特说得那么邪乎吗？肩膀被轻轻拍了一下，她吓了一跳，是肯特回来了。

"你怎么从那边过来了？"江若景往后面看了看。

"我去后厨打了个招呼，果然是老四掌厨，"肯特嘿嘿笑道，"怎么样？研究出什么了？"

江若景摇摇头："看不懂。"她有一张在女人味和无辜两元素间平衡得恰到好处的脸。

肯特从口袋里摸出样东西："打开看看。"

江若景抬眼一扫，明显是只首饰盒，她有些犹豫。

"拿去吧。"

江若景接了过来。除去包装，是只蓝绿色的盒子，不用看 LOGO 都知道哪家的，明逾以前说过不太喜欢这个牌子。她打开盒子，是副珍珠耳钉，珍珠下面还细细镶着颗碎钻。

"喜欢吗？戴上试试。"

"太贵重了，不试了。"江若景推给了他。

"我的就是你的，"肯特把耳钉取了出来，"我刚看第一眼就觉得该你戴上，特别适合！"

江若景犹豫了一下，接了过来，把耳朵上那对摘了下来，将这副戴上。

"你有镜子吗？快看看，特别好看！就戴着别取下了。"

江若景拿镜子照了照："嗯……谢谢啊。"她冲肯特娇媚一笑。

"傻瓜，跟我还说谢？"

江若景打开美颜相机，美美拍了一张，发到朋友圈里，屏蔽了除了明逾和肯特的所有人，配字："他刚送的。"

明逾换了一身黑色衣服，要去参加伊万的追悼会，走到玄关，又从包里摸出手机发了条信息："你在 C 城待到什么时候？"

清脆短促的一声响，陈西林睁开眼，她都不知道自己什么时候睡着的，摸过手机，百叶窗阻隔了窗外所有的光线，手机的亮光有点刺眼。

她摸到遥控器，阳光洒了进来。

"看情况吧，但我这次会在 A 国待很久。"

看情况？看什么情况？明逾想，想那么多干吗？她把手机放回包里。陈西林再也没等到下文，可阳光已经铺满床了，再睡不着了。

她简直有点恼了，打开的瓶盖不负责关上吗？

江若景在自己公寓门后跟肯特告别，手心吹出一圈爱心给他，眼睛媚得让人发酥。她在哄他，再次谢绝他进一步的要求他要生气的，可谁要管他？

地球的另一侧的一天过去了。尘归尘，土归土。

追悼会回来，下午，明逾从四点开始工作，三个半小时，终于处理完了前面一周的上千封邮件，并给自己买了张周一回海城的机票，她是计划外逃回来的，没做完的工作还得继续。

看看表，快八点了。过去的一天里，她只吃了几片黑麦面包，她决定去餐厅从 appetizer[①] 到 dessert[②] 好好吃一顿，哪怕是一个人可笑地坐在那里。她要挑个环境好的，再挑个角落。

那地方挑在了雨果街上，这个时候不用订位子了。她坐在角落，吃下了一客鲜虾盅，配了香槟。主菜上来了，是盐水草场喂出的菲力

---

① 开胃菜。
② 甜点。

牛排,酒换了sangiovese[①]。

明逾吃完进了洗手间,从马桶区走到洗手台区的时候,门被推开了,她愣了愣,是陈西林。

陈西林也愣了一下。

陈西林打量着明逾,见她一脸倦容,说道:"我送你回去。"

"不用了。"

"我送你。"

"我去买单。"

"你不用管了。"

陈西林将她拉出去,迎面碰上服务员小姐。"请把她的餐费算到里面去,"她指了指私人间,"她的外套麻烦你递来,谢谢。"

陈西林没停脚步,往私人间走去:"你稍等,我跟他们打个招呼,几秒钟。"她放了明逾在门口,推门进去。

明逾站在门口,脑中一片空白。

她还没反应过来,陈西林已经拿着大衣和包走了出来,栗色头发的服务员小姐已经捧着明逾的外套在等,陈西林谢过她,接了来递给明逾,一步不停地往餐厅外走去。

她将票签递给门口泊车的小哥,两人站在暮色中,明逾插着口袋。亮蓝色的车灯一闪,将陈西林的神情照出来,从沉思到抬头的一瞬。她走上前,这边早有门童帮明逾打开副驾驶的门。陈西林塞了小费道了谢,两人关上门,车子一发动,音响里流出的是《红豆》。

很快便到了,两人坐在车里,陈西林打开车门:"我送你进去就走。"

明逾没有反驳,开了院门:"今天谢谢你。"

"不用谢。"

"我……后天去海城了。"

"那我明天约你去……晒太阳。"

---

[①] 意大利种植面积最大的葡萄品种酿的红酒。

## 22. 出游

陈西林约明逾晒太阳，哪承想是去南部的一座海岛上晒太阳。

明逾坐在宽大的沙发里，托腮看窗外的云海，上次乘私人飞机旅行，还是当年和伊万到处浪时。

"明天去海城的行李都收拾好了吗？"陈西林问。她准备得很妥帖，一身适合热带地区的麻料浅色衣衫，这会儿还架着副墨镜。

"对呀。"

这声"对呀"，仔细听，有埋怨的成分。

"不好意思啊，就这么把你拉来了。"陈西林咧嘴笑。

"没事，'霸总'都这么演。"

"那是什么？"

"你不是看网络小说吗？"

陈西林想了想，没理出这里面的联系，她看的小说里没有"霸总"，不熟悉这个词。

明逾在脑中搜刮一气："*Friends*①里有个情节，莫妮卡和Jon Favreau演的那个大佬拍拖，莫妮卡嘀咕了一句想吃比萨，下个镜头就是罗马斗兽场旁的比萨店里。"

陈西林大笑起来，这个情节的类比莫名戳她笑点，笑到她摘下墨镜。

"等一下……十点到，"明逾低头看桌上的乳白色卡片，得赶紧转移话题，因为犯了个错，这个类比听上去有点不对劲……"晚上六点回，九点到C城……"

"有什么问题吗？"

有也晚了，上了贼……机。

"没有。"

C城到她们要去的南部海岛，客机两小时就到了，但地面时间又

---

① 美国情景喜剧《老友记》。

要占去一两个小时,私人 jet①要飞两三个小时,来回五六个小时,但是不用排队安检登机之类的手续,飞前十五分钟过去就行。可无论如何,明逾想,敢情去海岛上就是为了晒一晒"夏天"的太阳。

"在想什么?"陈西林问。

明逾收回视线,冲她微微一笑:"这是你的飞机吗?"

陈西林摇头:"这可不比直升机,这个买得起养不起啊,我可不做冤大头。"

"嗯,确实,如果不是经常飞,租的话比较合算,会员还打折。"

"你挺熟悉的。"

"我……刚刚去世的那位朋友……也租飞机玩。"

陈西林的眼神柔软起来,小心翼翼起来。

"我没事。"明逾笑了笑。

"年纪应该不会很大,是生病还是?……"

明逾想了想:"车祸。"

陈西林叹了口气,安慰显得多余。

空勤走来询问还需要什么食物,明逾看看表,还有一小时便要落地。她请空勤收走餐具,这顿 brunch②太过丰盛,导致她有些困倦,想打个盹,又觉得有陈西林在一旁总不方便说睡就睡。

"你困吗?"陈西林问。

"有点饭后瘟。"

"我也有点,那躺会儿吧。"

空勤调暗了机舱光线,两人半躺在沙发上,陈西林有些不放心她:"明逾?"

"嗯。"

"我处理杰西卡的方式,有没有给你带来麻烦?"

---

① 喷气飞机。
② 早午餐。

明逾叹了口气:"人总要自己想透彻,否则总会给自己和他人带来麻烦,不是今天的这一件,就是明天的那一件,总要爆发的。"

陈西林想,果然是自己惹的麻烦:"如果需要我挽救什么,尽管开口。"

明逾在昏暗的机舱里轻轻笑起来。

"我知道了。"她说。

一阵沉默。

"我们今天是去晒太阳的。"陈西林开口。

"对,把霉头晒跑。"

南部地区跟 C 城比,热且潮湿,这会儿气温 28 摄氏度,今天太阳很给面子。

陈西林在机场订了车,是辆敞篷车,明逾提出做司机,总要尽点绵薄之力,可陈西林让她好好休息,毕竟明天还要长途飞行。

从寒冷的地方乍一踏进温暖的阳光里,愉悦之情便油然而生,骨头轻了起来,可以飘起。这里的气候适合养老,于是催生了一系列老年人产业:现金支付的房地产业(退休的这些人已经付清了房贷,可以卖了房子拿现金来这里买房),远程送葬业务(帮人把遗体运回北部的老家)。当然了,还有路面上总是慢吞吞的汽车。

陈西林放着 *Wild World*,这真是一首适合开车时听的歌曲,那轻爵士调的节奏将伤感的歌词变得举重若轻起来。

"我打赌,这是 A 国所有的州里唯一实际车速会低于法定车速的地方。"她埋怨道。

"你说对了,而且我一直不明白,这里有那么适合养老吗?湿气重易生骨骼疾病,蚊虫又很多。"

陈西林耸耸肩,车子开上了跨海大桥,过了桥就进入了岛上。

岛上车子不多,两边布满了棕榈和不知名的热带阔叶树,这让很久没看到绿色的两人很是受用。车子掠过写着"鳄鱼出没"警告牌的公路，明逾流畅地来了一句："She sells sea shells on the sea shore."①

陈西林愣了一愣："哇……你好厉害！"

"那边有家店叫这个名字。"明逾往路边一指。

陈西林瞥了一眼——She Sells Sea Shells。

"你想去看看吗？"她问。

明逾摇了摇头："我是不买旅游纪念品的，不过如果你感兴趣就去看看。"

陈西林笑了起来："我从来不买。记得小时候去少女峰，别人都在买牛铃铛，我装了一小瓶雪带回去。"

"后来呢？"

"雪化了。"

"蒸发了。"明逾的眼睛在太阳镜后笑了。

"'神奇'消失了。"

"看来买旅游纪念品还是有道理的。"

她们将车泊在一处沙滩旁，这里有家不错的露天馆子，很受当地人推崇。两人都不饿，商量了来尝点当地的海味，借此欣赏海景。奶白的沙滩上镶满了大大小小的贝壳，这里的海滩出名的不是细沙，而是贝，很多人来这里拾贝。

明逾从餐牌上抬起头："'日落'，加一打生蚝。"

服务生谢过明逾，转过去等陈西林的单。

"中午就喝'日落'吗？"陈西林笑道。

"预落一下，傍晚再来。"

陈西林要了半打生蚝，一份石斑鱼沙拉，加一支"日落"："陪你一起预落。"

石斑鱼是这里的特产，明逾却钟爱这里的蚝。

明逾觉得这一水域的蚝味道最好，不会像北方海域的淡而腥，也不会那么味重耐嚼。

---

① 英文绕口令，意为："她在海边卖贝壳。"

"你喜欢哪里的蚝?"她问陈西林。

"初级水平,偏甜的。你呢?"

"相似,这里的。"

"那可真来对了地方。"

一阵微风拂过,海浪又在沙滩留下一层贝。

"那首歌,你很喜欢吗?那天刚进酒吧我就听到来着。"明逾问。

陈西林在墨镜后扬了扬唇角,看不出她的眼睛是否在笑:"喜欢写词人的洒脱,将自己的悲伤放在一边,原谅与祝福那个离开他的人。"

"可悲伤终究是悲伤,否则他也不会把它写成一首歌。"

## 23. 较量

"悲伤……"陈西林摘下墨镜,"悲伤是一种表示无计可施的情绪。你知道,有时候你为一个人、一段事的离去而创作、奋斗,并不是因为悲伤,也并不是为了缅怀,而是给自己一个交代。"

明逾太懂了。她的胃轻绞起来,为了这说到了心里又蔓延到五脏六腑的话。起初自己发誓努力上进的动力是低端可笑的,她就是要在FATES占有一席之地,就是要让伊万看看,没有他,她也能买得起PR的裙子,也能住得起城北的房子,甚至,她要看到伊万被自己踩在脚下……

可她后来明白了,她和伊万之间,不过是一场她一厢情愿的较量。

再往后,她踏出的每一步,都只是对自己的交代,与他人无关。

陈西林颇觉有趣地观看明逾脸上的表情变化,拈起桌上橙黄色的液体,轻啜一口。她今天的唇色也是橙粉调的,衬着这无处不在的阳光。

明逾意识到陈西林在观察她,匆匆一笑:"你有过只想给自己一个交代的时候吗?"

吞咽的动作变慢了,上扬的唇角微微塌了。"有啊,"陈西林顿了顿,"我的事业。"

明逾一时没有接话,刚才明明在聊感情,这会儿偏偏转到了事业。

"我的事业……"陈西林做进一步解释,"无论我的人生遇到过什么,最终会在事业中消化、升华。你应该有听说,我在为白鲸拼一个大项目,往少里说,这里面有我过去五年的心血。人生有多少个五年?等你到了海城,肯特也许会告诉你,我在东索有个基金会,回A国前我托他帮我雇用一个行政执行官打理那边的事务。而我做这些事业,到头来不过是为给自己一个交代,不为他人,不再为他人。"

一时信息量太大,明逾在脑中梳理……"所以东索的基金会是交给海城FATES做了?"

"是的,一开始有意找你,但上周……总之,这也不是什么大事,肯特搞定它应该没问题。"

"雇用新人?是新成立的基金会吗?"

"也不是,四年前成立的,现在我要专注于白鲸的项目,没有时间和精力亲自打理了。"

明逾想起两个月前有次她给陈西林打电话,对方说自己在东索,当时自己还纳闷她怎么跑到那里了,原来是为了这个基金会?

"这个基金会……具体是什么用途?"

"是个非营利性机构,给无家可归的人建造营房,提供医疗救助,帮助他们寻找谋生方式,必要时提供食物和生活用品。白鲸是我的资方,我自己每年的收入也放一半在基金会里。"

"一半?"

陈西林笑了笑:"一半,还剩一半勉强度日。"

明逾在阳光里眯起眼睛:"伟大,又谦虚。你刚才说不'再'为他人?"

陈西林低头啜酒,她果然没放过自己。

"那以前是为谁?"明逾问。

"以前是为一个无家可归的人,现在是为所有无家可归的人,所以,初衷一点都不伟大。"陈西林抓起太阳帽,"我们去沙滩上坐坐吧。"

两人拿好行头,在沙滩上铺开。这不是比基尼海滩,远处一家五口在拾贝,两夫妻带着三个十岁不到的孩子,看起来优哉游哉。

明逾的丝质上衣在海风里微微拂着,浅绿的颜色将唇色衬得明媚。她还在琢磨陈西林刚才的话。

"明逾,你是家里唯一的孩子吗?"陈西林躺在她左侧晒太阳。

"嗯……是的。"

"上次你说,平城家里没人了?……"

"我……父亲在我很小时就去世了,母亲生我时大出血走了。"这是她从小到大背熟的一句台词,很久没用到了,竟觉有些生疏。

陈西林不觉支起身子,之前她说家里没人,她猜想是不是父母都在国外或者其他情况,没承想是双亲都去世了,而且是在她那么小的年纪。尤其是母亲,她竟没见过一面……

"那……是跟亲戚生活的吗?"

明逾怕结交新朋友,因为总要触到这些她不想提及的过往。

"跟着舅舅的。你呢?有兄弟姊妹吗?"

陈西林有点感觉她在转移话题,那么自己也就不便再追问:"我嘛,原本有个弟弟,十岁那年,出了场车祸,弟弟没了。"

明逾倒抽一口气,她恨"车祸"这个词。

"车上还有爸爸、妈妈,原本我也应该在那辆车上,他们驾车来保姆家接我,可那天保姆的小孩过生日,我临时留了下来,没让家人接走。"

"那他们?……"

"爸爸妈妈都活着,爸爸脑部创伤严重,常常处于失忆状态,不能照顾自己,偶尔可以记起我们。妈妈精神也不太好,毕竟受到的打击太大了。他们现在 L 城的一家疗养院里。"

陈西林在墨镜后闭上眼,那场车祸,父亲在清醒时曾跟她说,应该是人为。凶手,父亲说凶手是她的伯伯,他的亲哥哥。

可没有人帮她查实真相,爷爷也睁只眼闭只眼,于他来说,手心手背都是肉,只不过对比伯伯的儿子白西恩,爷爷更宠她是真的。

"难怪那时你说,搬来 A 国后又在三个国家辗转……是跟着亲戚四处搬家吗?"明逾觉得,陈西林几乎要跟自己一样惨了。

"嗯……爷爷把我养大的。"

她哪里是跟着亲戚，是躲着亲戚，父亲清醒的时候告诫她远离伯伯一家。爷爷从未在金钱上亏待过她，只要是她想要的，天上的星星也能摘下来，可她在内心深处无法真正亲近白家人。

"那……"明逾柔声安慰，像是怕惊着她，"父母还在也算是安慰，多抽空去陪陪他们。"

陈西林给她一个微笑，她看着明逾，犹豫要不要告诉她自己和白鲸真正的关系，下一秒又放弃了。也许将来吧。

"所以海城那所老洋楼里，照片上是你的……亲戚了？"明逾突然想起那天那景，好奇心再次涌上心头。

陈西林顿了顿："那是我的另一个家人。"

又是大同小异的话，陈西林不愿意告诉自己，明逾想。

"不过我祖籍是海城，"陈西林转移话题，"我爷爷一九四三年从海城去了香港，在香港娶了我奶奶后又举家出国，爸爸出生在这里，我是第三代移民。"

明逾点头想着："你出生在E国……"

"嗯……外公外婆家在E国，妈妈在那里生下我。"

原来如此，明逾摇摇头："真想再点杯酒，为我们惨痛的童年干杯。"

"点吧。"陈西林笑了。

惨痛的话题点到为止，再往后，整个下午，没人愿意提起了。明逾将脚伸到车外，夹脚拖鞋上一层细沙，处理不干净。

"上了飞机冲个凉吧。"陈西林建议。

明逾缩回脚，关上车门，手里攥着的一只橘色纹理的贝壳精致漂亮。"送给你，"她展开手掌，"答谢你请我坐飞机。"

陈西林笑起来，小心翼翼接过："很贵的一只贝壳。"说着还真当个宝似的装进了包包里层。

"什么时候再去海城？"明逾问。

"这个还真不是我能决定的，眼下在走一个程序，希望越快越好吧，海城没我不行。"

"嗯……那等你再去海城，如果我还在，就请你……"

"又要请我?"

"又?我请过你一回吗?"

陈西林想了想:"有,第一次见面,是你做东的酒会。"

那是你不请自来,明逾想着,又说:"那不算。"

"所以等我去海城要请我做什么?"

"嗯……吃大排档。"

"大排档,"陈西林嘀咕着发动起车子,"哦,大排档。"她突然想起那是啥了,"好啊,我小时候吃过。"

"当真?"

"特别真。"

明逾笑了:"感觉你压力也挺大的,摊子又多又大。"

"压力巨大,但也是我的乐趣。"陈西林一踩油门,朝落日逐去。

明逾在空间有限的浴室冲完凉,换了身干净衣衫,幸好早晨多带了一套以防变故。陈西林在沙发上看电视,见她出来,投去赞许的一瞥:"可以上晚餐了?"

"好啊,谢谢。"

跟空勤点好餐,明逾换着频道看新闻,换到一个频道,表情一凝,新闻上是一张陈西林的照片,主持人咄咄逼人,控诉这个外国人正掌握着本国核心军事技术秘密。

明逾飞速扭头去看陈西林,后者神情凝重地盯着屏幕。

"这种媒体,总爱拿这些说事……"明逾小声安慰,声音越说越小。

陈西林起身换台。

——主持人口沫横飞:"Chin 女士开始研究 AI 云时,这项技术究竟在不在'贸易管制清单'上?……"

——"下面我们连线怀特律师,听听 Lynn Si Chin 的绿卡能够帮助她什么?……"

——"白鲸的做法是否无视国防安全?……"

——"我们有理由相信,Lynn 和白鲸创始人白亨利有着极其特殊的关系……"

——"据知情人透露，Lynn是白亨利的孙女，或者至少是家族中的一员……"

明逾错愕地看向陈西林。

这已经与一般立场无关了，这是一场来自全国的质问。

## 24. 原点

陈西林的手机响了起来，是法务迪恩，低沉的声音透过手机传出来："不要回应任何，我正努力促使相关人员介入调查……"

话未说完，又有一个电话进来，是特助，这时特助打来定有要事，陈西林匆匆对迪恩说："稍等一下。"她接通了特助："是Lynn。"

"Lynn，C城林肯机场现在全是媒体，我已经打电话到俱乐部要求他们变更降落机场，C城西北部有一个小型私人机场，可以降落，只是费用比较高昂，但我想这不是问题，俱乐部需要你本人确认，我现在连线负责你的销售科林。"

"好。"

电话变成三人会议模式，那边迪恩还在线外等待。

陈西林快速和科林确认修改降落机场的问题，结束了与特助的电话，切回迪恩："迪恩，为什么要让别人介入？"

"因为这些报道在质疑白鲸行为的合法性，已经构成诽谤，我们需要走司法程序。"

"赢了又如何？你是法务专员，你知道媒体一定会拿'新闻自由'做辩护，到时又是一场旷日持久战。"

"律法会解决这件事。"

"我们没有时间了。我们沉默的每一秒都是对手赢取的一秒，主流媒体全线报道，对手目标明确，不是我倒，就是我和白鲸同时倒，对手在用舆论压我们，等法律帮我们打赢的那天，我们已经失去了人心。"

陈西林摇头，迪恩做别的都是一把手，只一条，他不懂对待流氓就要用流氓的办法。就像上回董事会上，唇枪舌剑，他一个劲要去拿硬道理说服对方，让对方相信她陈西林现在负责这个项目没有违规违法。对方其实不懂吗？他们只是想把问题扯大，扯出一条豁口，让决策层堵不住，辩论越深豁口越大。她不同，她直接换国籍，把口子一针缝上。

现在这情况，和八卦传闻又不同，民众对待公众人物的八卦大多是看热闹心理，重磅炸弹爆完，尘归尘土归土，人们要么脱粉，要么遗忘。而这桩事……

人言可畏，你不出面澄清，假的都能说成了真的。

"迪恩，你那边继续，但我不能保持沉默，这不是简单的法律问题。"

陈西林挂了电话，她和迪恩交情已深，关键时刻，无须拘礼。

一抬头，明逾在看自己，居然忘了她还在……陈西林牵了牵唇角："抱歉……"

"Lynn，事情有多严重？手续上有漏洞吗？"

"严格意义上说没有，但并不是所有民众都有律师一样客观严谨的大脑，他们会被主观情绪带着走。"

"第一时间开新闻发布会吧，把大众所有痛点一一揉开。"

"我也是这么想的。"

正说着，电话又响起，空勤这时也开始上餐，请两人坐好。明逾招呼她摆盘，陈西林挑了后角落的位置接电话。是白亨利。

"Lynn，危机专家很快就会联系你，不要慌。"

"没有。爷爷，惊动你了，很抱歉。"

"是爷爷没有在让你接手前期铺好路。不过目前看来也不是什么天塌下来的大事，你的入籍请求可能会遇到点麻烦，但这方面迪恩有办法。"

"对方就是想在我入籍前曝出这件事，让我的入籍目的在移民局眼里显得可疑，最好入不成，这样董事会就可以再次发难，以达到撤销我总负责人头衔的目的。只是，爷爷，这做法已经将白鲸牵扯进去，他毁的不只是我个人的利益，还有可能让白鲸在这场竞标中处于劣势，甚至丧失资格。"

她说的是英语，明明白白指向"他"。

白亨利顿了顿："这其中的利害，白鲸的人不会不知晓，不会是你怀疑的人使坏。"

陈西林无可奈何地摇了摇头。又是这样的态度。十岁那年圣诞节，她慌慌张张地跑到白亨利书房，晚餐的时候父亲神志清醒了一会儿，告诉她车祸是伯伯制造的。她跑去告诉爷爷，以为自己带去了一个让这世界黑白分明的大秘密，却没想爷爷摸摸她的头，说："伯伯从小就疼爸爸，爸爸是脑子撞坏掉了，你不要再提起。"

"Lynn，老爹一直都会支持你的。"白亨利补充。

挂了电话，她握着手机愣了一会儿，明逾从机舱前面的座位转回头朝她笑了笑，餐盘都已摆好，陈西林起身往前走去。

"先吃饭吧，别着急。"明逾回头说道。

话音未落，脚下的地面抖动起来，突然失重，警告灯大闪，一切都在两秒之间，明逾条件反射地起身去扶陈西林，却被保险带重重甩回，空勤的声音传过来："请在座位坐好。"

原以为一个急剧下降就结束了，没想机身像是来了个急转弯，陈西林还未来得及坐下，整个人就被甩出去。明逾反应算快，双手去拉住她，桌上的餐盘和杯子掉落地上，陈西林栽落在明逾身上。

不好的联想涌入陈西林脑中，从刚才的新闻攻击到这突如其来的混乱，难道对方连这飞机都控制了，想要置自己于死地？是当年自己逃过那一劫的补充吗？

早知道不让明逾上这飞机了，她想。

等一切安静下来时，陈西林睁开眼，看见上方的一张脸，那张脸上的每一处都奋力皱缩着，带着一种殉难前祈祷和认命交织的情绪。

机长的声音透过音响传来，说的是突遇气流之类的无新意的原因，并向二人道歉。

明逾的脸庞渐渐舒展，眼睛也缓缓睁开。

陈西林的眉毛、眼睛、鼻子、唇，就在自己面前，她愣住了。

空勤走过来道歉。

明逾将自己散乱的发往耳后拨着。

陈西林在她对面坐下,突然发笑,端起桌上一只尚留残液的酒杯:"为劫后余生,干杯。"

明逾也笑了起来,刚刚那一霎,她以为她们要葬身于什么将成为历史的地方了。

空勤收拾好地上的残迹,又端来新的食物。

"跟死亡比,一切都可以解决。"明逾端起酒杯。

"Prost!"①

私人机场这个点已经很安静,先前那辆Limo在滑道旁等候,飞机停下,Limo开了过去,两人收拾好随身物品。

"明逾,我让司机送你回去,好好休息,明天还要飞长途。"

明逾抬眉:"那你呢?"

"危机专家刚给我发了邮件,让我立刻回白鲸总部。"

"现在?"

陈西林点点头:"助理已经帮我安排好,现在等飞机加油。明天中午在那边召开新闻发布会,那里的一些媒体和白鲸比较熟悉,回去情势对我们好些。"陈西林讲得比较隐晦。

明逾叹了口气:"有什么是我能帮到你的?"

陈西林转身看了看自己那辆车,又转回来,跑道前方高射灯的一线尾光照在明逾脸上,将她的脸得苍白而宁静。

她放下手中的小皮箱,像是要腾空双手,却又没有动作。

"就希望你能照顾好自己,开心些。"

明逾觉得心里有些空落落的,在这个荒芜的机场,在一场暴风雨的间隙,它听起来像是启程,又像是告别。

"Lynn……"

她轻唤一声,却再说不出下文,不是措辞困难,而是思绪阻塞。

---

① 德语,意为"干杯"。

海城就像另一个世界,但她还没准备好离开眼前的这个世界,订票时是准备好了的,可现在又觉得没有。

风吹过,撩起她半长的发,小指上被略施薄力,她随风倾去。

"飞机上好好睡一觉吧,明天才有精力打仗。"陈西林以一个淡淡的笑回答,就像初次认识时一样。

"谢谢你……为我安排的这些……到了告诉我一声。"

"嗯,好。"

屏幕上,Limo缓缓泊在明逾家门口,她走出车门,跟司机道了谢。车开走了,旁边走来一个短发女人,两人站在门口说了一会儿话,明逾开门走了进去,短发女人没有离开,拿出一个小本子写着什么。

过了一会儿明逾又出来了,递给她一样东西,装在一只袋子里,短发女人从小本子上扯下刚写的那一页,是一张支票,递给明逾,明逾接了过去装在口袋里。两人又说了两句话,短发女人转身走了,明逾也打开家门走了进去。

屏幕前的人将这一段保存在移动硬盘上。

## 第二篇章

## 岸上的灯火

*Above The fates*

## 25. 执着

中午明逾在 lounge①候机时，电视上放的正是陈西林的新闻招待会。

闪光灯下的陈西林，遥望宛若清风，很难相信她在这之前连夜横飞A国，与危机专家商讨到凌晨才匆匆补觉。

"白鲸于1966年由A国人亨利·白创立，成立伊始，公司致力于民用通信设备的研制与生产。四年后，当计算机领域的集成电路取代了晶体管，处理器运算速度的提高引领计算机操作系统获得跨时代的发展，白鲸敏锐地嗅到这一趋势，蹚入计算机软件领域，并获得令人瞩目的成绩。1986年，白鲸在N城证券交易所挂牌上市。白鲸向来走在人类科技的前沿，它是产业的引领者，不是跟随者。能够做到这一点，需要的不仅是掌舵者敏锐的嗅觉，还有执行层强大的执行力和全员开拓进取的科研精神。

"像很多A国的企业一样，为了更加合理地配置、利用资源，白鲸将部分生产活动放在了中国等其他生产成本相对低廉的国家和地区。

"五年前当媒体还不熟悉'AI云计算'这个短语时，我便深耕于此……"

精彩！明逾在心中为她击掌，两小段介绍，强调了白鲸的创始人是A国人的身份，在中国办厂不是白鲸一家所为，如果此举要受到质疑，那么其他数以万计的A国企业是不是也要草木皆兵起来？此后，她又不着痕迹地指出在AI云这种引领一个新时代的新技术上，白鲸一直扮演重要角色。

---

① 休息室。

记者提问:"我是 A 报的芭芭拉·泰勒,感谢陈女士分享白鲸和您本人的故事,我们听说您是白鲸创始人亨利·白的孙女,请问是否方便透露这个信息的真伪,以及它对您负责白鲸 AI 云项目竞标的影响?"

"谢谢芭芭拉。白鲸不是一个君主制帝国,它是一个公众上市公司,有一个公正客观的董事会。我担任 AI 云项目负责人这个决定,是由董事会讨论和投票决定的,创始人、CEO 无法在如此公正的环境下使他本人或任何家族成员受惠。"

很好,明逾呷了口咖啡,说到这份儿上,再追究两人的关系就变成一味探听市井八卦。

"陈女士您好,B 电台的乔治·贝尔。无论您是其他哪国国籍,都改变不了您非 A 国公民的事实,请问您负责这个项目是否构成'视同出口'?是否对 A 国国防技术的保密性构成威胁?"

"感谢。第一个问题:Yes or No;第二个问题:No。在现行条例中,有三种人不受管控:1. A 国国籍公民;2. A 国法律上的长久居民,也就是绿卡持有者;3. 其他受保护群体,多为政治庇护者和难民。而我属于第二种——绿卡持有者。但是基于 AI 云是一项尤为敏感的技术,白鲸还是为我申请并获得了'出口许可'。

"各位,按照相关法律,出口管控必须与'反歧视法'和'隐私法'同时执行。白鲸杰出的法务团队在此问题上寻求到了最为合理的平衡,就我个人而言,为了推动这项技术的发展,我愿意放弃当前国籍。请大家在提问时注意'反歧视'与'隐私',我不希望你们任何的无心之词违反了这两项法律,从而受到指控。"

明逾在心中暗暗吃惊,她万万没想到她会在媒体前公然宣布放弃国籍……她也知道陈西林必然不是一时头脑发热说这样的话,一定是经过危机专家点头的。那么这种消息一出,换国籍就势在必行了,甚至……难道她这次留在 A 国就是为了转换国籍?

很难理解这是什么情结,那就必然是为了这个项目,为了白鲸……突然想起昨日她说过的那番话:"无论我的人生遇到过什么,最终会在事业中消化、升华。"

为了她的事业。

为了事业执着如此,明逾想,看起来淡如清风的陈西林,或许有着与自己相似甚至有过之而无不及的执念。而执念不一定是要得到,起码对于自己而言,更多的是放弃——执着于放弃。

明逾一个走神,发布会已到了尾声,闪光灯下的陈西林依旧光彩照人,看上去一切尽在把握。

台下发出善意的笑声,紧接着掌声四起,陈西林在掌声中致谢离席。

明逾抬头看向屏幕,笑意更深了,拿起手机,给她发去一句:"非常棒。"

在登机口,她收到陈西林的回复:"旅途平安,落地告诉我。"

短短一周,海城已准备好了迎接春暖花开。

空气湿润起来,带着不知从何处飘来的烟火气,是油炸食物的味道。每次在海城降落,明逾都会莫名地嗅到这种味道,说不出是喜欢还是不喜,若是后者,大概也不影响她内心对一丝烟火气息的期待。

它浓到深处反而变成了独一无二的张扬。那年明逾随洪回蓉城,机场到达大厅四处飘着火锅味,蓉城人让你落地就能吃到火锅,那时那天明逾哈哈大笑起来,她觉得这件事情有种张扬到可爱的味道,就像洪。

哪怕洪最初打动她的,只是处心积虑的陪伴,"处心积虑"也是后来才知道的。

洪爱极了火锅,和洪相处的时光,想起来就变成了一顿又一顿的火锅。

海城的傍晚灰蒙蒙的,所有的包容都在这灰色中进行:繁华摩登的是新崛起的,昂着首争创世界第一高;写尽沧桑的是殖民痕迹,在曾经蓄意的破坏和向来欠缺的修缮中苟延残喘;还有那市井巷陌中的善良与冷漠、小聪明和大愚笨,像街边店铺乏味的灯牌和橱窗角角落落永远擦不净的陈垢。灰色还包容着所有不负责任的变动与流动:随时可以破产的生意、随时就关门消失的店铺、随时能辞去的工作和随时决定离开这座城市的人。

在最为古老的大地演绎着一派无根无源的荒唐景象。

明逾在酒店外的一条步行街走了一圈。说不清是爱还是厌恶,有时候好像稍不留神就滑向另一端。

她说等陈西林再来就带她去吃大排档,说实话她也不知道大排档哪里还能吃到,小时候记忆中的样子还能找到吗？她放下行李便走进这步行街,好似带着些目的地找寻。

从穿着到妆容,她和街头的姑娘们格格不入,所有的品牌她都不认识,看到一家奶茶店外有几个人在排队,心想有人排队的应该还不错,就跟着碰碰运气。

手机在闪,是陈西林发过来一条消息。

——休息了吗？

## 26. 愿望

想想时间,是她那边的凌晨四点。

"你好早,我在吴门路步行街,买奶茶喝。"

"就你自己吗？"

"对,好傻。"

陈西林打了语音过来。

"你怎么样？这么早就醒了,会后反响怎样？"

"暂时还不错,没再听到什么特别的动静。"

"你的发言很有信服力,说不定哪位高官看到了会指名任命你,招标都免了。"明逾跟她玩笑。

她声音不大,可还是惹得前面几个排队的姑娘纷纷回头注目。明逾顿觉生出一层冷汗,别过头更小声道："我先挂了,给你打字。"

手指在屏幕上滑着,陈西林的消息先进来了。

——要不等你方便了再聊？

——没有,只是周围都是人,打字就可以。白鲸让你出来发言很聪明,先刷一波形象分。

那边顿了顿。

——亚洲面孔,不符合主流审美。

明逾想起自己曾经拿一个亚洲名模的照片去问伊万,自己和她谁的脸漂亮,伊万说他不瞎。

——放心,主流不瞎。

明逾想,形象有多重要呢?漂亮女孩的世界和丑女孩的是不一样的。打小她就收到美貌带来的张张"通行证",通行在人们的第一印象里,通行在点头和摇头之间,通行在不同年龄异性的青睐里,通行在人类对美的偏好中。她腻味了上天给她的这个礼物。

和伊万分手后,在读研时,她迷上了写博客。那时的博客可以写很长,图文并茂,她躲在屏幕后面,想用才情与人交流。那是个奇妙的世界,那个世界没人知道她的身世,没人对她指指点点,她所有的自卑都派不上用场。

她的好,她的不好,无人知晓,她获得了重生。

可那个世界对她比真实世界冷淡,所有因为外形而获得的青睐都不见了。人类有多浅薄?

有一天她贴出了一张自己的生活照,突然,她把这个世界改变了,她重新被很多人青睐了,两个世界俗不可耐地重叠了。

洪找上她了。

她握着杯奶茶往酒店走,市井的精彩是一个人无法享受的,它会让你更显茕茕孑立。

——Lynn,你在换国籍吗?

她发去消息。

——对,程序已经启动,所以无法离境,之前跟你说这次可能会待很久,就是这个原因。

明逾想,这份事业于她是真重要。

——有什么我能帮到的吗?

——等我再去海城，是否要用新护照重新办理工作许可？

——是的，不过这是一项基本操作，不用担心。时间上会帮你优先加急。

——这算不算走后门？

明逾笑了起来，把弹韧的珍珠吸进口中轻轻嚼着。

"不是，白鲸作为VIP客户一直是我们优先服务的对象，而你的事情又牵涉到目前最为敏感的……"她打出这些字，想了想……又全部删除。

——算，打算怎么谢我？

进了大堂，幽香来袭。

——化身神灯，满足你一个愿望。

明逾要笑出声，一抬头，电梯到了，里面走出一对外国夫妻，也冲明逾笑。

她走进去，镜子里自己的眼里像有星星。

——那我要收着，好好宰你。

信号没了，消息讨厌地转圈圈，电梯升到二十层，明逾忙着踏出来，又走了一截，消息终于推了过去。

不久收到回音。

——想了这么久，以为要跟我要什么。

——刚在电梯里，没信号。

明逾打开门，反锁上，窗帘没有关，窗外是绝美的夜色，繁华的、沧桑的、平庸的都在那里，窗内是一个女人的繁华、沧桑和平庸，"哗"的一声拉上窗帘，只剩点寂寞。

——明逾，还有件事想拜托你。

明逾扔了那半杯奶茶，她已经对这假模假式的饮料忍耐了一路——不过一杯糖和香精。

——那我将来得再擦一次你这神灯。

——没问题：）

明逾弯了唇角，想陈西林会用这过气多年的表情符号，有点傻气。

——请说。

——东索的事情，可能会有些敏感了，这个新聘请的行政执行官很重要，原本我对肯特他们很放心，但现在想来，如果对方想置我于死地……可能会在任何想不到的地方下手。

——Lynn，"对方"究竟是谁？

——我想我知道，但请容我暂时保密。

明逾想了想。

——好。我怎么帮你？

——帮我把控一下人选，好吗？肯特要在东索面试候选人。原本我应该亲自过去主持面试，但换国籍程序启动，我不能离境。

明逾打开电脑。

——你记得这一单的单号吗？

陈西林发了过来。

明逾细细浏览，这是独立于白鲸的以另一个公司名开的账号，公司名很简洁：Q基金。

明逾默默念着，想不出这其中含义，又去看业务模块：人事雇用、签证、薪资核算、住房。

她拨通了陈西林电话："嗨……"

"嗨……"她的声音里有笑意。

"夜里不睡觉，白天徒伤悲啊。"

陈西林很好听地笑了起来，她的声音透过电话线便染上一层迷人的韵味。

"怎么样？这个忙可以帮吗？"

"老实跟你说，人事雇用是FATES一个很边缘的业务模块，我们没有自己的职业介绍所，都是外包给当地的中介，FATES也一直没有拓展这个业务，因为这方面的客户需求量小。所以，在东索雇用这么个人，如果你要盯紧，就只有派人去。"

"嗯……请肯特过去一趟，会有用吗？"

明逾想了想，她如果真放心肯特，还来同自己说这些做什么？

"不行就我过去一趟。"

"我不想你去。"

"那没别人了，非洲不是我的业务领域，那里的人我可以请他们帮忙，但没有心腹，如果要请谁帮忙还不如肯特。"明逾顿了顿，"就我吧，我去把把关。"

"你不熟悉那边的情况，混乱，危险，西索的武装力量和难民都在渗入，后者倒没什么，零散的西索反政府军是大麻烦。"

"嗯……你以前不是经常过去吗？"

陈西林顿了顿："我是我。"

"我猜想你也不是孤军深入，在东索肯定有人接应你，我可以沾沾你的光？"

陈西林轻笑："我要把你推到那地方，还不如……"她莫名顿了顿，又说，"还不如从一开始就不设立这个基金会。"

"嗯？"

"我再想想其他办法。你早点休息吧。"

## 27. 接风

海城 FATES 毕竟是肯特的地盘，临睡时，明逾给肯特发了条消息。

——嗨，肯特，我到海城了，打算明早过去公司。

那边回过来一个高冷的微笑。

明逾盯着它看了看，觉得不像肯特发的。

"谁？"肯特被手机振动吵醒，迷迷糊糊问道。

江若景将屏幕竖在他鼻子前面："你的白月光，明早你就能见到她了。"

手机的强光刺得面前人龇牙咧嘴。"白月光……"肯特将屏幕看清，"哎哟，你怎么回我的消息！"

江若景转过头去不吱声了。

"乖，这是工作，纯工作。"肯特边哄着，边给明逾回复：晓得了,明总,需要我安排什么?

这才是肯特,明逾想,手指轻轻滑动:"不用了,谢谢。明早见。"

人被气候宠坏就要犯困,可公司楼下这家咖啡馆里长长的队伍大概与之无关,明逾站在傻乎乎的队伍里,她就只是犯困。

明逾总是怀念欧洲那些小镇上的不知名咖啡馆,它们从奶奶传到孙女,百十年就只服务于镇上的居民和偶尔的过客。下午三点开始,哪怕你只是一个横跨欧洲的自驾客,朝那儿一坐,尝一尝店里刚出炉的蛋糕,配一杯没有品牌的咖啡,你就只当自己是个会享受生活的当地人。

连锁店里的东西,全都一个味儿,关键是,味道并不好。Panda Express[①]里卖得最好的 orange chicken[②],明逾想,大概是一个玩笑。

可不少人偏偏买连锁店的账。海城的角角落落里悄悄地兴起和败落过多少品位不俗的小咖啡馆,它们都被这连锁店打败了。在这里点单还要看单牌大概是要被鄙视的,围着围裙的小妹拿复杂的心情仰着脸看认真读饮品单的明逾。被看的人习惯了,上次被鄙视是在麦当劳。

后面一个声音响起:"一杯巴巴布来忑冰摇榛果拿铁、一杯巴巴八拉卜热带丛林花果茶外加一块巴巴贝尔柠檬蛋糕,记到她账上。"

围裙小妹眼里尽是看热闹又不耽误卖咖啡的巧妙平衡,明逾转头将这熟悉的声音主人确定一番,果然被指定买单的人是自己。

"不会连咖啡都不舍得请我吧?"江若景贴在明逾耳边,听上去她拿这一周学会了找人买单。

明逾转回脸,围裙小妹拿捏着笑脸等她奋起反抗或者被逼就范。

"请给我一杯拿铁,一共多少钱?"

等她握着拿铁走到电梯口,江若景也没落下。

"谢谢你的咖啡啊。"

---

① 熊猫快餐,美国连锁中餐快餐店品牌。
② 橘子鸡,一道经风味改良,深受西方人喜爱的中餐。

"不客气。"

江若景"扑哧"笑了出来："放心，我没跟着你。"

明逾一挑眉，按了往下的电梯按钮。

"你……"

明逾走进地下车库，坐到车里，将一杯拿铁喝得七七八八，看了看表，又往楼上去。

前台笑靥如花："明总，肯特找您呢。"

"知道了。"

肯特的办公室就在她隔壁，想躲也很难，明逾换了职业微笑迎上去，刚想说"杰西卡，好巧"，对方笑道："刚才楼下碰到，这咖啡是明总请的。"

幸好她要抢先。

"哦哟，怎么让明总破费了？"肯特将亲疏归位。

"应该的。你找我？"

"哦，杰西卡说很久没见到你，想跟你聚聚。"肯特打出"太太外交牌"。

"都还没来得及恭喜你们，恭喜啊。"明逾笑道。

江若景笑得讳莫如深："明总恭喜过我了，你忘啦？"

"哦……"明逾笑着搪塞，怕她在自己公司说出什么惊人的话语。上次在陈西林的办公室，她算见识到了。

"明总和小江在国外时很熟啊？"肯特呵呵笑着，对江若景的称呼不知不觉变了。

这是肯特第二次问了，问者无心，答者为难。

"在国外都是同胞嘛，不过杰西卡成了我们客户后，我倒是该避些嫌。"

肯特作势懊悔："我这真没想到这点，还是没明总周到！"

"玩笑了，以后和白鲸的关系就靠你这儿维护，"明逾俏皮一笑，"我就不打扰你们了。"说完转身要走。

"明总，"江若景叫住她，"今晚有空吗？我和肯特请你吃饭，给你接风。"

"今晚……"明逾搜索着拒绝理由。

"对对！我今天早晨就讲，明总这次怎么不声不响来了？我都还没机会替你接风。哦，对了，正好白鲸陈总那里有一单，我觉得有点麻烦，想跟明总商量商量。"

明逾皱了皱眉头："客户的事，还是在公司说吧。"

肯特扫了眼江若景："对，对，我糊涂了，把陈总的事就当成白鲸的事了。"

明逾又皱了眉，无法回答。

"越扯越远了，"江若景笑道，"明总，赏脸哦？"她跟肯特学了一口海派国语。明逾只恐怕今天不答应还要有明天。

"行，那就今晚吧，先谢谢你们。"

下午明逾在公司周围看了看，买了双琉璃杯子给他俩做礼物。总不好就这么理所当然地去吃人家的接风饭，况且两人又是刚公开关系，于情于理都该表示一下。

肯特将饭局设在一家私菜馆，没菜单，其实也有，是给生客看的，肯特不看这种东西。

"明总想吃什么？"

这大概是她最不想回答的一个问题，又不好说"随便"，可她还真是觉得随便。

"客随主便。"

肯特笑得开心："先订个汤盅，鸽吞燕吧。明总吃鸽子肉吗？"

"可以。"

"菜嘛……这里有一绝，你们平时肯定很少吃到。"这便没下文了，关子他要卖的。

"家常菜就最好，不用破费。"这是明逾心里话。

肯特摆手："都是家常菜，放心，没有龙肝凤胆，哈哈哈！"

"你快说，什么菜？"江若景不满他一个关子卖这么久。

"鹿肉焙梨。"

两个听众都细细想了起来。

"鹿肉很瘦，但纤维细嫩，不同于牛肉的粗糙，却比猪肉鲜美，口感偏甘甜，搭配梨、菠萝这类水果，提鲜去腥，营养也很丰富。再不尝尝，过两周就吃不到了。"

"行行行，定下了，下一道。"江若景拍板。

"明总是平城人，腌笃鲜喜欢的吧？"

明逾点头："可以的。"

"一会儿你尝尝，这里的腌笃鲜，鲜是鲜的来，秘密都在他用的咸肉里。"

江若景给肯特斟茶，明逾托着茶盏低头细品。

"咸蛋黄扇贝，别处你吃不到的，咸蛋黄的鲜香裹着鲜扇贝的鲜嫩，这里用的扇贝个头特别大，咬开还有海水的味觉。"

明逾在茶盏后勾了唇角："差不多了。"

"松茸豆腐好不好？"

明逾不搭腔，肯特又嘀咕着："松茸豆腐……再来个绿色蔬菜，明总？"

"清炒芦蒿吧，这道蔬菜国外偏偏吃不到。"明逾怕他折腾，干脆不客气了。

"那行。酒嘛……我们吃中餐，就配黄酒了，怎么样？"

明逾摆手："我不饮酒了，还要开车。"

"找代驾嘛。"肯特坚持。

"你喝，我送你。"江若景冲她笑。

"真不用，你们二位随意，我喝茶就好。"

一阵推托，最后还是放弃了酒水，肯特想他一个人喝也没意思。单下好了，他一脸的满意。

明逾从包里摸出个包装精致的盒子："看到了觉得喜欢，送给你们吧，祝你们早日修成正果。"

肯特站起身，江若景脸上的笑凝滞着。

"这怎么好意思，让明总破费……"肯特双手去接。

"不是什么贵重东西……送个眼缘吧。"

江若景接过来："我拆喽……"

肯特讪笑："小江就是这么急性子，你谢过明总了吗？"

"不用谢她了。"江若景低头拆包装。

肯特愣了愣，拍了拍江若景脑袋："国外待久了，不会说话。"

"没事，她和我熟。"

肯特听这话倒开心起来。

"明总在国外比我还久，你这是说她吗？"

肯特摇头讪笑，他就只当江若景年轻莽撞。

礼物拆出来了，是两只颜色渐变的蓝色琉璃杯，杯柄各雕的是兰和竹，两只杯子一凸一凹，拼到一起正好圆满。

江若景将杯子举起迎着光："听说琉璃遇到知心人会碎的。"眼波流转，水波盈盈，分不清是琉璃的折射还是心的折射。一时安静，好像大家都在等待那脆弱的"咔嚓"声。

肯特打破了这莫名的寂静："真是漂亮，让明总破费了。"

明逾将目光收回："真不贵。"又低头饮茶。

"鸽吞燕"上来了，鸽子头体贴地去掉了，明逾拿勺子象征性地舀了一小勺汤水，送入口中。

"明总和白鲸的陈总熟吗？"肯特问。

## 28. 试探

"有些交往，怎么了？"

"有点麻烦，她自己有个基金会……"

"肯特，不然明天上午再说吧，现在就好好吃饭。"

"我出去就是了。"江若景站起来。

"哎哟！"肯特又要去拉江若景，又要跟明逾道歉，两头顾不到，"你怎么回事啊？"他轻声责备江若景。

"你怎么回事啊？明总下午明确说过，这事情是陈总隐私，不能当外人面儿说！"

"不不，"明逾放下勺子，"吃饭谈公事也怕扫了杰西卡的兴。"

"明总可比我们家肯特体贴。"江若景看向肯特，一脸控诉。

"都是我的错，我的错！"肯特打圆场。

江若景没心没肺地笑了起来："好啦，你们聊，我失陪一下。"

"不好意思啊，明总。"肯特低声絮叨。

"没有。陈总的那单我知道。"

"哦，明总知道的啊。你看现在啊，她那边说近两个月得留在A国，原本她是说亲自去面试的，这么一来我们是不是得去人？"

"你这么想？"明逾没有表态，想多听听肯特的想法。

"没办法啊，她这单出手太阔气，现在就都变成了我们的压力……"

明逾呷了口茶："怎么个阔气法？"

"外聘这块本来我们只拿年薪的三成，她合同签给我们五成，年薪的话她没按我们的建议来，我们建议的数在东索已经很高了，我们自己要提成嘛都是往高了争取。可她给开了双倍。其他模块……"肯特想了想，"具体数字我记不太清，反正加起来她付了双倍还多。"

肯特说完又想了想，这单陈西林签的是海城FATES，明逾其实一毛钱业绩也没有，这么一想也不好再让她帮忙了："我就是随便聊聊，听听明总意见。"

明逾见他突然来了个转折："哦，佣金的事你不用顾忌，FATES都是一家。"

说着菜上来了。"鹿肉焙梨"明逾原本不太有兴趣，她有怪癖，吃不进长得好看的动物，鹿、兔子，包括颜色鲜艳的鱼，都不行。可这道菜品相绝佳，容器是一方木托，古朴且富有质感，鹿肉烤得酥红油亮，配着焙到软糯的梨，视觉上足够挑逗食客，一时一阵异香刺激着味蕾，色、香、味，就差尝一尝了。

肯特见明逾一句话说中了自己心思，讪笑着："我晓得的，明总不会计较这点事情，但我不好意思啊。来来，尝一尝！"

明逾没有理会他的前半句:"等等杰西卡吧。"

"不用等她,刚上来时是最好吃的。"他说着开始切肉张罗。

"肯特,听起来陈总很重视这个角色啊。"

"我感觉也是这样,来,"他将分好的菜放进明逾盘中,"明总,你看啊,东索那个基金会,虽然这一单陈总给得很阔绰,但长远来看不会是什么大客户,那是个非营利性质的机构,人员也少,等于说我们有一单就赚一单,通常来讲不会投入太多成本。但陈总是白鲸的大人物啊,她来找我们做这个生意,我们就算不赚钱,也要帮她做好的……反正我是这么想哦。"

明逾细细品着一小块梨肉,酥糯的质地,果香和肉香的奇妙结合,很是不俗。

"嗯……那现在东索那边是什么情况?中介找好候选人了吗?"

"找了三个。"

"所以现在需要做最后一轮筛选?"

"对的,前面两轮陈总有远程视频参与过,可这最后一轮,总要面对面来的,视频还是有局限。我想啊,就算我们的人到场不能给予很大的实质性的帮助,样子我们也要做足的。"

明逾皱了皱眉,未及发话,江若景和其余的菜一起进来了。

"哎呀呀,你们两人好过分,都不等我的!"江若景嘴上嗔怪,眼含笑意。

肯特一脸宠溺:"小江啊,明总才是今晚主角好不啦?你让明总等你等到菜凉啊?"

江若景一噘嘴:"我一直都是明总的配角。"

明逾和肯特都愣了一愣,继而又为缓解尴尬不约而同地相视一笑,笑里大约都带着一丝无奈。肯特伸手给江若景夹菜。

这顿饭明逾吃得少,推说时差没有调节好,早早也就散了席。出了门她要自己打车,肯特坚持送她回酒店。

"对了,我这次来,要重新和 AG 保险集团谈谈,看看他们和大野签的合同是不是独家性质。"

"说到这件事,很抱歉啊……"

"是我的错,我没有打招呼就离开,让他们感到没有诚意……"

到了酒店门口,明逾向二人道谢,江若景也跨了出来。"我去送送明总,你等我一会儿。"她跟肯特说。

两人走到往电梯间的拐弯处,明逾停了下来:"你回去吧。"

车里肯特的另一只手机响了起来,是香港的号。

"事情在推动了,我过去面试候选人应该可以定下来……哎,哎,晓得的……"肯特凝神听着电话里的声音,听了很久,这才答道,"她人是比较单纯的,但我一直在寻找切入点,你也晓得啦,单纯的人嘛,弄不好也容易坏事的。总而言之,我现在已经往前迈一大步了,反正这件事还请你们不要太急,好啦?"

电梯旁,江若景看了看明逾,转身走了。

肯特收了电话,抬头就见江若景往这边走来,下了车,去给她开车门:"宝贝怎么了?"他不解地问道。

"啊?"江若景坐进车里,转头去拉保险带。

"好像不太高兴的样子。"

"哦,就刚才晕车了一下,好像没调整好,还是觉得有点恶心。"

"哎哟,"肯特懊恼道,"赶紧回家,我给你捏捏头颈。"

明逾从电梯走出来,拿出手机,看了看陈西林头像,这晚上一直安静着。

"忙吗?"

她发去消息,打开房门,对方回了过来。

——还好,你怎么样?

——刚回酒店,方便通话吗?

明逾探完了肯特的口气,肯特对陈西林这一单重视是足够重视的,但话里话外应付差事的意思居多,明逾想,交给他去办是不行的。

陈西林语音呼了过来:"出去应酬了吗?"

"算是吧,肯特和江若景请我吃饭。你那边怎么样?这一天有没有新的动向?"

"倒还安静,现在就等法务那边关于申请国籍的回话。肯特和杰西卡请你?够滑稽的,有没有让你不愉快?"

明逾笑了笑:"没有吧。对了,东索招聘的那个职位,能否把职位描述发给我看看?"

"哦……"陈西林对这突换的话题稍作反应,"你稍等,我发到你邮箱里。"

"嗯,肯特今天跟我讲了这事,情况我大致了解了,我会尽快过去一趟。现在已经到了面试最后一关,不能让候选人等太久,他们肯定同时在找其他工作,只不过你年薪开得实在高,值得他们暂且等一等。"

"明逾,我的意思是,你监督着肯特就行,我还是不希望你亲自过去。"

"你如果实在担心我的安全,我和他一起去就是了。"

"我和迪恩聊过这事,迪恩是白鲸的法务 VP,也是我多年好友,我想安排他代表白鲸,以基金会董事的身份去一趟东索。白鲸是基金会的董事,所以程序上没有问题,"陈西林顿了顿,"白鲸现在我敢信任的人不多了,恐怕数来数去也就只有他。"

## 29. 匹配

"Lynn……"明逾唤了一声,突然沉默了。

"……怎么了?"

明逾沉默一刻,开口道:"是信任我的吗?"

"是。"

"为什么会信任我?"

换对方沉默,明明是道送分题,问的人、答的人,都把它犹豫成了"送命题"。

"直觉。"

明逾轻笑一声，不再追问。

海城醒了，大江西面的 CBD 紧挨着弄堂里的烟火人间，空气里传来早点的油烟气。很奇怪，在全世界的大都市中，这气味，明逾只在海城闻得到。

除了客房点餐，酒店里有两处可以吃早餐：一楼大堂、十五楼行政酒廊。一楼对全体客人开放，十五楼却只欢迎 VIP 及套房消费人士。十五楼的食物，少而精，见天儿换一部分花样，却还是腻味得很。这里遇得到知名人士倒是真的，前提是他们不让助手去打餐。一楼却是天南海北、中西分区，想要的应有尽有。

很多时候为分级而多付出的价钱并不对应物品本身的价值，对应的是心理上的优越感。

明逾从十五楼磨磨蹭蹭到一楼，干脆拎着包转到弄堂里买街边摊。

煎饼果子这种北方小食，是幼年时没尝试过的，读书的时候跟着同学们混吃混喝，头一回尝便惊为天物，它有趣的不光是煎饼本身的香脆口感，还在于观看煎饼师傅娴熟操作时的视觉享受。

外省来的煎饼大叔将叠好的饼装在复古的纸包里递给明逾，脸上的褶子笑到了一块儿："七块，小姐微信扫一下就行了。"

明逾愣了一下，从钱包里拿钱给他。

大叔用他特有的眼光琢磨着眼前的客人：点食材时吞吞吐吐一问三不知，有点呆；没有多余的话却很礼貌，估计是旁边高档写字楼里做工的小姐；衣服料子看着挺好，包也不错，但不是棋盘格，没有大 LOGO，可能是杂牌子。

大城市煎饼摊的大叔也认得几样名牌，也会看人的。

"谢谢。"

大叔还在琢磨，明逾抢了他的词，已然飘走。

身上挺香，大叔想。

弄堂口看到一对熟悉的身影：肯特和江若景。两三天不见，江若景的长发直了回来。

"明总！这么巧啊？"肯特打着招呼，打量明逾手里的纸包。

"早啊，走路上班，顺便买了早餐。"明逾呵呵笑道，扬了扬手里的食物。

江若景站在肯特身边，只笑了笑，淡淡道了声"明总早"。

"早，杰西卡。"明逾虽也淡淡回她，心中却有一丝不祥的感觉。

"早餐啊，这弄堂里头有一家生煎馒头，我常带小江来吃，正好离得近，他家的生煎好在做馅用的猪皮冻，都是自己熬出来的。"

"好啊，改天我也来吃，"明逾怕他喋喋不休，及时收尾，"你们慢逛，我先去公司，九点约了人。"

江若景挽着肯特的手臂，一歪头笑了笑："明总慢走。"

明逾边走着，边在脑子里浮现出肯特欲语还休的样子，他好像有什么话没讲尽兴，是生煎馒头没介绍完吗？管他呢，明逾想。

到了中午，她终于知道肯特想说什么了。

他和江若景订婚了，周五要请一天假，和江若景去她远在青城的老家提亲，走个过场。

全公司都在祝贺总经理将要喜结连理抱得美人归。明逾开了聊天软件，看着江若景的头像，想打一句祝福的话，却又觉有口难言，索性放弃了。她隐隐觉得江若景并没有释然到可以接受自己的祝福，也觉得这桩婚事太过草率。

肯特大概是蓝绿色家的忠实粉丝，一点五克拉的六爪圆钻经典款此时正戴在江若景左手无名指上，她近些年看惯了主钻两边的戒圈上镶着碎钻的款，再看这经典款就觉得有点秃……手举到窗边，三月的阳光透过窗玻璃将它照得五彩斑斓。

小米和Cici等不及了，要敲门进来起哄，门没关，两只毛茸茸的脑袋探进来："杰西卡……"

江若景收回手："进来吧。"

"哎呀恭喜恭喜！杰西卡要做FATES的老总夫人了。"小米把马屁拍得"啪啪"响，都忘了自己先前还在八卦她。

江若景呵呵一笑："FATES的老总，在A国呢。"

"哎呀，FATES海城，海城！肯特大经理是我见过的最一表人才的钻石王老五了！"

"哇！"Cici看着江若景的左手，"好漂亮的钻戒啊……这很贵吧？"

"那还用说！"小米抢答，"也不看看我们杰西卡是什么身价？"

什么身价？江若景自唇角绽出一丝近乎讥讽的笑来，自己是什么身价？海归、大名鼎鼎的白鲸海城部门经理、身高一米六七、三围诱人、脸蛋中上……

"不过啊，钻戒再好看，也得戴它的手好看才能显得出来。"Cici跟着小米又学会了溜须拍马。

"绝对啊！杰西卡什么时候发喜糖？"小米嘻嘻笑道。

江若景唇角透出一丝狠意来："快了。"

那天晚上和明逾吃好饭回去，云雨之后江若景闭着眼睛，一会儿又笑眯眯睁开，将头枕在肯特臂弯："什么时候跟我求婚？"

第二天晚上她便收到了蓝绿色小盒子，肯特第二次做这种事了，没了第一次的种种噱头，什么酒杯藏戒指、单膝跪地，都省了，又不是做了噱头就不会离婚，戒指够体面就行。也算他运气，原本要预订的货品，那天店里正好有一只现货。

他求婚的女人果然重实不重名，没什么矫情的欲迎还拒、半推半就，戒指套上手，爽快答应了。她连房子写不写自己名都没问。

第三天，也就是昨天晚上，两人就正式与肯特父母吃了顿饭，也算是认了媳妇。江若景出身清白，条件也够硬，更不像一些女人叽叽歪歪地要房要钱，再加上自己儿子是二婚，二老便也妥协了她是外地人这块"短板"。

肯特开心极了，迫不及待要与她结成利益共同体。

二十号是明逾生日，对于她来说这一天只是母亲的忌日。

墓碑是五年前明逾重新换的,对于母亲她能做的微乎其微。听说母亲生前喜欢黄颜色的花,打小一过生日,她便带些过来献上。顶小的时候她没有钱,舅舅一家带着她过来,那年代还不时兴献花,墓园管理也不严格,舅舅便会带些纸钱来烧,明逾却坚持要采些鲜花带来。二十世纪八十年代末九十年代初,那时候能采到最多的黄花是油菜花,土土的,充满生命力。后来她有了零花钱,市面上也开始卖鲜花,她便要买枝黄玫瑰带来。

今天她带了束黄菊,着一身黑,头发一丝不苟地绾在颈后。

三月底,万物灵动,哪管这是不是死者的家园。

其实也不妨碍,生死交替本就是大自然里最为自然的事。墓园便将春的盎然与冬的凄然发挥到极致,等大喜大悲交织在一起,人便坦然接受了。

她常想,三十来年了,即便世上有魂魄,可能也早散了。

正沉思,一旁传来脚步声,明逾转头,害怕的和有些小期待的真的来了。

已显出老态的男人自包里拿出三只塑料碗来,又在每只里面装了些水果糕点,冲着墓碑鞠了三个躬,这才转身将明逾看着。

"囡囡,今天是你生日,晚上家去吃饭吧。"

"不了,晚上要赶回海城。"

"又不是什么老远地方,舅妈和弟弟都想你了。"

明逾没作声,真想自己这会儿没来扫墓。

"囡囡,今天当着你姆妈面,阿舅想跟你讲两件事:第一,阿舅不是什么仇人,好歹也把你养大,你再不喜欢阿舅,也不要这么六亲不认。第二,你今年也老大不小了,年年看你一个人来一个人走,阿舅心里也不是滋味,该是时候寻个女婿照顾你了。"

明逾伫立在墓前,两只蜜蜂上上下下地飞着,寻到黄菊前,一头扎了进去,像是给舅舅讲的第二条搭配动图,春风将远远近近的鸟语花香吹过来,又带走,抓也抓不住。

"我晓得了。"她在墨镜后轻声应道。

那边叹了口气:"跟阿舅家去吧。"

"不了,"明逾打开包,拿出一张银行卡,塞到舅舅手里,"给弟弟的,密码是他生日。"

"你这是什么意思?我不要。"舅舅说着把卡往她手里推。

"拿去吧。"明逾说完便转身走了。

她将车开到半道停了下来,停在一处树荫下,春风还是刚才的春风。她走出来,坐在一张给游人搭建的木桌旁,摘下墨镜。这一派春和景明,是别处没有的。

手机在闪,解了锁看到一条消息,是江若景发来的,郊区信号不好,一张图转了又转才显示出来,是两个红本子,上面写着"结婚证",配字:"今天我结婚。"

## 30. 败露

高速路上的每一辆汽车里都承载着一个故事。

车在进市区的最后一个收费站排成队,明逾摸出手机,给江若景发了句消息。

——恭贺新婚。

等车过了收费站,手机传来"嘀嗒"一声,明逾垂下视线看了眼,以为是江若景的回复,却是陈西林。

——下班了吗?

明逾又看了看时间,该是她那边的半夜一点多……她捏住录音键:"还没睡吗?"——"嗖"的一声发过去。语音通话的提示音乐响了起来,明逾对这声音竟有了好感,接通,慢悠悠给了她一个:"喂?"

"下班了吗?"对方不放弃这个问题。

"下午溜了号,夫了趟平城,现在正往回赶。"

那边顿了顿:"去看母亲呀?"

明逾想,她连自己生日都知道。

"嗯,对。你怎么不睡?"

"我刚从移民局出来。"说着话,高跟鞋的声音响了起来。

"嗯?怎么了?"明逾拧起眉头。

"没什么,找我预面谈了一次。原来移民局是个不眠不休的机构。"

明逾听见打火机"嚓"的一声。

"谈得怎么样?你现在在哪里?"

那边顿了一顿,明逾猜是在吐烟。

"还行,迪恩找的是全州最好的律师,'最好'意味着他在各处都有相当硬的关系。司机在街对面等我,我想坐会儿。"

"嗯……说起来这世界处处都讲关系啊。"

陈西林低声笑了起来:"公平就是,拿使你出人头地的努力去换取特权。"

明逾也笑了起来,成人世界的童话,犀利而讲逻辑。

"所以,寿星小姐,今晚有什么安排?"

"没什么特别的,回去吃点东西,补阅下午的邮件,休息。谢谢你记挂着我的生日。"

明逾打心底感激的是,陈西林没有说"生日快乐"这四个字。她忌讳这四个字。

消息提示偏偏响起来,江若景发来六个字。

——谢谢,生日快乐。

"我也不爱过生日,"陈西林道,"但记得这天对自己特别好一些,毕竟就算你不喜欢它,一年也只有一次。"顿了顿,又道,"这也是爱你的人的期望,不管这些人是否还在世。"

明逾的注意力却分散了,江若景的挑衅几乎戳到了她的底线。

"明逾?"

"嗯……对。"

"怎么了?"

"没有……迪恩去东索的事确定了吗?"

"明后天就可以确定。"

"好,肯特已经告诉他们,一周内去人跟进最后面试。"

"没问题。"

高跟鞋的声音又响了起来，明逾猜陈西林要回去了："谢谢你。"

"什么？"

"陪我聊天，今天提早一小时去了公司，要不是你跟我语音，这会儿该睡着了。"

那边顿了顿："难怪。"

"嗯？"

"没什么。你还有多久到？"

"已经看到酒店了。"

"那你小心泊车，我先挂了。"

等明逾到了房间里，才琢磨出陈西林那句"难怪"是什么意思。桌上放着一束白色马蹄莲，一旁礼宾部留了张字条，大致说早晨来敲门没有人，就送了进来，还有一块蛋糕放在冰箱里。打开冰箱门，里面果然有一块精致的一人份的蛋糕，明逾将它拿出来放在桌上，拆了花束，将里面自带的玻璃瓶装上水，将花儿插了进去。

马蹄莲以优美的姿势亭亭卓立，花瓣简约，只在内心灵动地旋开，白花碧茎，像一件从不会矫揉造作的艺术品。

一旁躺着张卡片，上面用花体字印着：

To the Birthday Girl:

　　She's much more her when she's with you:)（给过生日的女孩：她在你身边时才更完整。）

　　　　　　　　　　　　　　　　　　　　Lynn

"She"指花儿，却又像另有所指。

她给花儿和蛋糕拍了张集体照，给陈西林发了过去，配字：

　　I'm wearing the smile you gave me. Thank you.（我正带着你给的笑容。多谢。）

不一会儿陈西林的回复进来了：

So where is the smile? :)（所以笑容在哪里？）

明逾低头笑了起来，半晌，拿起手机，把自己又加进了集体照行列，照片上她竟笑成一枝清新含羞的马蹄莲。手指在屏幕上滑过，放大、缩小，还是决定放弃发送，只回了两个词：

With her.（和她在一起呢。）

## 31. 巧合

海城国际机场，明逾只身一人赴往东索的首都大迈。

耳机里连线着陈西林，对方正做着起飞前的最后交代。

"阿巴度是混血儿，在大迈本地长大，是个当地通。他在东索为我做了四年保镖，非常忠心称职，下了飞机尽管听他安排，不要离开他的视线。"

"我明白了，你也不要太紧张，毕竟去的是东索，不是隔壁国。"明逾摆弄着手里复杂的相机。她很少有深入非洲的机会，这次便带了设备，打算拍些高质量的片子回去做纪念。

"阿巴度会说三种语言：大迈当地语、英语和广东话。"陈西林没有理会明逾的劝慰，"他的英文很好，你和他交流没问题，他是个穆斯林，你要尊重他的一些习惯。"

明逾笑了起来："Lynn，你是不是拿面试做幌子，悄悄安排我和这个阿巴度相亲，打算把我卖了？"

"理论上有这个可能性，但有一点可以推翻这个设想——他们只和宗教信仰相同的人结婚。"

明逾简直都看到她咧嘴笑的样子了。

两天前。

迪恩在L城机场头等舱休息室里品着奶酪，人事VP黛波尔的电话打了进来，直问他在哪里。

"还有一小时登机，你知道我去东索的。"

"没登机就好，出事了。"

设计部上个月开掉的一名女职员状告白鲸，她与上司的社交账号互相关注，一个月前女职员在上面分享了自己怀孕的消息，现在她通过律师控诉白鲸违反法律，侵犯女性劳动者权利……

"黛波尔，上下属之间严禁关联私人社交账号，你们人事部门应该强调好这项政策！"

"政策我们每年都强调，但白鲸十几万员工，我们不可能逐个检查。无论如何，现在事情发生了，很严重。"

"这件事交给崔西吧，她可以解决。"

"迪恩，必须由你出面。"

"为什么？如果每件事情都得VP出面，法务部还雇用那么多人做什么？"

"这件事不像表面上听起来那么简单，两个月前一家全国连锁炸鸡店因为店员怀孕而辞退她，店员起诉并胜诉，引起了广泛的关注，上个月该连锁店的营业额与去年同期相比跌落了34%。我们开的虽然不是炸鸡店，但口碑在每个行业都很重要，更何况是最容易戳到大众痛点的怀孕失业问题……迪恩，这件事甚至可以影响到我们在五角大楼项目的竞标。"

迪恩沉默了一阵，这让他进退维谷，目前赶赴操办的事情也有可能影响到竞标，正犹豫，陈西林的电话进来了。

"黛波尔，我接个电话，我会打回给你。"

"请你一定不要登机，现在就回来。"

迪恩掐掉了黛波尔的电话："Lynn，我已经checked in[①]，目前正

---

① 办理好登机手续。

在候机。"

"我恐怕要让你回来了。"

"是为了怀孕辞退案吗?"

"对。"

"Lynn,怎么连你都要我为这一桩小案子回去?"

那边顿了顿:"迪恩,你听我说,Q基金是我个人创办的机构,当它和白鲸产生冲突时,于你而言,白鲸永远是你的优先服务对象,你受雇于白鲸,对白鲸有义务,而你对Q基金,只是作为董事的一员尽一些志愿职责。这是其一。"

"可这个案子本身不大,我的手下可以控制。更重要的是,你之所以这么重视Q基金这次面试,也是怕暗处的人做什么手脚,影响到你负责的工程竞标。"

"其二,这个案子对于白鲸的影响是显而易见的,在这个关口如果压不住,白鲸的名誉将会一落千丈,也会直接影响到工程竞标。而Q基金那边,这场面试是否影响到白鲸竞标,还只是停留在我的猜想阶段,说白了也只是我防患于未然的一个担心。论轻重缓急,显然这桩案子更棘手。"

"我还是认为崔西可以压住。"

"大众和媒体要看的是白鲸的态度,是法务部的老大出面,还是老大下面的一个小经理出面。"

迪恩叹了口气:"那东索那边?"

"我会让FATES海城的人帮我盯紧。"

迪恩摇头,站起身往门口走去:"法务部做得最多的事就是给人事部擦屁股!"

迪恩跟航空公司协商取回行李时,太平洋的另一端已经入夜。肯特本是第二天上午的飞机,他将与迪恩一前一后到达大迈,并在那里会合。他将一封邮件转发给了明逾,五分钟后给她打去电话。

"明总啊……真不好意思,这么晚打搅你……"

"没关系,我看到你邮件了。"

"哦,明总这么晚还在工作,女孩子家的,太拼啦!"肯特努力不让嘴角的一丝讥讽传到电话那头。

明逾顿了一下,没有理会这莫名的奉承与嘲弄:"如果我没记错,华晟是你跟了近半年的客户,他们终于答应跟你谈合同了吗?"

"是的呀,华晟新近在北美、南美及欧洲布下了上百个点,这合同一旦签成,就是白鲸一样的大客户啊。"

"嗯……他们要求明天或者后天跟你见面……下周不行吗?"

"唉……"肯特叹了口气,"电话里试探过对方意思了,他们下周要去燕城……"

"燕城?那一定是去大野派遣的中国总部。"

"我也这么认为,虽然他们没明着说,但我想肯定是最后在我们两家中挑一家,但他们先来和我们谈,还是有一定的倾向的。"

明逾在电话里沉吟片刻:"肯特,我的意思是,华晟的谈判优先。"

"那这个时候我不好得罪白鲸陈总的,我想……要不然,你帮我跟华晟谈吧?我不好让海城职位比我低的人去谈的……"

明逾想了想。"我毕竟不是FATES海城的人,对一些业务上的细节不太了解……"她又沉思片刻,"只要不是你本人去,都显得诚意不够,好像有比他们更重要的事……这样吧,你不用担心得罪陈总,我去跟她说,你还是留下和华晟面谈吧。"

"我现在觉得不管去哪边都是对另一边诚意不够,不过陈总的事情的确安排在先,不然……"

"算了,别担心陈总了,白鲸那边有人去东索,其实拿主意的是他,我们FATES去不去人也就是走个过场,大不了我帮你去东索,但华晟的事情是需要你亲自处理的。"

肯特半推半就,明逾一来二去把这事情敲定了,正要给陈西林打电话,对方的电话先进来了。

"明逾,我这边出了点状况。"电话里有规律地响着杂音,她应该在开车。

"我也是。你那边怎么了？"

陈西林顿了顿："迪恩去不了东索，总部出了些法务纠纷，他必须留下来。所以这趟面试得靠你们把关了。"

明逾倒吸了口气："肯特也去不了，临时有一件非常重要的事需要他处理，我看过邮件，我觉得他得留下来。我去吧。"

电话里沉默了好一阵子，陈西林的声音低沉下来："怎么会那么巧？……"

"我也不知道，但想这些都没用，我赶紧订票吧。"

"你等等，"杂音消失了，陈西林应该是靠边停了下来，"为什么会这么巧？……"

"你是说……"

"其实我想过，总部这边的法务纠纷会不会是人为？"

"但我想这是巧合，肯特这边事出突然，我看了邮件……"明逾又打开刚才肯特转发的邮件，确定了一下华晟的邮件地址，"是一个中国的客户，我跟你说实话吧，是一个追了半年的客户，现在答应和肯特谈了，所以我想，这应该是巧合。你那边即便有人暗中使坏，也不可能操控这个中国客户。"

陈西林沉默着，雨刮器微弱的"嗒嗒"声透过电话传过来。

"你那边……下雨了吗？"明逾握着手机。

"嗯……可这也太巧了。"

"Lynn，如果这是阴谋，对方的目的是什么？"

"我也在想……""嗒嗒"声继续着，"目前我能想到的就是，逼我亲自过去，拖延或者搁置我的入籍进程。"

"那就不要让他们得逞，他们千算万算没有想到，FATES还有我。"

听筒里沉默着。

"Lynn，如果这么说能让你放心一些——肯特还是很想去东索的，他想让我替他跟中国客户谈，但我觉得这样不妥，是我坚持让他取消行程的。"

"嗯……"

"你是相信我的,对吗?"

"你想到哪里去了?"陈西林轻呼出气,"你认为这两件事不可能是同一方势力操纵?"

"我认为不可能。"

又是一阵沉默。

"Lynn,有没有可能暂时搁置这件事?等你出了'移民监'再去聘用这个人?"

陈西林长长地吐出一口气:"我想过,但基金会管着一大笔钱,不光是我个人的投入,还有白鲸等董事成员的资助在里面,也有一套严格的政府审核程序在盯梢。这两个月基金会内部几个员工因为缺乏监管已经出了些事情,倒不是大事,但我怕时间久了就要酿成大事,而且如果没有管理者,若真有人想暗中使坏,现在也是最好的时机。这也是我出重金聘用这么个角色的原因。"

"那别犹豫了,我现在订票。"

海城国际机场,和陈西林通完电话,明逾再一次整理了候选人的所有资料:之前两轮面试的视频录像,剩下三位候选人的简历,肯特总结出的三人优劣势,陈西林让她代为考察的问题以及她自己准备的一张问卷。

她做好了准备,要以最为严谨全面的方式替陈西林挑选到最优秀、最合适的人选。

## 32. 历险

海城到大迈没有直达的航班,明逾在 D 国转机时换了一身夏天的行头。

大迈机场的建筑风格和内饰都被一种拥挤而不伦不类的"豪华"审美占据着,这个在历史上遭遇过殖民统治的国家,处处都有"混血"的痕迹,一时巴洛克的华丽曲面、洛可可的繁缛细节、非洲大地的红橙黄绿斑斓色彩……全部被移植到一座建筑上来。

明逾在眼花缭乱的色彩中寻找阿巴度，只见一只硕大的纸牌高高举起，上面写着："Ming 小姐，我的美人 Ming Yu。"

明逾抚额，去看那举纸牌的男人——拿铁色的皮肤，阿巴度是混血，是他没错了。她又不想张扬，省得这满到达厅的人都将那滑稽的接机牌和自己对上号，只好悄声屏气走到阿巴度旁边："嗨，我是 Ming。"

阿巴度将她打量了一番，似乎和心中某张照片上的脸对上了，笑容瞬间绽出来："噢，嗨！我是阿巴度！欢迎来到大迈！"

"你好，阿巴度，谢谢你来接我，接下来的几天有劳你了。"明逾与他握手。

阿巴度收了接机牌，打量了一下明逾的行李箱，二话不说拎过来扛在肩上。

"哎？"明逾追上去，"不用这么吃力的，这下面有轮子可以拖……"

话未说完就被阿巴度回头的一个笑容堵回去了，那笑容仿佛在说："你真是个傻子。"

明逾闭了嘴跟在他后面，等走到门口，她终于知道阿巴度为啥要扛着箱子了。门口没有水泥路，土路因为不久前的雨水而泥泞不堪，当地人赤着脚踩在上面，倒也潇洒。

阿巴度显然不会是这样，他穿着高帮的皮靴。

"Ming 小姐，你在这里等一下，我马上就回来。"阿巴度边说着边瞟了一眼明逾脚上干净秀气的浅色乐福鞋。

明逾还想说什么，阿巴度已经扛着箱子跨进泥泞里了，他是个瘦高的男人，再加上箱子的重量，踩下去的脚印比别人的都深些。

明逾看他走到泥土路对面，拿出钥匙打开一辆半旧不新的吉普车车门，将箱子和接机牌放了进去，锁上门，又转身向自己走来。明逾心中有种不祥的预感，本以为他要拿双鞋套之类的东西过来，他却空着手来了……果然，大脑还未判断出阿巴度将怎样解救自己，身子已经失去平衡悬了空，下一秒她已经被陈西林万分放心的这位非洲保镖抱在胸前。明逾睁大眼睛，张了嘴巴想要控诉，却又觉得大概对方不会理她，索性僵着身体任他抱过去了。

她把这笔账暂且算在陈西林头上。

到了车边阿巴度似乎还想表演单手开车门的绝技，明逾轻咳一声："我想我可以下来了。"

阿巴度低头检查了一下地面，露齿一笑，将她放下地。他留着长发，五官因为混血而和当地人区别开，眼睛没那么大，鼻子没那么塌，不笑的时候感觉他分分钟可以把你揍到满地找牙，哦，他的牙和当地人的一样白。

"谢谢。"明逾不情愿地承情。

"我的荣幸！"阿巴度顺着明逾抛出的岌岌可危的竿子往上爬，又给她打开后座车门，那动作恭敬得就像在打开一辆豪华轿车的门。

待明逾坐进车里，阿巴度又问道："Ming 小姐，可以走了吗？"

明逾悄悄转了圈眼睛，抱起自己的时候不晓得问一下，这会儿倒是礼貌起来了："没问题，谢谢。"

接机牌被阿巴度放在后座，就在明逾身边，她看着上面的字，哭笑不得："阿巴度，这牌子上的话，是你写的吗？"

"是我写的，是老板教我写的。"

"老板？"

"对，我老板，Lynn 小姐。"

明逾扭头看着窗外，手掌托着下巴，几根修长的手指将大半张脸遮了去，笑容却从指间溢出了。她又扭回头，拿出手机拍了那接机牌上的字，发给了陈西林。

很快电话便打了来："你到啦？"明明只有三个字，却有笑意袭来。

明知故问。

"对呀，你猜这接机牌谁写的？"

"阿巴度呀。"

"他已经把你出卖了。"

电话那头笑了起来："怎么样？一切都顺利吗？"

"顺利。阿巴度果然……服务周全，现在正往酒店去。"

"飞机上睡了吗？"

"睡了一会儿。你那边怎么样？"

"暂时风平浪静。"

酒店是大迈的五星级酒店，建筑风格上去掉了一些过分的装饰，内里也是说得过去的水准。还好门口是水泥路，阿巴度没有机会再次施展惊心动魄的公主抱。他帮明逾将行李以及一扎矿泉水搬到房间，看看时间，下午两点。

"Ming 小姐，请问下面的计划是怎样的？"

明逾打量着房间，角角落落都摆放着塑料花，天气热得很，老旧的空调"呼呼"地吹着。

"我先收拾一下，"明逾看了看表，"三点差一刻我下楼，你带我去附近街上逛逛。"

阿巴度眨巴眨巴眼睛："好的，Ming 小姐，请带矿泉水下来，老板不允许你买本地的水喝。"

"不允许……"明逾嘀咕，再次转了圈眼睛，"知道了。"

阿巴度离开房间，明逾拿了衣服去冲凉。面试明天早上举行，她决定拿这小半天时间逛逛大迈。等她准时下了楼，阿巴度正毕恭毕敬地站在门口候着，明逾惊着了，幸好没打算睡一觉让他等自己吃晚餐……阿巴度的目光寻到明逾手里的矿泉水瓶，满意地点了点头，明逾又哭笑不得起来。

非洲的阳光把一切照得鲜活无比，包括阳光里色彩明媚的明逾、洁白的短衫、洋红的大摆裙。

"Ming 小姐，需要我帮你拍张照吗？"

"好啊，"明逾想了想，给了他自己的手机，"用这个拍吧。"

有些地方的空气自带滤镜，随手拍一张就成了明信片，明逾看着手机里的照片，妙就妙在脸让草帽遮了大半，只露出愉悦上扬的唇。她将照片发给了陈西林，配字：Here's the smile.

陈西林裹着浴袍坐在清晨泛青的窗边，手机响了，她放下咖啡杯去查看，那一捧阳光就这么透过屏幕照到这间房里。

"Wish I were there..."打出这一句,她又回头删掉。

明逾往前走了一截,拿出手机看了看,陈西林没有回复,她耸了耸肩。

什么东西风驰电掣地贴着她闪过,明逾还没反应过来,已被阿巴度拉到一旁。她边扶着帽子边往声音消失的方向看去,竟是一辆摩托,后座还载着一个胖乎乎的女人,这还不打紧,女人头上竟还顶着一只高高的木桶。摩托手就像参加公路锦标赛一样飞了过去。

"那是我们大迈的出租车。"阿巴度解释道。

明逾匪夷所思地睁大眼睛,再环顾四周。可不是嘛,到处都是亡命摩托,横冲直撞,而当地的人与这些摩托之间早生出一种巧妙的平衡,摩托知道怎么在危急时刻避人,人也知道怎么不让摩托撞到,大约是这一方土地上磨合出的特有的生态平衡。

路边排着一溜残缺的石头头像,明逾打开那部复杂的相机,调整数据,"咔嚓咔嚓"拍了几张,一旁突然跳出两个十来岁的小孩,操着熟练而又语法怪异的英语:"这是东索国的国宝,拍一张照片五索力。女士,你刚才拍了五张,一共是二十五索力。"说着便伸出粉红的手掌,两个毛茸乌黑的头仰着,上面转动着乌黑圆润的眼珠。

明逾简直想给他俩也拍张照了:黑白分明的眼、白到亮眼的牙齿、粉中带着深色纹路的手掌……她见过不少非裔,可谁也没有这两个孩子生动。

阿巴度挺着胸肌往两个脑袋前一戳,抱着手臂,一声也不吭。两个孩子再抬头看看他,撒丫子跑了,边跑边嚷嚷着当地的语言。

明逾把腰都笑弯了。

"Ming 小姐,你居然还笑?刚才要不是我阿巴度,你就被那俩小兔崽子讹了!"

明逾还是笑,算算二十五索力也实在没多少钱,可那两个小孩看到阿巴度后的反应简直像看到了鬼,眼睛珠子都快瞪出来了,跑得比兔子还快。

"阿巴度,Lynn 是怎么找到你的?"明逾收了笑问道。这一小会儿下来,她感觉在人生地不熟的东索想找个信得过的人,尤其是保镖这种你敢于把命托付给他的人,应该不容易。

"我吗?我偷了她的东西。"

"什么?"明逾以为自己听错了。

"嗯啊,我偷过她东西,很久很久以前。"阿巴度翻着眼白算了算,"十五年前,我那时九岁,我的母亲抛弃了我,所以我就在街上骗钱、偷窃,反正能糊一口饭的事儿我都干,就像刚才那两个小崽子一样。"

明逾心里小小吃惊,点了点头。

"那天我上街'干活儿',看到两位穿着体面的女士,其中一位胳膊下面夹着一个细长的包。根据我们的经验,钱财一般都放在这种包里,于是我跟着她俩,直到她们在一家餐厅里坐下。你知道这里街边的餐厅一般都和盲流有些瓜葛,我们进去偷顾客的东西他们不会管,他们出点事我们也罩着。"

明逾拧起眉,她刚想拐进街边一家"鱼店",听阿巴度这么一说便站在门口不动了。

阿巴度笑了起来:"Ming 小姐,你不用怕,有我阿巴度在呢。"说着撩开前襟露出一截枪柄,很快又合上了。

明逾挑了挑眉:"然后呢?"

"我偷走了那位女士的包,但还没出餐厅就被她发现了,没错,她就是 Lynn 老板。她追了出来,与她一起的那位女士也追了出来,我就往'老窝'跑,那时候我们一群小孩有个老窝,窝里有个头头,这种角色的人用我们当地话叫'卡嗒',卡嗒大我们好几岁,管着我们,我们偷来的钱物要交一半给他。"

真是有组织有纪律,明逾想。

"她在后面喊我,可我哪会停下来听她的,眼看快到'老窝'了,我速度慢了下来,听见她说钱都给我,护照和卡给她留下。她讲话带很重的 E 国口音,你知道东索被 E 国殖民了很多年,我们骨子里对 E 国口音是敬畏的。"

明逾纳闷起来，陈西林什么时候讲话有 E 国口音？

"于是我打开她的包，翻到她的护照，果然是 E 国人，我就有点怕了，这时候卡嗒出来了，问我要干什么，我说把她的证件还给她。卡嗒打量了一下 Lynn 老板和她身边的女人，说要证件可以，但必须把身上的首饰和衣服都给我们。"

"衣服？"

"我们那时候太穷了，当时我们估计她俩身上的衣服能卖好多好多钱，那对于我们来说就是一笔横财，我们一年都挣不到那么多钱！"

"后来呢？"

"她们把首饰给了我们，但衣服不肯脱，你知道对于女人来说这是很羞耻的事，我有点看不下去了，毕竟钱和首饰都拿了。说实话那时候我们还没意识到那些首饰值多少钱，后来才知道都是很贵的名牌。我说衣服就算了吧，卡嗒不同意，我又提出给她们找些破衣服来蔽体，卡嗒还是不准，我当时感觉他不仅想要那些衣服，还有恶趣味想看她俩脱衣服，所以我有些恼了，就帮她们说话。"

"还真……仗义。"

阿巴度哈哈大笑起来："Lynn 老板当时还很年轻，好像还是个大学生，她快急哭了。"

"跟她一起的那位呢？"

"她啊，年纪大些，老成很多，一直抱着 Lynn 老板安慰她。"

明逾生起了一颗八卦心，又觉得不妥，犹犹豫豫着才开口："是她家人吗？"

阿巴度想了想，摇了摇头。

这答案明逾并不满意，却不好再问了。

"她们就想放弃了，我听到 Lynn 老板的朋友说，去使馆补办吧。"

"她也是 E 国人吗？"

阿巴度又摇了摇头："她是 A 国人。"

明逾咬了唇，这对话感觉在打太极，只是一个有心，一个无意。

"可是卡嗒不愿意了，他就一定要两位女士把衣服脱了，这时候又来了两个混混，我们都是一伙的。我就替她们求情，我说我的那份不要了，放她们走吧，卡嗒更来劲了，说跟我赌一局，如果我能吃得住那两个兄弟的拳脚，就放她们走，并且把证件还给她们，如果我求饶，不光不放她们，今后我也不能在'老窝'待下去。"

"你同意了？"

"我同意了。那一顿把我揍得……啧啧，总之，我拼命咬着牙没求饶，最后卡嗒怕了，怕我被揍死，就裹着钱和首饰跑了。"

"然后 Lynn 就救了你？"

"她和她的朋友将我送到医院，帮我付了医疗费，那时候我身上分文没有，要不是她们，肯定死在街头了。"

"嗯……也是你善意在先。后来呢？你们就认识了吗？"

"她们付完医疗费就走了，说实话，对于一个抢她们钱物害她们破财又差点……的人，她们还能怎样呢？"

"好吧……那后来呢？你又是怎样当上 Lynn 的保镖的？"

"这个故事就要一下跳到四年半前了。"

"四年半？中间的那些年都没有联系吗？"

"没有的，Ming 小姐。四年半前，我在一家军工厂做工，很辛苦，赚得也少。那天下班我照常在街上溜达，倒是有趣，一个小混混跟在一位女士后面，你知道，像我这种混混堆里长大的，瞥他一眼就知道他要干什么。但那天我多看了那位女士一眼：东亚人，苗条，高，漂亮，小巧挺拔的鼻子，优美的嘴唇，湖水一样美的眼睛……"

"是 Lynn 吗？"

"她的头发虽然短了些，成熟了些，但我还是把她认出了。"

"她的朋友呢？"

"再也没见过了。那天我上前去赶走了跟着她的混混，问她还认得我吗，她茫然地看着我。"

"茫然？"明逾若有所思地看向阿巴度。

"是啊，Ming 小姐，她很不开心，看了我很久，摇了摇头。可没关系，我跟她说，女士，我就是十年前抢了你的钱又被你救下的坏蛋阿巴度。"

"她认出你来了吗?"

"与其说认出,不如说记得,然后她几乎哭了……那时的Lynn老板感性极了,不过,Ming小姐,我是不是扯远了?总之,她认出了我,她说要经常来这里出差了,一来二去就聘了我做保镖。"

阿巴度说完了故事,从身后解下背包,变戏法似的从里面拿出一卷毯子、一瓶水。他先将毯子铺在地上,又拧开水洗了洗手。

"对不起,Ming小姐,请容我祷告一下,我要感谢真主让我遇到了Lynn老板。"

等阿巴度结束祷告,卷起毯子和水瓶装进包里,明逾才问他:"阿巴度,Lynn为什么建立这个基金会?"

她想到陈西林曾告诉她,以前是为一个无家可归的人,现在是为所有无家可归的人。那个无家可归的人是谁?显然不会是阿巴度。

阿巴度挠挠头:"为这里苦难的穷人吧,我可以带你去城西那一片看看那里的难民营,几乎都是Lynn老板捐钱建造的。"

吉普车压着泥泞和尘土驶过城区,到了荒凉的郊外。

一切都是佝偻病态的。

黄沙地上或坐或躺着一具具枯瘦的形骸,说不出是活人还是死人,偶尔有荷枪的士兵骑着摩托蜿蜒驶过,仿佛他们唯一的使命就是不要撞到地上这一具具形骸。

不远处一片灰白色的两层小楼,它们像某种电影里的象征性场景,一眼望去,寻不到尽头。

"看到了吗,Ming小姐?"阿巴度指着那片房屋,"这些,全都是Lynn老板捐钱造出的,它们收纳了东索乃至西索成千上万的难民,Lynn老板不光给他们地方住,还找医生给他们看病,给他们食物、水和衣服。"

明逾闭着一只眼睛,透过镜头看这迥异的世界。

她的视线模糊了。

## 33. 面试

当你亲眼看见这个世界的疮痍，会不会对身边的每一线阳光都充满敬畏？

这是明逾今夜发出的一条朋友圈，配图是一张经过处理的难民区照片，聚焦在碧朗天空上的一束阳光，柔焦的背景里是苍茫的黄沙地、星星点点的难民形骸、冷漠机械的摩托车、远处白幽幽的难民营……

明逾每年发不了两三条朋友圈，这么发一条便十分吸睛，很多人点赞，问这是哪里。陈西林也点了赞，她去年年底调配到海城后就学会了使用这款聊天软件，毕竟国内的人都在用，除此之外她没有给出评价。

肯特刚下了班，和江若景在吃晚餐，等菜的空隙两人刷手机都刷到了这条朋友圈，肯特看到了明逾的名字，抬眼去看江若景，对方那聚精会神的神情让他直觉她在看着同样的内容。

"哎哟，明总到大迈了。"肯特嘀咕道。

江若景抬头看他。

"啊，是啊，我也看到了。"

"那边真乱哦，是不是幸好你老公没去？"

"是啊，不过你们让明总一个女孩子去这种地方吗？"

肯特的声音依旧温和："听说陈总有安排的，那是人家明总和陈总之间的事情，我们也不便多问是吧？再说啊……"他将脑袋凑近江若景，又说，"我觉得明总对人家陈总感情不一般，这种危险的事她一个劲冲在前面，让我留下来，唉，你说这是多好的关系啊！"

江若景盯着那照片，半响才憋出一句话来："那还不是因为你往后缩。"

"什么话？"肯特问她，"我怎么感觉你倒宁愿你老公去冒这个险啊？"

"哎呀不是啦，"江若景送上一个娇媚的笑来，"我只是觉得你们FATES怎么也不找个男的过去。"

"那可不是这么说的，过去的人得人家陈总信任。我怀疑啊，陈总是宁愿明总去的，人家肯定更信任明总啊。"

肯特在明逾的朋友圈下评论道："明总一定注意安全！回海城我给您接风洗尘！"

明逾手机上弹出一则消息，点了进去，是陈西林的。
——阿巴度带你去的吗？
——我想看看你的慈善工程，就让阿巴度带我去转了转。
——活动范围尽量限定在市区吧，周边都不太安全。
——嗯……Lynn，你当初怎么想起去东索做慈善？我觉得很伟大。
——没有，这不是我一个人的慈善工程，白鲸在内的十多家公司都是基金会的股东，是他们的慈善募捐维持着那里的项目。
——可你是创始人，而且还捐出了你收入的一半，我知道你有白鲸的股份，那是很大一笔钱。

那边一时没有回复，明逾觉得陈西林又完美绕过了自己的问题。

陈西林的回复终于进来了。
——钱这种东西，就是要用在有意义的地方。你那边很晚了，早点休息。

明逾感觉心里有很多话，对方却在说结束语了。
——明逾，我希望你从东索回来继续开开心心的，不要被那边的事情困扰。

陈西林的这一句补充像是猜透了自己的心思，那一肚子话又像是没有说的必要了。
——好的，我知道了，那我先睡了，晚安。

大迈的早晨在摩托的横冲直撞和鱼市的贩卖吆喝声中苏醒，明逾打开窗，热烈的色彩和浓稠的空气撞了进来。

今天是面试主审的日子，梳洗完毕，她换上一套简洁的白色套装和同色高跟鞋，打开房门，阿巴度像根木桩一样戳在门口！明逾吓得后退了两步，稳了稳心神："阿巴度！你这一夜该不会都站在我门外吧？"

"Ming 小姐，早上好，没有，我是六点开始守在这里的。"

明逾耸了耸肩："辛苦你了，明天等我给你打电话吧。"

"没关系 Ming 小姐，我就住在隔壁，以前 Lynn 老板来大迈，我都是六点去她门口守着的。"

"真是暴君。"明逾拿中文嘀咕。

"你讲乜啊？"阿巴度用广东话问道。

明逾忍俊不禁，阿巴度突然无缝切换广东话，有种出洋相的萌感。

"没什么，我们出发吧。"

吉普车在一座基督教堂后停了下来，这里有一片草坪，很安静，和大迈的其他地方不一样。走过草坪是一幢两层的西式青石楼，阿巴度带明逾走到门口，大门旁的石墙上悬着一个银底的名牌，上面写着——

Q Foundation
卿基金

卿基金？这是明逾第一次看到这个基金会的中文名。她在名牌前站着，思索着这个中文名的意义，却想不出一个让自己觉得很有意义的答案，仿佛和东索、大迈、难民这些字眼都挂不上关系。

"Ming 小姐？"阿巴度在一旁提醒。

明逾回过神来："哦，我们上去吧。"

距面试开始还有十五分钟，明逾架好摄像设备，视频接通了陈西林，对方已一切就绪，在镜头前等待。阿巴度也与陈西林打了招呼。

"昨晚休息得怎么样？"陈西林问。

"还好，可能因为白天累了，夜里睡得挺沉。"

"那就好，我本来担心你住不惯。"

"像我这种到处飞的人,早就克服了水土不服的障碍。"

陈西林笑了笑。镜头里的她毫不拘束,一颦一笑泰然自若。

面试的程序是三名候选人一起进场,先由明逾做自我介绍,并请他们各自介绍自己,然后进入一对一面谈环节。这三人中有个叫王祁的男子从前几轮结果看是最合适的,肯特也比较看好他。此人三十六岁,正是做事业的黄金年龄,通晓英语、普通话、广东话,以及东索当地语言,之前在另外一家非营利性机构做负责人,这方面经验丰富,也愿意出差。

八点四十五分了,距通知的开场时间已过十五分钟,王祁却没有来。其他两位候选人你看看我我看看你,会场生出尴尬的气氛来。

基金会的行政助理走进门来:"明总,对方手机一直关机……"

明逾长呼口气,转向陈西林:"Lynn,我们开始吗?"

"开始。"

## 34. 挑战

另外两位候选人各有优劣势,与王祁相比,一位缺乏非营利性机构的工作经验,叫赵连成,原本是中国一家大型企业派驻东索的一名管理人员,五年前和东索当地的女人结了婚,现在中国企业要撤出,他想留在东索;另一位是个E国人,叫詹姆斯,他的当地语言和相关工作经验都没问题,但已年逾五十,且不会说中文,总是有点遗憾。

原先的计划是三人面谈后可以直接筛掉一名候选人,然后在剩下的两位中继续考虑,但鉴于王祁无故缺席,这一道便省去了。面试进行到十一点半,明逾送走二人,走回桌前,凝神看二人的面谈笔记。

"累了吧?让阿巴度送你去吃饭歇息吧。"陈西林轻声道。

明逾摇摇头:"想不通另一个为什么没来。"

她拿出手机,找到王祁的电话号码,拨了过去。

陈西林看她眉间轻锁,直到失望地放下手机。

"还是关机?"

"嗯……"明逾点头，又突然想起了什么，"你快补一觉吧。"

"我白天睡了，现在不困。"

明逾往座椅后背靠去，裹身的白色套裙勾勒出玲珑的曲线："Lynn，会不会有什么人在搞鬼？"

陈西林偏过头将秀发抓至脑后，又散开，叹了口气："如果他们在搞鬼，也做得太明显了。"

"那有什么办法？不然我调整一下计划，重新帮你在这里找人吧，剩下的那两人，我就怕有一个是鬼。"

陈西林摇了摇头："如果他们真的在控制这件事，无论你找谁他们都有办法阻止，还有，可能会威胁到你的安全，这是底线，我不能让你冒险……不过，其实我一直在想，他们渗透进我的基金会究竟想做什么？"

明逾抱起手臂："倒是有一着险棋。"

"什么？"

明逾起身，去门口看了看，又重新把门关上，小声道："就从这两人里选一个，选最有优势的那个，进来后盯紧他，看看对方究竟想做什么。"

"你是说，将计就计？"

"嗯。"

陈西林摸出一支烟点上，明逾看着她，轻声道："Lynn，少抽点烟，尤其是在半夜。"

陈西林愣了一下，笑了笑，将烟掐灭了。

"如果在这两人里选一个，你选谁？"明逾问。

"詹姆斯。不会说中文不是问题，Q基金的股东都说英文，年龄上他再做十年没有问题，且应该不会轻易跳槽。"

明逾点头，又想了想："那个赵连成，会不会更像个内鬼？你的对手是中国人吗？"

陈西林笑了笑："赵连成的硬伤太明显了，没有非营利性机构的从业经验，对手……算是中国人吧，所以找个E国人更不容易引起怀疑，况且我是 E 国国籍，在对方看来，对詹姆斯会更有认同感。"她顿了顿，又说，"又或许我们现在的猜想在对方眼里都已是镜像。"

"你是说……他们料到我们会这么猜，所以故意反其道而行？"

"对，所以当你面前只有两种选择，而你又想排除敌人的干扰时，很难。"

"那不如就詹姆斯，如果错了，他们会有动作。"

陈西林叹了口气："好复杂……"

"Lynn。"

"嗯？"

"以前你讲话有 E 国口音吗？"

陈西林面色一滞，笑了笑算作默认。

"今天我看到了 Q 基金的名牌，中文名叫'卿基金'，可以问问为什么叫这个名字吗？"

陈西林去摸烟，触到烟盒又将手收了回来："以后有机会再跟你说吧。"

"好吧。"明逾的语气里有一层失望。

陈西林去看屏幕上的明逾："早点结束了离开吧，让阿巴度随时跟着你。"

"放心吧，他很称职，就差在我房间门口打地铺，"明逾将眼睛往上一翻，"所以我们敲定詹姆斯吗？"

那边一个沉默："就他。现在你去吃饭吧。"

"那好，下午我给他发邮件，确定他之后我会再走两个程序：无犯罪记录调查和毒品测试。如果都没问题就正式聘用。"

结束视频，明逾走出会议室，阿巴度已在楼梯口等候。

"阿巴度，我还不太饿，我去找助理，让她带我参观一下这里吧。"

陈西林眯起眼睛，拨通了一个电话，半响，对方接起。

"亲爱的妹妹，怎么想起我啦？"油腻的男声自电话里传来。

"白西恩，你可不怎么高明。"

"我又怎么惹到你了?"

"先是动用你的势力在董事会上逼我换国籍,然后暗中勾结媒体从中捣乱,等我稳住了局势就又打起了基金会的主意,将迪恩逼回去,又在面试候选人中动手脚,想逼我废弃入籍程序去东索救火。一环套一环,你的算盘打得挺细密。"

对方顿了顿:"听起来挺高明啊,哪里不高明了?"

"我不会让你得逞的。"

"厉害厉害,妹妹,坚持住。"

陈西林将一口气缓缓吐出:"连我都能琢磨出的事,你当爷爷看不透吗?你要是动了白鲸的根基,他不会原谅你。"

"这么容易被看透,所以不是我做的啊。"

陈西林冷笑一声:"我赌,东索只是你的烟幕弹。"

"赌什么?"

"等你输的那天自然会知道。"

明逾的问题没有一个得到完满的回答,这也许是她想参观基金会的动机。

这是一个中等规模的机构,比她想象的大,除了财务、文秘这些不可或缺的角色,更多的人力分布在对外项目上,难民房、医疗、衣食……所有的资助模块都有专人打理,而筹资这个根本工作,则落在行政执行官的身上。这个人有多重要?没有他基金会进不来钱,在这个意义上他是销售,筹资光靠董事们是不够的,行政执行官必须有一定的社会活动能力,能从四面八方筹到款,而董事那边光靠陈西林的关系也是不够的,行政执行官必须打点好和董事们的关系。同时,这个角色又管理着所有的模块,在哪里建房,用哪家公司建房,用哪个医疗机构……所有的一切基本都要他来决定,陈西林和董事们也只在最后一环审批他的决定。

明逾参观到了库房,一个长条形的大房间里堆放着基金会的杂物,角落的墙上挂着些照片,明逾走了过去,细细观看。照片看上去都不是新近拍摄的，有些郊区难民的照片，就像她自己昨天拍摄的那些，再往后看，所有照片都重复着一个亚裔女人的身影。

女人看上去身形高挑雅致，面容俊秀绝美，等等……明逾的脑子里"吱吱"响着，像刚开盖的汽水。在哪里见过她？陈西林……陈西林海城的房子，客厅里那幅照片……

她猛地回头，看着行政助理："她是谁？"

助理一脸无辜："我也不认识……"

明逾又看向阿巴度："你认识吗？"

阿巴度看向自己的鞋尖："Ming 小姐，不认识。"

参观结束，明逾坐进车里。

"阿巴度，那个女人究竟是谁？"

有些人天生不会撒谎。

"Ming……Ming 小姐……"阿巴度结巴起来，"Lynn 老板的事情，如……如果她没有告诉你，我也不能说。"

"好……"明逾意识到自己略微的失态，将秀发拢到颈后，眼波一转，瞬间又意识到一件事，"她就是你说的那个故事中，十五年前和 Lynn 一起来东索的那位女士，对吗？"

阿巴度挠着头，厚厚的两瓣唇挤在一起。

"好了，不为难你了，开车吧。"

"是！Ming 小姐！"阿巴度发动起了吉普。

"不过，阿巴度，有件事我想拜托你去完成，这回和 Lynn 老板的隐私没有关系了……"

第二天中午，明逾按程序请詹姆斯去餐厅吃了顿商务餐，大致聊了聊入职细节，并要求詹姆斯尽快去指定的诊所做毒品检测，詹姆斯也比较配合。

毒品检测和无犯罪记录是 A 国员工入职前的两项选择性检查，很多雇主会在候选人面试通过后、正式入职前让 HR 或者第三方机构跟进这两项检测，检测没有问题的话则进行入职流程，一旦检查出问题,将通知候选人,并重新开始面试或者选用当时位置排在第二位的候选人。

现在来说,明逾的工作就只剩下这些了,但她认为自己这趟替陈西林来东索,自然要做些别人不会去做的事情。从昨天开始她便让阿巴度摸去那个王祁的住址找他,昨天下午和晚上,阿巴度去了两次,他家中都没有人。

她觉得王祁的失踪蹊跷,背后应该有原因。

下午接近五点,她在酒店房中等消息,诊所打来电话:詹姆斯的尿检测出了可卡因阳性。

他是个瘾君子。

正诧异,阿巴度将门敲开了,一脸大事不妙的神情。

明逾将他让到屋内,关上门:"怎么了?找到他了吗?"

阿巴度点点头:"他刚回去,据他说,昨天早晨刚走出家门就被绑架了,他被蒙上眼睛带到一个地方去,绑匪拿走了他的全部钱财,打了他一顿,一直到今天中午才把他放回来。"

明逾愣了愣,拨通了陈西林电话,把这两件事情都讲给她听。

"报警吗?"她问陈西林。

"东索的警察不管这些,大白天在街上被抢他们都束手无策。"

"詹姆斯是肯定不能用了。"

"诊所是没有问题的吗?"

"是我挑的,没问题。"

陈西林想了想:"詹姆斯得刷掉,如果王祁伤势不重,可以重新安排面试。"

"我让阿巴度送他去医院检查吧。"

"你说到这个,让阿巴度去找王祁这件事,怎么没与我商量?"

"我想有结果再说。"

"明逾,我不放心你离开阿巴度的视线,这是我最担心的事。"

"放心,他不在的时候我只待在酒店房间里。"

放下电话,明逾刚要差阿巴度去找王祁,房间的固定电话响了起来，明逾去接。

阿巴度站在一旁，听明逾应了两声便挂了电话，转身道："阿巴度，你去接王祁到医院检查，看有没有伤着哪里，什么时候能好。"

"好的，Ming 小姐。"

阿巴度走后，明逾走到楼下，经过大堂，一旁角落里坐着个男人，穿着餐厅的制服，男人看明逾走出来便站起身。

两人说了几句话，明逾拿出手机摆弄了片刻，放下手机，从包里拿出一沓现金，递给了男人。

斜上方角落里，摄像探头精准地记录下了这一切。

## 35. 反思

十五分钟后，明逾的手机响了起来，是阿巴度。

"Ming 小姐，我在路上碰到王先生在打车，再晚来一步他就走了。"

"去哪里？"

"他坚持要回国……"

"请他接电话可以吗？"

电话那边两人言语间推推搡搡一气，陌生的男声在那头响起："喂？明总您好，这份职位申请我退出了，不好意思，请你们另寻高明吧。"

"王先生，我可以问问原因吗？"

"哦，我国内家里出了些事情，得赶紧回去，将来也可能不在东索待着了。"

明逾顿了顿："王先生，这是不是与您被绑架有关？有人威胁您吗？"

"你就别再问了好吗？"对方语气突然激动起来，之后一个停顿，"不好意思啊明总，我有点急了，就是……想早点回去。"

明逾垂下另一只手："我理解，王先生，我想给您提供一个选择，当然了，选择权在您。这次 Q 基金招聘这名管理人，我们对您非常看好，如果您处理好家里的事情后还对此职位感兴趣，我们可以重新商议。您的安全问题我有两个解决方案：一是向大使馆寻求保护；二是靠您身边这位先生,他叫阿巴度,可以做您的保镖,Q基金的高层每次到访东索都是用阿巴度做保镖,从未出过事。另外,待遇方面,Q基金董事长愿意将年薪再涨四分之一。所以您处理好家里的事情后,如果还愿意面试,我们随时欢迎。"

对方停顿片刻:"明总,非常感谢您方的诚意,可是在我这里,安全比任何事情都重要……"

"我同意,我们绝不劝任何人去做威胁其人身安全的事情。Q基金创办了四年,背景十分单纯,是个非营利、无党派的组织,与任何利益群体无关,四年间Q基金在这里所做的慈善事业您应该很了解,我想这也是您应聘这一职位的初衷。至于您这两天遭遇的不测,会不会是巧合与误会?做这项工作本来与'危险'二字是无关的。"

对方又沉吟好一阵子:"好的,明总,我会再考虑一下,目前我已经和家里人说过要回去,所以还是请你们这位保镖放我走吧。"

"当然,他没有扣留您的意思,希望您不要误会。其实我建议您去医院检查一下,确定无碍再搭乘飞机会比较好,如果您坚持现在走,阿巴度可以护送您去机场。"

挂了王祁的电话,明逾又拨通了陈西林的号码,将来龙去脉与她说明。

"不好意思,我单方面将年薪提高了,多出的钱从FATES的佣金里出,至于明年,是留是走,你再决定,好吗?"

"不需要,钱不是问题,关键时刻你帮我做这个决定我很感谢,但我想问的是,是什么让你这么肯定想留用王祁?"

"实话跟你说吧,之前阿巴度刚找到他,告诉我他被绑架又被放出来的时候,我想过会不会是对方的苦肉计。"

"嗯……"陈西林只一声沉吟,没有去打断她。

"但不符合这个情况的细节有两处:首先,我只是受你委托,代表FATES来东索代你面试候选人,从程序上说,这个人面试缺席就出局了,一般的第三方公司不会再差人去找这个缺席的候选人;其次,阿巴度今天第二次去找他时,他已经在去机场的路上了,从这个细节以及他和我通电话的态度来看，这个人是真想走，我猜测是受到威胁了。"

电话那头杯子轻轻放在桌上发出"咔嗒"声，一时沉默。

"所以 FATES 为什么这么敬业，会不同于'一般的第三方公司'？"

"Lynn……你的重点是不是抓错了？"明逾的声音越说越小。

陈西林轻笑一声："我明白你的意思，但就算这个王祁是清白的，听起来他也不太愿意做了。现在詹姆斯不能用，就只剩赵连成，如果王祁是清白的，赵连成的嫌疑很大啊。"

"对，所以我才单方面决定给王祁加薪。"

"明逾，其实我有另一种猜想。"

"你说。"

"我猜想东索的任何人都没有问题。这几天我想来想去，我的基金会能让他们从中整出什么幺蛾子呢？这是个很单纯的组织，不行的话我想关闭它就可以关闭了，对方何苦花这么多力气往基金会安插人进来？我猜他们搞这些动静，从一个多月前逼我换国籍，到那次媒体的集体报道，再到背后推动那个孕妇状告白鲸从而把迪恩逼回去……这一切不过是想动摇我 AI 云项目负责人的身份。他们见招拆招，等我决定了换国籍，就先拿出媒体和舆论来，在移民局那里制造阻力，看见迪恩可以解决这件事，就在东索这件事上做手脚，想逼我离境，违反入籍的规则。一旦我中招，再回去要重新启动入籍程序不说，还不知面临着怎样更复杂的变动。"

一阵沉默。

"你说的不无可能，'他们'究竟是谁？可以告诉我吗？"

陈西林叹了口气，杯子再次放下："应该是我伯父的儿子白西恩，他和他的势力一直在与我作对，要在白鲸压我一头，我的存在威胁着他的直接利益。"

"难以理解，就拿上次各大主流媒体争相报道这件事来说，搞不好都不是你能否负责这个项目的问题了，而是白鲸是否还有资格参加竞标的问题了，他就不怕白鲸的董事长和各大股东查出来制裁他吗？"

"丧心病狂。他不怕。我爷爷对他们一家的包容，我从来都不能理解。"

话讲到这里戛然而止,陈西林不想道出那场车祸背后的故事。

明逾却听出了什么弦外之音,想想该是什么家族纷争,她不说,明逾也不问了。

"Lynn,我们不排除你说的这种可能性,但既然不能百分之百确定,还是在这几个候选人中小心斟酌吧,如果王祁放弃了,赵连成咱们到底用还是不用?"

"用。基金会里也有我的耳目,如果他有问题,进去后总要有动作的。"

陈西林在电话那头捏着额头,王祁出事后,她的当务之急是把明逾安全送出境,其他的都还可以放放。

"好。不过,Lynn……"

她的舌头困住了,原本是想问,基金会究竟有什么复杂的背景在里面?那位女士——她的照片先后在海城的老宅子和基金会的库房里出现,这背后究竟是怎样的故事?说不定从这里面还可以剥出一些新的线索呢。但陈西林三番两次言尽于此,很明显这背后的故事她一点都不想透露,如果有什么线索,她也能够想到吧。

"怎么了?"

"嗯……我得改签一下机票了,原本定在明晚回去的,现在看来,王祁那边还是得等两天,看他平静下来后会不会改主意。他那边确定了,如果不再找我们,赵连成还是得安排尿检和犯罪记录调查,这也需要时间。"

"不用,剩下的工作交给你们 FATES 在大迈的合作方吧,你们外包出去的那家职介所。你的任务已经完成了。"

王祁的电话是第二天一大早打过来的,明逾在睡梦中醒过来,不知为什么出了一身汗,睡衣湿透了贴在身上。她掀开被子,空调的冷气让汗湿的皮肤又起了一层细密的鸡皮疙瘩。

手机响起来,她看了眼屏幕,是个陌生的号码,犹豫着接起。销售总监不太拒接电话,也没有时差之说。

"喂……明总……我是王祁,不好意思这么早给您打电话,有没有吵到您?"

"没有,王先生……您在哪里?"

"是这样的,我回来了……昨天在机场,他们说没有当天的机票了,我回来想了一夜,您说得对,可能也是巧合,跟基金会的招聘没有关系。那个……我想……能不能再给我一次面试机会?"

明逾之前几乎肯定他没问题,可对方一回头,她就又开始警惕了,想想却又觉得好笑,为一场面试,搞得草木皆兵,风声鹤唳。

"可以啊,欢迎。如果王先生方便的话,就今天上午吧,晚些时候我要离开大迈了。"

"行,行,没问题,那您定个时间,不好意思了明总……"

"那就十点吧,您不必客气,出这样的事您也是受害者,不过是不是先去医院看看?"

"我昨晚自己去诊所看了,没事,都是皮外伤,多谢明总关心。"

挂了电话,明逾看了看时间,七点一刻。起身去浴室,将被汗水浸透的睡衣丢置一边,心上的石头落下去了,却又好像没有稳稳地落在地上,水从花洒倾出,细细贴在寂寞的皮肤上,头发一绺一绺地被打湿,也往皮肤上贴。若这事没有着落,她还真不想就这么回去,陈西林不让自己改签机票,想想应该是担心自己的安全,可自己来这趟是为了什么?肯定不是为了FATES的业绩,不是为了走过场,而是帮陈西林处理这件棘手的事情,如今真的圆满处理了吗?

她的心里有那么一只小小的猫爪,不留神就出来挠一下,那个女人是谁?现在在哪里?她仰着头,水绵密地扑在脸上,紧闭的眼睛看见那个冬雨中的海城,照片前陈西林泛红的眼眶,耳中传来阿巴度没心没肺的诉说:一直紧紧抱着陈西林的女人,能给她安慰的女人,四年半前她的茫然,她的感性,她的欲哭无泪……

十五年,阿巴度说十五年,在这个十五年前又有多少年呢?

她不可能是陈西林的母亲,母亲有什么不能说的?同样,姑母、姨母、姐姐……这些又有什么不能说的?

这触不到的情绪也随着绵密的水珠沁入明逾的皮肤之中，再慢慢渗透，渗进心里。

自己是什么角色呢？不同于一般的第三方公司。明逾在水雾中扬起唇角，给自己一个讥讽的笑。她来了，可以不顾这里的危险，却好像什么都不能知道。到了这个年纪，谁还没有些不愿轻易提起的过往？只是，她的过往好长。

王祁面试很顺利，明逾给他在诊所办了加急测试。

黄昏中的大迈有种揭去了面纱的豁出去的美，残阳血红中透着金黄，与街道建筑过于浓重的色彩融为一体，反而舒服了。燥热的空气慢慢沉淀，阿巴度举着她的箱子往后备箱里放，明逾抬手滤掉刺眼的光，去看天边绚丽的色彩。

"阿巴度，去机场的路上再从西郊绕一下吧，我想再看看那些难民房。"

"可是 Lynn 老板说……"

"我给你两个选择，"明逾打断他，"带我绕一圈，或者告诉我照片上的女人是谁。"

阿巴度挠着头，发动起车子。

难民房的白色在绚烂的色彩中安稳而可贵。近地面两架直升机"突突"地盘旋，往下撒着食物。黄沙地上的形骸动了起来，像久旱逢雨露的秧苗。

候机厅里得到两则消息：王祁的尿检通过了；詹姆斯去诊所闹事，又做了一次检测，还是没过。

## 36. 讨问

等飞机落到大洋那边的土地上，大迈的合作方告诉明逾，王祁的背景调查也没问题了。

肯特和江若景在海城国际机场到达处等着。早晨肯特说要来接明逾，江若景也坚持要来，肯特三下五除二刷好了牙："人家帮陈总卖命，又不是帮白鲸，你急着表什么忠心？"

一句话点了江若景的穴，手里的粉刷扔出老远："你搞清楚了！她是帮你们 FATES 卖命！我是不是 FATES 海城总经理太太？你挖苦我表忠心你还有没有心？"

肯特将手里的毛巾拧出水，嘿嘿笑道："我错了我错了不行吗？我老婆最懂事最识大体了！"

这会儿识大体的总经理太太和总经理正伸长了脖子等在护栏边，左一个右一个出来了，被接走了，却总也不见明逾。

"没道理啊，头等舱和商务舱应该先出来的呀。"肯特嘀咕道。

"你是不是弄错了航班号？再看看吧。"

肯特将信将疑拿出手机，D 国飞来的航班又没有很多，哪能就弄错了？这一看不要紧，原来明逾半夜里从 D 国发了封邮件过来，说自己临时改变计划，回 A 国了。

肯特差点摔了手机："为什么不打个电话或者发条短信来？！"

"人家肯定怕半夜吵醒你啊！谁让你早晨不查邮件？再说了，她让你接机了吗？"

"你给我闭嘴！"这是肯特第一次吼江若景。

S 城国际机场，明逾从租车行取了车往库外开，手机接通了。

"Lynn，你在哪里？"

那头好像·时没有反应过来："我在公司，你到海城了吗？"

"我大概一小时后能到你公司，导航说四十五分钟，我不太相信它。"

"出什么事了吗？"

明逾笑了起来。"没有，"明逾顿了顿，"我要回一趟 C 城，所以不如在这里停留一下，跟你当面汇报一下东索这趟面试的情况。哦，也没问问你现在是否有时间接待我，看你什么时候方便吧，我明天下午才回 C 城。"

"可以，我方便……你在开车？我可以接你的。"

"不用了,不过你们白鲸的产业园像迷宫,前台到你的办公楼开车恐怕得十来分钟,估计没有你的口谕我到不了你的办公室。"

陈西林在电话那头停顿片刻:"这样吧,也不用来公司了,我现在发你一个地址,你直接过去,我去那儿等你。"

"也行,那一会儿见。"

陈西林挂了电话,又打给助理:"今晚和迪恩他们的晚餐你帮我取消吧,临时有急事。"

"好的,Lynn。餐厅需要取消预订吗?"

"不用,我要带别人过去。"

明逾将车钥匙交给代泊时,陈西林已在门口等她。

陈西林原本是要和迪恩以及一名律师吃饭,穿着上没有太费心思,米色长款的风衣,风衣领是自带的围巾式褶皱领,省去了一切搭配,露出的小半截小腿是裸着的,脚上踩着双款式简洁的黑色尖头低跟鞋。明逾的穿着还捎带着一些旅行的舒适需求和热带的色彩,渐变红的连身裙,外面拿黑色薄款长衣压着,在腰间束了腰带,乏味的黑色也玲珑起来,脚上是方便走路的白色乐福鞋,和手上白色的挎包呼应着彼此。

陈西林看着明逾,觉得她为自己铤而走险了这么一趟,终于安全回来了。

"怎么没有提前告诉我?应该去机场接你的。"

明逾的一双眼睛朝着她笑,听到这个问题却又垂了睫。"也是临时决定的,"明逾的眼眸又抬起,重新笑起来,"让客户来接机,还是你这样的身份,不合规矩哦。"

"我这样的身份?"陈西林嘀咕,"我在你眼里是什么样的身份?"说着领她进门,像是故意不去让她回答。

这问题太难了,不用回答最好。

入了座陈西林点酒,她也不看酒牌:"曼菲洛庄园的酒送来了吗?"

服务生被问住了,紧张起来:"请容我去问一下经理。"

明逾托了一侧腮看她。

"本地的酒庄,昨天我和酒庄老板打球,他说送了几支珍藏来这里,我让他帮我预留一瓶,以后带朋友来喝。"

"那我这趟来得太是时候了。"

"你任何时候来都是时候。"

明逾笑了笑:"中文真是博大精深。"

陈西林想了想:"这是中文的功劳吗? Whenever you come around, smile that smile, the whole world turns upside down.①"

她边说着边脱下了长风衣,里面是一条黑色无袖裹身裙,颈间细细的链子闪着光泽,一路延伸进衣领。

明逾说:"王祁的所有调查都通过了。"

服务生推着小车过来了,小车上是一只冰桶:"陈女士,您的酒来了,需要试一下吗?"服务生从冰桶里取出酒。

"让她试一下吧。"

"当然。"

服务生给明逾斟上浅浅的一层,明逾谢过他,轻轻摇着杯子:"我不知道王祁是不是被薪酬吸引了,要知道在东索那地方,一半的价格都算高薪。"

"肯特一开始建议的薪酬太少了,一个管理者的岗位,那种程度的年薪,你想找个非当地人容易吗?就拿王祁来说,回国怎么也能挣那个数。我倒不排挤当地人,但我也不想排除非当地人的可能。"

"嗯,我同意你的想法。"明逾拈起酒杯品了一口。

"怎么样?可以吗?"服务生问。

明逾点点头:"可以,谢谢。"

"现在情况就是这样,Lynn,王祁的面试你也都在视频里参与了,如何决定还是看你。"

服务生斟完酒离开了,陈西林拈起杯子看着里面的液体。

---

① 当你来到我身边,那样微笑,整个世界都为你倾覆。出自歌曲 Whenever You Come Around(《当你来到我身边》)。

"这酒卖多少钱？"明逾问。

"不是什么稀有品，零售标价四百七，熟人拿两百七，餐厅里卖六九九。"

"呵！够贵的。"

"味道怎么样？"

"还是有点膻，得好好醒醒。Lynn，你是不是一时不能决定？"

"不，就用王祁。"

明逾垂下眼睫："反正卿基金背后的事情你自己最清楚，所以我也不想贸然给你什么建议，只能做我该做的，帮你搜集信息，向你汇报。"她不说"Q基金"，而说"卿基金"。

"明逾，我知道你不开心。"

"我在基金会的库房里看到了很多她的照片，和你海城宅子里的那张照片上是同一个人，都是她。"

陈西林眼中染上了一丝痛楚，一瞬消散了。

"对不起，我不该……"

"不，你问吧，也许有些话我还不想说，但我说出来的都是真的。"

明逾默然，突然觉得自己像个挑事的小孩，逼陈西林说出这种话。

"对不起，我想……出去透透气。"明逾起身。

这家海边的餐厅由两部分组成，主体在岸上，还有一段栈桥通到海面上，那上面是一座四面玻璃的水榭，陈西林订的桌就在玻璃水榭里。明逾走到栈桥上，海风轻轻撩起她的发。

岸上的灯光触不到脚下的海水，海风一过只看见一层黑黝黝的涌动。

脚步声从栈桥深处响过来，明逾偏过头，是陈西林。

她走到明逾身边，陪她看脚底的潮涌。

"明逾，我不想你因为我不开心。"

明逾的盾牌支了起来："放心，如果我不开心，也与你无关，是其他事情。"

陈西林顿了顿："那能和我说说吗？"

"你要对我刨根问底，我这么对你了吗？哦，如果刚才有过，我道歉。"

　　陈西林深吸了一口气："你知道吗？我特别喜欢你在大迈发给我的那张照片，你发自内心笑的样子，特别美。"

　　"就是这样！"明逾怒了起来，"陈西林，这就是我不能忍受的你知道吗？你高兴了就拉我去飞一圈，不高兴了对着张照片三缄其口，一切又都成了你的隐私！你让我如何自处？"

　　"明逾……"

　　"东索危不危险你自己知道，让我去了却不告诉我全部背景，十五年前你和照片上的人就去了那里。基金会聘个主管而已，为什么搞得像谍战片似的？到底这一切和那个女人有什么关系？你笑我为什么不像一般的第三方公司那样走过场，你就笑吧，你高高在上，把一切尽收眼底，看着我帮你卖命还要奚落，而我却连自己为什么卖这个命都没资格知道！"

　　"明逾，"陈西林抓住她的手，她的声音也哽咽了，"我陈西林绝对没有奚落你的意思，东索的危机和她没有关系，所以我才没说。"

　　"Lynn，"明逾的声音小了，平静了，"到这年纪谁还不会逢场作戏？我本该陪你继续将戏演完。"

## 37. 弃甲

　　她将手从陈西林手中抽回，插在口袋里。"当一个戏子才不会闹笑话……我已经放逐自己多年，被骂冷血无情是常事。他们越骂，我心里越舒服，他们帮我确认自己是个不值得投入感情的人，我讨厌自己，连同在意我的人一起讨厌，一个好好的人一旦表现得在意我，在我心里就跟我自己一同轻贱起来……"她顿了顿，"这两个月我却开始珍爱自己，想让自己变好起来……想想不过是个笑话。"

　　"不是笑话，我想看你慢慢变柔软，接纳自己，接纳……别人……"

　　"你以为你是谁呢？"明逾的声音淡淡的，唇角的讥讽被夜色隐去,"靠你那些心血来潮的心意?哈哈哈。"她笑了起来,笑声绵延到黑黢黢的水面,跟着它一同忽闪,凉薄而慵懒,"对不起,Lynn,我大概是奔波得累了,一些个人情绪全部发泄到了你这里,Q基金这一单全算我的,FATES不会跟你收费,权当我赔罪。"明逾说完转身要走。

"我道歉。"陈西林说。

海那边的灯塔亮了,一瞬撕开夜色,渲染了半边天际。

"如果我的方式唐突冒犯了你,请接受我最真诚的道歉。照片上的人是我曾经很在意的人。如果我可以弥补你此时受到的委屈,我愿意尽我所能……"

天边的光映在陈西林眼里,也不顾及是照亮了她的勇敢还是狼狈。

明逾的脸隐在黑暗里,看不清。

"这样的话这么轻易说出口,你付不起,我也收不起。"

明逾想想觉得也就这样了,转身往桥那头走,她的心跳漏过一拍,但又稳了回来。有些话早一小时讲和晚一小时讲,效果却是天壤之别,陈西林这被动的道歉来得有点晚了。

"明逾,你等等我!"陈西林在身后喊。

明逾没有回头,故作轻松地抬手挥了挥:"晚安了Lynn,睡一觉就什么都忘了。"

身后是陈西林低跟皮鞋跑远的声音,明逾转身,看见陈西林往玻璃水榭跑去。她站在那里,皱起眉头想,陈西林那样的女人,竟为自己弄成这般模样。这剧本从一开始就写错了,那酒会,她们就该像凯蒂、劳拉、米歇尔……远远地自顾自美丽。

她苦笑着,转身往门口走去。

陈西林付完了钱赶到门口,代泊正将车子交给明逾。

"明逾!"

她追赶的人却没有回头,径自坐进了车里。

"快把我的车取来!"她几乎对门童吼了起来。

她不知道自己扔给代泊的小费是多少,引擎一声低吼,车子射了出去,那是往公路拐的方向,明逾是往那里去的,她一定住在市里。她没有仔细去想自己为什么执着地要追上她,只是隐约觉得,now or never[①]。

　　这座城市里总有一些中国人会拉着你说,这里的纬度和中国海城是一样的。
　　同一纬度的海城,江若景披着一身朝露疲惫地走进家门。一夜未归,手机关机,她不太想琢磨肯特会是什么反应。
　　有点意外,家里飘着食物的香味。
　　"回来了?洗洗来吃早饭吧,煮了你最爱吃的榨菜肉丝面。"
　　江若景愣了愣,"嗯"了一声,往浴室走去。
　　她顺着外滩走了一下午、一晚上,后来索性在岸边坐了一夜。
　　有那么一瞬她觉得自己真的把这一生过残了。稀里糊涂地,她就嫁作了人妇;稀里糊涂地,她就和最在意的人反目成仇了;稀里糊涂地,她就背弃了单纯炙热的初恋男友……
　　像一场噩梦,她在期盼梦醒的时候拼命甩着头,却甩不回她想要的曾经。
　　更让人懊恼的是,在很多个过往的节点处,她都有机会扭转残局,起码可以让它不往更糟的方向发展,但都没有把握住。
　　这世上还有什么办法能让她重新开始吗?
　　横穿这城市的江水永远无法独自美丽,她永远流淌在霓虹的照射中,恍若一出被施舍的风景。
　　有一瞬她觉得自己该结束在这里了,这里仿佛是她命定的归宿。
　　紧闭着眼睛又睁开,大口大口地喘气,江水还是刚才的江水,午夜飞车党呼啸着路过。她往后退了两步,还是不甘心。
　　敲门声惊醒了她的神游,肯特的声音在门外响起:"出来吃面吧。"
　　"哦。"江若景站起身,讷讷地朝门外走去。

　　海那边,玫瑰金色的漂亮金属在黑夜里驰骋,颇具质感,像一只

---

[①] 要么现在,要么永不(机不可失,失不再来)。

优美利落的兽,终于追上了她的猎物。

明逾临时在租车行拿到的车,怎么也跑不过陈西林的这一部。

她在后视镜里看到陈西林的车加速度靠近,条件反射地加速、变道,但后者又岂肯放过她?

待条件反射过去,她放慢了速度,陈西林挪到旁边的车道,和她并驾齐驱。蓝牙将来电输送到屏幕上,是陈西林。

明逾叹了口气,接通了。

"Lynn,我不想像劣质偶像剧里演的一样,莫名其妙地和你上演赛车游戏,我想我们之间都说清楚了。"

"我不会演戏。"陈西林的声音轻轻的,像吹过婆娑树林的清风。

一辆慢吞吞的车挡在陈西林前面,明逾从后视镜看她换了车道,换到了自己后面。

"Lynn,我就是个疯女人,和我搅和到一起的人都没什么好下场,我自己都去看精神科医生。"

"该看精神科的是那些让你厌恶自己的人。刚才你说的话,我听懂了。"

明逾张了张口,喉间酸涩得很,半晌:"听懂什么了?"

"这两个月你开始珍爱自己,想让自己变得好起来。我懂。和你一样,我也想变得更好。明逾,等你停下来,给你看样东西。"

明逾从后视镜看着身后陈西林的车和驾驶座上亦真亦幻的那张脸。"嗯。"她掐了电话。

车子在酒店门口停下,S城的市中心也是寸土寸金,明逾取出行李,将车交给代泊。

陈西林站在车那头,修长的风衣裹着一袭安静的身影,车被开走了,她朝明逾走了过来。她打开包,拿出一只小小的什么东西,攥在手中,又对明逾伸出手,展开掌心。一只透明的小盒子里装着一枚橘色纹理的贝壳。陈西林微微笑了笑:"你这么抠门,唯一送过我的东西还是从地上捡的。"她的眼中闪出泪花,依然笑着,"我都一直留着。"

明逾苦笑着,伸手去拿,陈西林却合上了手掌:"可不能让你拿回去了。"

明逾摇了摇头,在廊下的微光里看着陈西林,眼中快能漾出水来。

"女士,"门童喊陈西林,"请问您的车要停走吗?对不起,这门口不能久停。"

"稍等。"

陈西林转头看着明逾:"我想好好跟你聊聊,今晚你累了,就先休息,明天给我这个机会,好吗?"

明逾垂下眼眸,继而又低着头。

"明逾,我想,你飞来这里,本意是要听我说清楚的。对不起,我一开始搞砸了,但我想弥补回来。"

明逾抽出行李箱上的扶杆:"我明天……十一点前都在这里。"

"好的,我知道了……"陈西林挎了挎包,"谢谢你。"

她转过身,刚要迈步,手却被拉住了。

"你开回去要多久?"

陈西林转回身:"这个时间……两小时吧。"

"那要么……我这儿……反正我的衣服你可以换……我没别的意思,就是觉得这么晚了,而且明天上午你还要工作……"

"我就是怕影响你休息。"

"我时差已经乱了。"

陈西林看了看她:"你等等。"

她往门童那儿走去,将车钥匙交给他,又折了回来:"走吧,我帮你拿行李。"


海城的天却已经大亮了。

江若景安静地吃了半碗面,站起来要收拾桌子,肯特拉住了她。

"不要问我好吗?我哪儿也没去。"

"你坐,我不问你。"

江若景有点惊讶地瞥了眼肯特,将信将疑地戳在那儿。

"坐吧,待会儿我收拾。"

江若景重新坐了下来，将碗筷放下："你想说什么？"

"昨天我不该凶你，对不起。"

"没有……"江若景声音小小的，有点心虚，她的出走和悲伤与肯特没有半点关系，那一句吼，她很快就过滤掉了。

"我不问你去哪里了，我想应该是受了委屈，去散心了，以后要是再不开心，不要用这种方式了好吗？我很担心你的安全，这一夜都没睡。"

"我知道了。"

"老婆，有些事情我想跟你聊聊。"

江若景抬头看他，眼神里有一丝不易觉察的惊恐。

肯特笑了笑："我觉得你现在这个工作，压力太大了。"

江若景舒了口气："你又想讲什么？辞职我肯定不干的，我不觉得累，现在这个职位是我几年的努力和奔波拼出来的，我不想放弃。"

"不不，没让你辞职，不过啊老婆，我们努力工作，这么辛苦，说到底也就是为了钱，还有那么点点成就感。你同不同意？"

江若景想了想，点点头："成就感还是蛮大的，不然你让我天天窝在家里，像你那个朋友刘老板的太太似的，我会发霉的。"

肯特笑了起来："其实工作嘛，天天干一样的事，干两年也就腻了。我现在是这样想的哦，我马上也三十六了，如果在四十五岁前把这辈子能赚的钱都赚了，下半辈子不说多么荣华富贵，起码能阔绰地过日子，也就比较理想了。人嘛，一辈子就这么长，如果能提前退休，何乐而不为呢？"

江若景想了想："你四十五岁，那我也才三十八岁啊。"

"到时候我们有了孩子，你的生活会很充实的，巴不得多点时间陪小孩。女人当了母亲，观念都会变的。"

江若景听他讲得那么笃定，心里一个哆嗦："那事情还远呢，你又怎么知道……"

"你要是不想着半道上下车呢，家庭总归是下一步目标，哎？你没想半道再换别人吧？"肯特嘻嘻笑着，半开玩笑地试探。

江若景脸上浮出一丝苦笑，很快散了："换谁？"

换谁？她问自己。

"开个玩笑，开个玩笑。"肯特依旧嘻嘻笑着。

"刚结婚，这种玩笑以后不要开了。"

"是！老婆大人，我错了。"肯特呷了口咖啡，"回到刚才的话题啊，要是我们能有这么个提前退休的机会，你觉得怎么样？到时候我们坐拥几千万存款，再加上这两套房子，房子也值个两千多万的哦，舒舒服服过日子，怎么样？"

"我们两个加起来一年也就一百万出头，再扣掉税都少得可怜，不吃不喝不开销啦？十年后能有几千万存款？"

"不用十年，一年就可以。"

纬度线那一头的那个酒店房间里，陈西林走出浴室，浴室到卧室之间有一截长长的衣帽间，脚灯的光幽暗静谧。她停了下来，坐在一侧的柜上。卧房的门掩着，今晚她的本意是简单直接的，她想明逾能够听听自己的解释，能够放下铠甲和盾牌，重新做回那个珍爱自己的女人，也想让明逾明白，这一切不是笑话，她也一直珍视着明逾。

可这会儿，在这静谧的光线里，她坐在那里，不知怎样开启卧室的门。

她站起身，走回浴室，将挂着的一件浴袍又穿在身上，朝卧室走去，叩了叩门，里面传出轻轻的一句："嗯？进来吧。"

陈西林打开门，明逾在寝衣外套了件薄薄的针织衫，正倚在床上看邮件，笔记本里传出轻轻的音乐声，床头的灯开得很足。

明逾没有抬头，只往床边挪了挪。

"那个，要不我去外面睡沙发吧。"陈西林嘀咕。

明逾抬起头："你……不是有话要跟我说吗？"

"是，我怕打扰你工作。"

明逾关了笔记本，音乐没了，房间里静了下来。

"房间温度可以吗？"明逾问。

"嗯，"陈西林在另一侧坐下，床微微地弹了弹，她将头发拨到另一侧去，优美的侧脸呈现在明逾眼前，"明逾，东索的事情，白西恩那帮人动的手脚，真的和她无关，所以我才没有告诉你。"

"'卿'是她的名字吗？"

"嗯。"

## 38. 剥卸

明逾顿了顿："所以，基金会是你的，还是她的？"

"是我独自创建的。"

"用……她的名字……"

明逾笑了笑。

"这件事我想跟你说清楚，'卿基金'是四年前创建的，基金会的出生的确是为了她。但如今这个基金会的意义只在帮助战乱中无家可归的人。"

明逾低头，脸侧的头发垂下，她叹了口气，将头发撩起，倚靠在床头："之前我确实摸不清你与她的关系和状况，只是随着我看到的、听到的信息越来越多，很难再靠我自己去想明白。在东索，在电话里我试着去问你，今晚我直接说在基金会库房看到了她的照片，但还是听不到一个直接的回答。"

"我明白你的顾虑，你去东索并不只是完成工作任务，这里面有一大部分你我的私人关系，我不能装傻。"

明逾在拨那床头灯的调光按钮，可因为是反手，不太使得上劲，灯光没反应。

陈西林倾过身子，往上推："这样吗？"

灯又亮了些，她转回身。

"嗯……你们认识了……很久吗？"

陈西林在暗光里闭上眼睛。

"对不起，不想说可以不说。"

"我十八岁,在家族的酒会上认识。"

房间里安静下来,陈西林的世界却渐入一首漫不经心的爵士乐,觥筹交错,衣香鬓影,一袭高挑的身影,像一尾幻化成人形的银色人鱼,站在自己前面,女人优雅地侧回身,看到自己,绽出笑容:"你好。"

那两个字开启了十二年的漫漫长路。

"她……年长你很多岁吗?"

"我十八岁的时候,她三十八。"

"难怪,从那张身着旗袍的照片看,我一直以为她是你的长辈……"

"她偏爱民国的风物,拍那张照片时……四十五岁,她说自己老了……"

"不老,看上去不到四十,而且很美。"明逾这么说着,才想起为什么那宅子到处是民国风情,还有那本她提到的小说。

"当初我只是觉得你像她,就连认识你的场景,都那样相似。"

"她一定待你很好。"

陈西林苦涩地扬起唇角:"她是我的姐姐、母亲、女儿。"

"可也都是过去的事了。"陈西林故作轻松。

"姐姐,甚至母亲,都好理解,为什么是女儿?"

"她也会有她的脆弱,和可爱。"

一阵沉默。

陈西林轻声笑了笑:"都是些陈年旧事。"她的声音沉了下来:"你呢?我可不可以听听,为什么你要那样轻贱自己?"

轻贱吗?明逾伸出手:"我熄了灯好吗?"

"嗯。"

房间里彻底暗了下来。

"我喜欢过一个社会地位和我天差地别的男人,并且靠他爬到了今天的位置。"

黑暗凝固了,像跌入了黑洞。

"对不起,逾,不用说了……"陈西林的声音细碎轻盈,化为了虚无。

"开头就让你厌恶了吗?"

"不，我不想让你觉得难堪。我不介意这些。"

"我想说，说完了你再决定要不要把我当朋友看。"

"与你当朋友和你的过去无关，问你的过往只是希望带你走出厌弃自己的阴影。"

"我和他在一起时，却并不为了金钱，也不为了地位。"

"我相信。我也相信你做到今天的位置并不完全因为他，是你自己的努力。"

明逾笑了笑，表示领情："总之，像这世上千千万万灰姑娘的悲剧一样，他找到了更适合他的人。然后我遇到了另一个人，叫洪。"

"洪？"

"洪。"

这个字曾写作"鸿"，是洪的网名。

"我硕士读到第二年的时候，在网上认识的洪，洪在蓉城。"

"网上？你们是……"

"网友，一开始洪只是个网友。Lynn，考你一题，当你无法用容貌、气质、声音，去吸引一个人时，你该怎么做？"

## 39. 走火

陈西林想了想："如果连这些条件都不具备，我会想就算吸引到了，我们在现实中是否有在一起的条件。"

明逾苦笑："不得不承认，你说得对。但大多数人遇到心仪对象就成了捕猎者，真能在开始前就放弃的又有几人？"

"如果不计后果，把对方当作猎物，你的问题很好答，让对方习惯你就好了。"

她说得对，自己何尝不是习惯了洪的陪伴。

"我在最为失意与孤单的时候遇到了洪，洪颠倒着自己的白天黑夜陪伴我，洪的方式我无法拒绝。从一开始，洪所有的话题都是关于我，洪问的每一个问题、说的每一件事情、表达的每个观点，都围绕着我，嘘寒问暖，夸赞我。对，洪从不吝啬夸赞，洪让我感受到了从未有过的被重视。"

那时的洪应该还是"鸿"，"鸿"不谈自己，因为"鸿"是个虚假的人设，明逾想。不知为什么，她没有对陈西林说出这最初的错。也许，这与后来的自我轻贱没有关系，或许，她想为洪留存一些独有的回忆和空间，仿佛到了这样的年纪，便不会再沉迷于絮絮叨叨一字不落地诉说往事，那都是自己消化完了的。

"逾，为什么你会那么孤单？为什么你没有被如此重视过？"

为什么？明逾滑向枕头的另一端，这个问题复杂又简单。

"我是个私生女，母亲和我一样，遇到了不合适的人。不同的是，母亲生了我，并因为生我而离世。曾经我和你说，我的父亲在我很小时就去世了，这是我从小到大背熟了的故事，他只是在母亲怀孕时抛弃了她。从小我就像一只过街老鼠，讲着街坊四邻心照不宣的谎话，让人家在背后指着脊梁骨骂野种……"

"洪给过你名正言顺的关爱。名正言顺，这是你的先天缺陷，你的出身、你的初恋，都没给过你。"

眼泪滑过明逾的脸庞，她庆幸有黑夜掩护，等平复了，轻声道："洪对我挺好的，那一两年很开心。"

她合上眼睛，房间的味道让她安心。

半梦半醒间是下午五点的公车上那摇摇晃晃的阳光斑点，上了一天的课，汽车像个凑合着用的摇篮，她是摇篮里一只昏昏欲睡的鱼。鱼是她的网名。

鸿的消息不停闪着。

——鱼，别睡。

——鱼，我给你讲个笑话，你打起精神，睡着了不安全。

那是研究生的第二年，这个叫"鸿"的温柔男子，有一张干净俊朗的侧脸，照片是模糊的，气质却是卓绝的。鸿跟她的散文帖子，两人一唱一和，犹如橡树与木棉。她和伊万好了两年，拿英语谈情说爱过日子，有一部分的她，是不说她母语的伊万触碰不到的。

鸿却样样触到。大到中国人骨子里的中庸制衡，小到儿时记忆里的"花脸"雪糕。他们还一起追剧，明逾所有看过的国产电视剧和综艺节目，都是和鸿在一起时追的。

——鱼，今天忙不忙？
——鱼，心疼你。
——鱼，你是我遇到过的最有灵气的女子。
——鱼，天气预报说你那里下雨了，我的心都湿了。

鸿的聊天永远围绕着她，虔诚如对待自己的王后。

他们做了一对属于自己的表情图：一只叫"鸿"的小狗和一根叫"鱼"的肉骨头。鸿说要永远叼着肉骨头。

内心的悸动与依赖涨满屏幕，要溢出来，冰冷的金属框禁锢着它。

——鸿，我想听听你的声音。
——乖，我声音不好听。
——鸿，你的手很暖吗？
——暖，给你焐一焐。
——感觉不到……
——那闭上眼。
——鸿，你的正脸如果不好看，没关系；你的身高如果没有我高，没关系。你有残缺吗？你是哑巴、聋子也都没关系。
……
——鱼是世界上最好的鱼。

倾慕与渴望被避重就轻压抑，每天在开心与失落的边缘徘徊，后者在天平上压得越来越重,每个沉默里都写满了质疑与被质疑的撕扯。

——鱼,要是有一天我不在了,你好好的。
——为什么?为什么这么说?
——有点累了,想歇一阵子。
——不是说永远叼着肉骨头吗?

后来洪说,在屏幕那端为这句话哭了很久很久。

三天没有洪的消息,明逾坐在草坪的长椅上看鸽子,看着看着,视线模糊了,凉凉的液体顺着腮淌下来。她拿出手机,在当初那个帖子下回道:有一根弄丢了狗子的鱼骨头……

她还想写点什么,却写不下去了,就这么发了出去。

洪在坟墓般的床上看到这句话,泪水如开闸的洪水,再也收不住。

她在草坪的长椅上坐了一夜,直到清晨的朝露将她唤回。手机上是那个叫作洪的人的上百条消息。

——我去找你好吗?

明逾的呼吸越来越平静,陈西林不忍吵到明逾,从海城到大迈,从大迈到S城,明逾一直在奔波,今夜应该拥有安心的睡眠。

窗外的大悄悄泛白,从帘子中间没关严的一丝缝中透进来,陈西林的睫毛颤了颤。

"我什么时候睡着的?我的起床铃……"明逾说完扭头向床边摸去,手上摸了个空,"手机呢……"她嘀咕。

不知在何处的手机里缠缠绵绵地淌着那懒洋洋的法国调子,像半透明的水母,一层层地漾开。

"听这个能起床吗?"陈西林推门进来问道。

明逾扭回头,看向陈西林。

"嗯？"陈西林看着明逾，不依不饶地问，声音轻得融化进了水中。女人正慵懒唱道——

Je... Je suis pret pour toi...

## 40. 归家

中午将明逾送去机场，陈西林手里拎着只袋子，里面装着一套自己早晨换下来的睡衣，是明逾的，还有自己昨天穿的衣服。

明逾笑眯眯地看着陈西林身上这套自己的宝蓝色套装裙，这是自己上午给她挑出来的，幸好身材没差多少。

"看你笑成这样，肯定不是什么好事。"陈西林将袋子留在车中，带明逾往大厅走去。

明逾晃了晃陈西林的一只手臂，抬头去看电子显示屏。

"你回 C 城后忙吗？"陈西林问。

"嗯……"明逾看了她一眼，又继续去看显示屏，"到那边都七点了，直接回家。"

"回家就睡吧，你眼睛里都有红血丝了。"

"是吗？"明逾下意识垂眸掩饰。

"非得走吗？不如请两天假，等周末带你去海上玩。"

"唉……明天老板要见我，在 S 城停留的这一晚已经是我自作主张了。"

陈西林摇头："一个销售总监，一晚的停留都不能做主吗？你老板是谁？马克？"

"通常没问题……"明逾想说就连去东索也是自己自作主张的，决定权自然有，但这次用得有点不客观了，自己也心虚，"他可能有事找我商量，是马克啊，你要不要替我讲讲好话？大客户小姐？"

"讲什么好话？直接跳槽来我这里，省得奔波。"

明逾笑出声："到你这儿能做什么？"

陈西林想了想，往前凑了凑：“给你一个大官儿做。”
"私人顾问？"
"内务部部长。"
"可惜我是搞外勤的，"明逾看了看表，"一会儿要进去了。"
陈西林叹了口气。
"别叹气啦，已经占用你一上午时间了。"
陈西林笑了笑："衣服……要还吗？"
明逾噘了噘嘴："要，我抠门。"
"行，周末给你送去。"
明逾心里有些喜，撩头发掩饰："那你到时候跟我说，我去接你。"
"嗯。"
"那我……进去了。"
"谢谢你来。"
明逾突然觉得自己好滑稽，本是来打怪，临走被这样说谢谢，这么一想，不由笑出来。
陈西林弯了唇角，拥抱了明逾："Take care."①
"你也是。"拥抱结束，明逾转身离开。
陈西林站在原地，偏着头看她的背影。
明逾过了安检，戴上墨镜，遮住了半个脸颊。

陈西林等明逾消失在安检口，转身往外走去，眼中时而带笑，时而失落。落寞笼罩着陈西林的眼眸，她低头推门，肩膀却在这时被人拍了一下，她错愕地转头，一个一米八五的倜傥男人站在自己身后。男人穿一身白色麻料西服，袖口卷上去，露出晒成古铜色的肌肤，一咧嘴亮出一口白牙，摘下墨镜："妹妹，好久不见啊。"
陈西林往门外走去，声音刻薄起来："你怎么来了？"说的是问句，却没有想等对方回答的意思。

---

① 保重。

"我想你们了啊,"白西恩紧随其后,"怎么样?载我一程呗?"

"没空。"

白西恩"吭哧吭哧"地笑起来:"妹妹,我发现你眼光没变啊。"

陈西林停下脚步:"闭嘴。"

白西恩举起双手:"哦,忘了,不能提这事,不能伤害我亲爱的妹妹。其实呢,这种人你别太当一回事。"

"我有没有说闭嘴?"陈西林戴上墨镜,往车库走。

"妹妹,你国籍办得怎么样了?"

"托你的福,很快了。"

白西恩笑了起来,那边却跑过来一个七八岁的小男孩:"Lynn 姑姑!"

陈西林转过身,脸上这才柔和些:"卢卡斯也来了。"

一个长发女人慢慢走了过来,旁边跟着推行李车的保姆。

"雪莉。"陈西林跟她点头问候。

"Lynn,好久没见啦。"女人摘下墨镜,露出一双水汪汪的杏眼。

陈西林笑了笑:"来度假吗?"

"就说想你们了嘛,"白西恩拖长了声音,"爷爷也会想卢卡斯啊。"

陈西林意味深长地笑了笑:"忙完了是吧?可以放松一下了?"

白西恩顿了顿:"我哪有忙完的时候?"

"那你继续,我奉陪到底,"陈西林摸了摸卢卡斯的脸,"Lynn 姑姑要去工作了。雪莉,改天见。"

"改什么天?就今晚了,去爷爷那里。"白西恩道。

陈西林早已经拿背对着他了。

明逾在夜色中乘着车往家赶去,下了飞机便给陈西林发了消息,对方立即回了。

——快回家休息。

手机响起来,她低头一看,却是马克。

"Ming,你到 C 城了吗?"

"刚下飞机,现在在车上。"

"哦，没什么事，就是想告诉你一声，好好休息一下，另外白鲸的 Lynn Chin 下午给我打电话了，说你这次超负荷帮她处理了很棘手的问题，她很感激。Ming，白鲸是我们的大客户，你能这么勤力，Lynn Chin 都打电话夸赞我们，我也代表 FATES 感谢你。"

"没有，应该的。"

和马克挂了电话，明逾拨通了陈西林的手机。

"忙吗？"她问。

司机从后视镜看了她一眼。

"刚下班，你到家了吗？"

"还在路上，刚才马克给我打电话了，谢谢你帮我讲'好话'。"

那边笑了起来："句句出自肺腑。"

"怎么今天这么早走了？你在开车？"

"嗯……去一趟疗养院。"

明逾想了想："哦，看你父母亲？"

"对。"

两人这么聊了几句，明逾到家门口便挂了电话。

陈西林在黄昏的公路上驰骋，下午爷爷打电话让她晚上过去吃饭，她谢绝了，从父亲告诉她车祸背后的故事起，她拒绝和伯父家的任何人坐在一张饭桌上。

疗养院的门前亮着橘色暖灯，让前来探望亲人的人都有一瞬回家的错觉。陈西林泊好车，拎着一个纸袋往前台走去。胖胖的前台早已看到她，灿烂地笑着："Lynn 小姐来了！"

"阿曼达，你好吗？"陈西林从纸袋中取出一只小盒子递给她。

阿曼达开心地伸出短短的胖手："啊，糕点！谢谢你亲爱的！每次你来我都有口福！"

"不用谢。"陈西林等在桌边。

"陈太太和白先生刚刚用过晚餐，这会儿陈太太在弹琴，你上去吧亲爱的。"

陈西林踏着柔软的长毛地毯走到二楼，走到一扇双开合的门前，按了门铃。很快，一名护理员将门打开，陈西林同她打了招呼，门内传来悦耳的钢琴声。

陈西林走进去，阅读室的钢琴前，一位端庄秀丽的中年女子正旁若无人地弹着琴。一角的午休沙发上，一个五六十岁的男子躺在上面打着盹。

陈西林将手中的盒子递给护理员，后者娴熟地接过去，不一会儿便端着一只盘子走来，盘子上是切成小块的海棠糕，那是弹琴的女子最爱的老味道。

陈西林将盘子放在桌上，朝女子走去，轻轻唤了声："妈咪。"

琴声停了，女子抬头朝她看看，又低头继续弹起来，她弹的是 *Clair De Lune*[①]。

一个音符错了，女子顿了顿，陈西林弯下腰，修长的手指从琴键抚过，帮她将音顺过来。

女子又抬头看她，她和陈西林长得并不像，却是另一类的美，风韵犹存的大眼睛里忽闪了一下："小西？"

"妈咪，来吃海棠糕。"

## 41. 相知

午休榻上传来窸窸窣窣的声音，护理员走过去，帮榻上的人坐起。一阵轻微的咳嗽声后，浑浊的声音响起："小西，你帮妈咪问问保姆，弟弟怎么还没来，妈咪找不到保姆了。"

"好，爹地，先来吃点心，吃完了就问。"陈西林搀起母亲。

陈母嘴唇动了动，终是没有说出什么，眼中多了层痛苦的神色。

陈西林知道她记得往事，父亲突然提起弟弟，她必然伤心，便岔开话题："妈咪今天散步了吗？庭院里的风信子开了吗？"

---

[①] 法国"印象派"音乐家德彪西创作的经典钢琴曲《月光》。

陈母将一小块糕放入口中，细细咀嚼，看着陈西林的眼中蒙上了一层迷雾。

陈西林知道，她又记不起自己是谁了。

母亲记得多年前的所有事情，但车祸后，短时记忆几乎丧失，这些年来，前一分钟认得陈西林，下一分钟又忘记，都是常事。要说母女俩有什么相像的地方，大约就是那份让人安适的气质，这会儿陈母记不起眼前的人是谁，便就只静静地吃着东西，也不去慌张质问。

"爹地，今天后背有疼吗？"

老爷子费劲地坐下来，接过护理员递来的茶杯，慢慢呷了一口："我哪有后背疼？你这么问要让那个坏人听见的，他听见了我就会疼起来。"

这些年，他一直说有个坏人在暗中害他。

"那我不问了，爹地最棒。"陈西林笑了笑。

"你是小西？"陈母的手悬在半空中，眼中闪着泪花，"你都长这么大了？"

"是我，妈咪。"陈西林搂了搂她。

"小西，我们回家吧，外公外婆该想你了。"

"好，妈咪你先歇息，我们明天再说。"

这些让她感到很矛盾，想多陪伴父母亲，可她的到来总会在一定程度上影响两人的情绪，她甚至不知道自己每次的到访对于他俩来说是不是一种打扰，也许是的。

晚上十点的 C 城，喧嚣一天的城市渐渐拉上帷幕。

明逾将面膜仔细揭下，镜子里的一张脸润泽而紧实。她轻轻拍了拍，又拿化妆棉将多余的汁液吸掉，仔细涂好眼霜和完成脸上余下的步骤……今天她将这些做得一丝不苟。

陈西林刚刚到家，边往里走边看了看手机，东索那边回复了。下午她给那边发了邮件，邀请王祁来与她见面并做短暂培训。这被安排到了下周一，王祁将在这里停留一周。

她给明逾发消息。

——睡了吗?

刚拾掇好脸,明逾托着腮,回她。

——你猜。

陈西林笑了笑。

——太难猜了……

明逾在手机那头笑成一朵明媚的春花,又赶紧伸长脖颈去看镜子,看自己是不是把眼下的细纹笑出来了,收了表情,径自叹了口气。

——你还在疗养院吗?

——刚回来。

——我以为你要陪在那里过夜。

陈西林想了想,家里的事情,自卿后便没再跟人提起过。

——我不忍心,每次过去,都觉得我的存在是种打扰。

——为什么?

——父亲不记得前尘,母亲不记得眼前,一个看到我就要提不愉快的过往,另一个对我反复忆起、遗忘,折磨自己。

明逾将这消息反复看了三遍,在至亲的苦难面前,任何安慰都显苍白。

可她是明逾,她有些切身的感慨。

——前段时间在网络上看到一句话:父母在,人生尚有来处;父母去,人生只剩归途。你的父母尚在,想想怎么都是好的。

陈西林看了这句,才发觉自己这是在跟更为不幸的人倾诉。

——逾,来路尚可寻到,归途也还远,我在这里陪你。

从春花明媚到梨花带雨,只消这短短的五分钟,今晚面膜白做。在乎一个人,她就能一句话让你哭,一句话让你笑。

明逾这次回 C 城,也为一年一度的供应商答谢会。

四月对于很多中高纬度地区来说都是谜一样的月份,很可能上周气温飙到27摄氏度,周末突降大雪,过两天再飙到20摄氏度以上……这诡异天气的分水岭往往是复活节,复活节前上帝说了算,复活节后你说了算。

FATES 便将这活动定在每年复活节后的一周，每年到这时候，来自世界各地的六十几家大供应商就要被邀请来，每家来一到三人，宾客数量就很可观了。FATES 往往是包下一座度假村，头两天安排些会议，接下来就撒开地吃喝玩乐。若不是赶去东索，明逾该早些回来打点准备的。邀请函助理都在两个月前发了出去，全球的供应商，北美和亚洲地区就占了一大半，都是明逾的客户。到了周末，宾客们也就陆陆续续到达 C 城了，基本上大家会在周日晚上住下来，准备迎接周一维持一天的报告会。

明逾紧赶慢赶敲定了报告稿件，陈西林说周末过来，她想应该没太多时间处理公务。这几天她还处理了一桩事情，就是委托律师戴维斯把伊万的那套公寓匿名捐了，那黄金地段的一套公寓价值不菲，无论是出租还是售卖都是一笔可观的收入。她有想过将房子过户过来再租出去，租金全部捐出去，但又转念一想，这是图什么呢？无非是给自己留条后路，一租一捐都需要自己付出精力，不过是为了最后手上还握着这套房……这就是洪那两年潜移默化给她的思维惯性，她甩甩头，不要这么牵强了，捐就彻底捐了。

至于那些精子，无须她处理，就冻在那里吧。

陈西林是西部时间周五下午一点上的飞机，到 C 城是当地时间将近晚上八点，她让明逾先用晚餐，不必等她，飞机上会有晚餐供应。

明逾在家炖了紫薯雪梨糖水，她想陈西林的祖母是香港人，可能有喝糖水的习惯。炖的时候又想起忘了问她有什么忌口和偏爱，想想这两样通常不会太走偏，便丢了玫瑰花骨朵进去，拿老冰糖熬了出来，色泽华丽，紫薯和玫瑰将糖水染成宫廷紫，玫瑰骨朵盛在碗里娇俏可人。

唉，可惜要灌进真空杯里，哪里还能看到它的颜值？周五晚上机场进市区的路堵得很，恐怕等接到她再开回去，得到十点了，太晚不宜进食，明逾便将玫瑰骨朵撇了去，糖水装进了杯子带走。

陈西林一走出来明逾就看见了，不知是她本身鹤立鸡群，还是明逾的眼里就只有她。陈西林今天穿得休闲些，脚上是双清新的小白鞋，普蓝色的长风衣也仙气起来。

她朝明逾挥了挥手，眼眸连同耳钉一起闪。

没有托运行李，只一只皮质登机箱拖在身侧。

"开过来挺堵吧？我说让司机来接就好了。"陈西林领着她往外走。

明逾想这人真好笑，短短的周末，她乘五小时飞机过来，自己怎么可能在家等着？多一小时的相聚也是赚，心里这么想，嘴上轻描淡写道："司机能给你带这个吗？"说着将杯子递到陈西林手中。

"这是什么？"陈西林举在手里看了看。

"糖水，有紫薯和雪梨，吃吗？"

"真的啊？我小时候就喜欢的，"她的眼里都是笑，"正好飞机上干燥，润润嗓子。你煲的？"

"嗯，"明逾对这回答满意极了，"走吧，去车上吃。"

坐进车里，明逾又从包里拿出一只小盒子，打开了将里面的长柄勺递给陈西林："尝尝。"

陈西林舀了一勺放进口中，细细嚼了："手艺真好，清甜可口。"

明逾笑了笑，看了看表："你先吃吧。"她还可以在停车场待十五分钟。

"不用等我啊……"

"慢慢吃。"明逾侧倚在座椅上，一手撑着头。

"周末要加班吗？"陈西林边吃边问道。

"到明天都空，"明逾抽出张面巾纸递给陈西林，"周日要住到大湖度假村去。"

"就是你们搞的那个供应商年会吗？"

"嗯。"

陈西林坐直起来，拢了一下头发。

"怎么了？……"

"我怎么觉得……浑身痒……"

## 42. 过敏

明逾听了这话本想笑，下一秒又觉得不对。

她打开灯，陈西林正挽起袖子，瓷白修长的手臂内侧一路都是红疹子，明逾脑袋"嗡"的一声："Lynn! Are you allergic to me?"①

陈西林面上闪过一丝笑，很快被痛苦代替，红疹子瞬时爬到她的脸侧。她要开口，喉咙、鼻子却又像被什么塞满，一连打了两个喷嚏才得空说了两个字："不是……"

难受得很，凡是衣服接触到的地方都奇痒难耐，扯了领口，解下两粒扣子，明逾拉开她的领子一看，脖子、锁骨处，也都是疹子。

"完了完了，去看急诊吧。"明逾发动起车子。

陈西林拉住她："吃药就行。"

"吃什么药？你有过这样的情况吗？"

"有过啊……你给我吃了什么？"陈西林鼻音重得很。

"我……紫薯、雪梨、玫瑰、冰糖……"

"玫……瑰……"陈西林无奈地打断她，"我对玫瑰过敏啊……"

"啊？……"

肇事者一时语塞，心虚地往公路上开："你先忍一下，那边下去就有家药店……需要处方药吗？"

"不用，就那里的开架药，一小时就应该控制住了……"陈西林脱下风衣，眼泪鼻涕跟着喷嚏一起出来。

"Lynn……我们去急诊吧，食物过敏往重里去也很可怕，我听着觉得你喉咙有肿起来了。"

陈西林仰着头擦鼻涕，已经说不出话了，情况好像每一秒都在恶化。

明逾几乎是从应急道开着75英里②的时速下了高速的，没有耐心

---

① 你是对我过敏了吗？
② 约120千米。

呼救护车了，也幸好这一程比较短。这是她第一次走应急道，这是生命通道，可眼下不就是性命攸关的事吗？到了急诊科陈西林已经面色发白，呼吸有些困难，医生二话没说给她注射了肾上腺素，观察几分钟情况有所好转，又让她留下观察。对于陈西林身上的红疹，医生给了口服药，就像陈西林自己先前说的，一小时内应该消退。

等一切平静下来，明逾坐在休息床旁边的凳子上，抑制不住地发笑。她偏过头去，拿手背贴在脸上，还是想笑。

陈西林也笑起来，这么一顿折腾，她连笑的力气都是拼出来的："你是怎么想到，我对你过敏的？"

明逾笑出声来："还不就是……当时一急，想到什么说什么了。"

"没事了。"陈西林脸上落下笑，温温地安慰她。

"对不起啊……我真是害了你……飞了五小时下来就进急诊……"

"没有，中间享受了一下 VIP 服务的。"

明逾愣了一下，又反应过来，嗔道："看来是真好了。"她拉过陈西林的胳膊看了看，疹子看样子也退了，问道，"还痒吗？"

"不敢了。"

"贫！好了没啦？"

"应该没事了，皮肤不痒了反正。"

"嗯……"明逾看了看表，"不过还要再观察一小时的……你能不能把你过敏的、忌口的东西都列个清单给我？"

等出了医院已是半夜十二点多，车流终于稀疏了，明逾说："对不起，让你受苦了。"

"是我太娇气，还把你折腾到这个点，回去先好好睡个觉。"

"嗯……去哪儿？"

"我订的酒店离你家很近。"

明逾愣了愣："好。"

躺到床上已是凌晨快两点，明逾看看手机，给陈西林发了个消息。

——还好吧？

——一切正常，放心。早点睡。

淡蓝色的光映在明逾脸上，一瞬又变成淡黄色，她调成了夜间模式。

睁开眼已是早晨八点，明逾伸手摸手机，发消息过去。
——醒了吗？
——刚醒。
明逾拨了电话，接通了。
"我也刚醒，你怎么样？"
"我没事的，就是有点饿……"
"哦！我现在就起来，带你去空中花园吃 brunch 怎么样？"
陈西林模模糊糊地哼了一声："我可以做主吗？"
"当然。"
"那我不想去……"
"你要是不喜欢他家的食物，我们可以去本地些的，都可以。"
"我想……给你煮碗面，可以吗？"
"好，我这儿有面，有鸡蛋，有……"
"我走过去，很近。"

陈西林拎着只好长的袋子来，明逾正从庭院里剪了朵蓝紫色绣球花插在瓶子里。

"喏，你的衣服，"陈西林递过去，看她摆弄那花，"你还有时间打理园艺？"

"我哪有时间，都是园丁搞的，你看它颜色多饱满，如果土里营养不够，就会褪色成灰白的。"明逾说着，将花瓶放在餐桌上。

陈西林洗了手切番茄。明逾看着她，突然想到第一次一起吃饭，也是陈西林在厨房自己做给她吃。她做了两碗西红柿打卤面，端上木桌。灰白色的木纹，红白相间的面，蓝紫色的绣球花，看上去格外别致，明逾拍了张照片，她平时在外吃饭从不拍食物。她把照片发在了朋友圈，想秀出来的，是心里觉得最宝贵的，管它那头谁会看到。明逾想要光明正大，不然怕辜负了时光——吃饭、聊天、晒太阳、去超市、做饭、吃饭、聊天……

横穿城市的 C 城河醒了,城中公园的郁金香一茬一茬地开,马车夫套着养了一个冬天的高头大马,载着游客在大街小巷踏春……河边酒廊的萨克斯在暖和的夜色中吹起来了。

明逾和陈西林并排,在暖风中轻快地走着,路灯将身影拉长。

"逾,等你忙完接下来的这周,我请你去西海岸度周末好不好?我约了王祁来培训,他临走时我想搞个纯粹放松型的聚会,也邀请FATES 的人过去,算是答谢你们为东索这一单做的努力。"

"嗯……就我吗?"

"你们来多少人都可以,我会邀请一下你的老板马克,其他的人随你带。"

"好,我去协调一下,周三前把名单给你。"

"别累着自己,慢慢来。"

影子在陈西林的酒店门口停下,晚归的马车"嗒嗒嗒"地从身边经过。

"晚安。"

## 43. 引荐

如果知道何时重逢,分别其实并不可怕。

周日上午送走陈西林,明逾直接带着行李开去了大湖度假村。客人们陆陆续续到了,晚上先有一场半正式的自助晚餐招待大家。

马克是晚餐前到的,这会儿看见明逾在沙拉吧前,正跟一个留着平头的亚洲男人说话,他往那边走去,明逾抬起头看到了他,笑着打招呼。

"我的老板马克,"明逾按主客顺序介绍,"马克,你还记得香港 WM 的黄达开黄先生吗?"

黄达开讨好地同马克握手,马克脸上一绷:"黄先生给我们 Ming 找了大麻烦啊。"

黄达开一愣,马克的灰色眼睛突然蒙上笑意,眼下的褶子都笑开了:"开个玩笑,感谢黄先生赏光参加我们的答谢会。"说着朝黄达开大臂上拍了拍。

明逾眯着眼笑,玩笑里总有那么一部分真实的意思。

黄达开这才松了口气:"哪有哪有,感谢邀请,更要感谢 Ming 和 FATES 对我们 WM 这些年的照顾,希望我们能一直合作下去。"

"这得 Ming 说了算。"马克朝明逾眨了眨眼睛。"对了,Ming,"他抓起一只盘子,"下午白鲸的 Lynn Chin 给我打电话,邀请我下周六去参加她的游艇派对,她说也邀请了你。"

"对,她有跟我说过,还说会自己去邀请你。"

"嗯,她真是客气,还是为答谢我们,你那趟东索跑得很值得,给她印象很深。好像她说让 FATES 带几个客人去。"

"我不敢居功,其实是 FATES 一直以来给白鲸提供的优良服务让她满意。那我们带谁过去,你有主意吗?"

黄达开跟在马克后面夹生菜:"不好意思,我刚好听见你们说话……"

马克对他摆摆手:"没问题。"

"你们说的,是香港的 Lynn Chin 和白氏吗?"

马克转头看明逾:"他们是香港的吗?"

"算……一半吧,你认识?"她问黄达开,脑中闪过几个月前在香港时,黄达开看着陈西林的那一幕。

"白氏在香港商界还是很有名的,我们 WM 一直想谁能帮我们搭个桥,寻找些合作机会。"

"那带你去参加她的游艇派对喽。"马克不以为然地耸耸肩。

"合适吗?"黄达开面上有所顾虑。

明逾想了想:"可以,那你就做我的客人吧,不过人帮你引荐到,有没有合作机会就看你了。"

"自然,自然,那太感谢了!"

一周倒也很快过去了,周三前明逾将客人名单给了陈西林。除了马克和黄达开,她还带了自己的特助艾希丽以及东亚区客户经理艾瑞克,一行五人。

"香港 WM 的黄达开?"陈西林看着名单问明逾。

"是我在香港当地的供应商,你还记得二月我们在枪会碰到,那之前你'偷听'我和别人谈事情吗?"

"枪会记得,谈事情记得,偷听不记得。"

明逾不理她的控诉:"就是那个黄达开,WM 在香港房地产界也算翘楚。"

"WM 我知道。他们思路很活,挺会抓机会,去年州长要建经济房,他们也来投标了,但最终还是输了。"

"还有这档事,"明逾暗自惊叹,WM 的眼光也没都放在香港本地,"反正那个黄达开一听是你,特别激动,话里话外很想跟你认识,我就擅自做主请了他。"

"没事,在外做事本来就靠 networking[①],说不定他对于我来说也是资源,况且我说了你那边的客人你做主。"

周四陈西林的助理就将行程安排发给了 FATES 的客人,因为是跨州邀请,所以还包了客人往返 C 城和 S 城的机票以及 S 城当地的住宿。

客人们周五晚上到,自行休息,周六上午九点在 41 号码头集合上游艇。

C 城飞西海岸的头等舱都相对简陋,完全没有向东飞的航班那么舒适阔气,不知道为什么。

明逾坐在机舱里想:这不会是将来的常规路线吧?

陈西林这晚有局,没能去机场接待,但安排了司机将几人送去酒店。这是王祁在这里的最后一个工作日,陈西林安排了 Q 基金所有在 A 国的董事与他一起吃饭告别。周日的游艇聚会,王祁以及三四位重要董事亦是主角。

明逾与 FATES 几位同事连同黄达开一同用了晚餐,挪到酒店

---

① 关系网络。

lounge 喝酒。到了八点多陈西林的消息才进来。

——我这边结束了，你在哪儿？

——酒店一层 lounge，和他们在聊天，你过来吗？还是我出去？

那边想了想。

——我过去，到了发消息给你。

大约过了二十分钟，明逾将她领进 lounge。这晚 S 城气候宜人，lounge 在玻璃门外有个庭院花园，很多人流连于此，明逾他们的桌子也在这里。

等陈西林进来，大家都站起身与她握手，马克和艾希丽和她之前见过面，明逾介绍艾瑞克和黄达开给陈西林。

黄达开与陈西林握手，拿白话套着近乎："陈老板，幸会幸会，我听讲咗你好耐咯①。"

"黄先生，"陈西林用普通话回答，"很荣幸，我也听 Ming 说起过你。"

"哦，Ming 一直很照顾我们生意的嘛，"黄达开爽朗地笑起来，"荣幸的是我，能够参加陈老板的聚会，多谢多谢。"

旁边马克几个人傻乎乎地看着他们说外文。

"明天天气会很好，"陈西林转向所有人，"我们还真幸运，后天就要下雨。"

几人就着吃喝享乐的话题聊了聊，到了九点半陈西林就起身告辞，相约了第二天上午在码头碰面。明逾起身送她，顺便跟大家道晚安，说直接回房间了，也让大家不要熬太晚。黄达开看着明逾和陈西林的背影若有所思。

两人走到大堂门口。

"这一周下来，感觉王祁怎么样？"明逾问。

"能力是有的，人不太说话，有点城府。"

明逾耸耸肩："这评价一点都不准确，很多人这样啊。"

---

① 粤语，我听说你很久了。

陈西林笑了笑:"明天出海玩,你帮我看看,再总结一个准确的结论。"

"总不总结都晚了,你已经雇了人家。"明逾忍了个呵欠,眼圈红了红。

"累了吧?"陈西林问。

"还好。"

"这里住得习惯吗?不然跟我回家?"

明逾低头看自己鞋尖,踮了踮脚:"不了,你也早点休息,明天做女主人肯定很累。"

陈西林咧嘴笑。

"哦,对了,我倒真有个东西,你跟我来拿一下。"明逾说着拉她往电梯口走。

刷卡进了房间,也不知为什么,酒店的房间一进去就滋生出一些奇妙的感觉,明逾开了行李箱,拿出个深红色的盒子:"嘻,被我搞得这么狼狈。"

陈西林接过来。"这么贵重,"她一打开,是一对心形的三爪钻石耳钉,"噢,stunning!①"

"我给你戴上吧。"明逾拿过盒子。

陈西林将耳朵上自己的那对取下,随手丢进包里。

"哎,我给你装起来,"明逾伸手跟她要,"别弄丢了。"

"没事。"陈西林淡淡一笑。

明逾从梳妆台拿来消毒巾,将耳钉擦了擦。

"这么仔细。"陈西林乖乖坐着。明逾轻声说道:"我耳垂不大,听说没有福气。"

"有没有福气哪能是耳垂决定的?"

明逾帮陈西林戴好,将她带去洗手台:"你自己看。"

---

① 惊艳!

柔和而明亮的灯光打在镜子上，打在两个人的脸上。心形钻不好切割，但这一款是上品。陈西林将头发往后拢去，耳钉在发间熠熠发光。

　　明逾从镜子里看陈西林的眼睛，也像钻石一样发出夺人的光彩。她闭上眼睛："好美。"也不知是说钻石还是眼睛。

　　陈西林偏过脸来。"谢谢。"她低语道。

　　明逾倚在洗手间门框上，看她收拾了东西又往门口走，再次经过洗手间时，明逾说："晚安。"

　　陈西林微笑的眼眸连同耳间的钻石一闪，消失在门后，门关上了，房间里重又寂寞起来。

第三篇章　海上的日出

## 44. 搅局

西海岸可以看到海上日出吗？明逾带着这个问题起床，酒店出门再往西走，走下一段一英里长的坡路，便走到了海岸大街上。斜坡上好风景，明逾想，她应该来看日落。

今天果然是好天气，海水呈现出鲜艳的蓝绿色，上面覆着深蓝的天穹，海中远远近近的岛屿颜色并不清晰，像一团团蓝墨色的雾。

海岸大街上则布满浓浓的商业气息，两边的纪念品店和餐厅鳞次栉比，这会儿已经有游人流连其中。八点半了，明逾脚底是轻快的，穿着白色胶底的鞋是为了防止不慎将游艇甲板的油漆踩坏。今天的气温也适宜，她穿一件慵懒的小网眼白色宽松上衣，领开得很大，衣服顺顺垂垂的，一不小心便露出一角香肩，上衣里若隐若现一件半截身的黑色胸围，若再看得仔细些，还有胸口一抹恰到好处的沟壑。短裤也是黑色的，式样简洁，好像只为引出两条笔直长腿。

码头边陈西林正和三三两两的人说着话，一身蓝紫相间的丝巾裙在这撮人中很醒目，裙子宽宽松松的，只到膝盖处，修长匀称的腿便露了个七七八八。

像是感应到了明逾，陈西林转过脸来，扬起唇角，耳边的钻石将阳光完美切割折射，在发间一闪，笑容活了。其他人也往这边看过来。

明逾走了过去。"嗨。"她同陈西林打招呼。

"我给你介绍我的几位老朋友。"陈西林挽过她："这是我的……很好很好的朋友，FATES 的北美及东亚区销售总监明逾……"她又将身边几人一一介绍了，其中两人是 Q 基金的董事，一人是迪恩，还有一人便是王祁。

正说话，FATES其他的人也打车到了码头，游艇已一切就绪，浮桥上船长开始邀请客人上船，点了点人头，还差一人，陈西林说还有一位Q基金的董事没到。

那边却走来一对外形出挑的男女，陈西林看见他俩，眼中一冷，转瞬又恢复了正常，明逾倒是捕捉到了。

两人往这边走着，面上各自带着笑意，陈西林没等他们走近，迎了过去。"你怎么来了？"这话问的是白西恩。

白西恩的墨镜上映着陈西林的身影，却遮了他的眼睛，只剩略带讥笑的嘴角，它上扬的弧度和陈西林的倒真有两分相似，那是先天赋予的，后天却各自发挥，白西恩的弧度里多了些玩世不恭的调调。

"妹妹，你好像不欢迎我和雪莉嘛。"

"我没有邀请你。"

"你的好朋友杰克啊，喝多进了医院，这不我替他来了嘛。"

陈西林压住了心里的疑问，只凝眸注视他。

"得了得了，别玩眼神杀人的游戏。"白西恩摘下墨镜。"妹妹，你是不是也摘下有色眼镜看一看我？杰克的环太银行给Q基金提供了很多赞助不假，可你别忘了我是环太银行的股东，我要是不同意，你还能有环太的赞助吗？再者，这些老板、高层，"白西恩指了指岸边聚集的几人，"愿意给Q基金帮助，你以为就只看你陈西林的面子吗？他们看的，是白鲸，是整个白家的实力。"

雪莉拉了拉他："对妹妹这么凶干吗？不如开你的艇，让司机把卢卡斯送来，我们一家三口去玩玩。"她又对陈西林笑了笑："今天天气这么好，都不想浪费了，不好意思啊Lynn，误会了。"

"有什么误会的？"白西恩耸了耸肩，"我是替杰克来的，代表环太银行。"

那边明逾和其他人应付着说笑，不时往这边投来一瞥。

陈西林看了眼雪莉，没再继续阻拦，转身往浮桥走，身后雪莉小声埋怨："这么尴尬做什么？"

白西恩从鼻子里笑出来："玩玩而已，妹妹哪有那么小气？"

人齐了，实际上超出了一个，原本定的十二人团，现在白西恩多带了雪莉来，船长说没有关系。没等陈西林介绍，白西恩便充分发挥了社交天赋，两分钟工夫便和人们拍肩搭手起来，陈西林带来的客人本就与他熟悉，只有王祁保持了一贯的谨慎矜持作风。白西恩对王祁却是一副自来熟的样子："Lynn 都不请我去非洲玩的，以后你请我去。"

明逾早就听陈西林说过这位堂哥的劣迹，心里自然筑起戒防，笑着与他握手走场面功夫，白西恩摘下墨镜，用中文道："妹妹挑朋友眼光一向好的，Ming 小姐，等会儿我跟你说说 Lynn 的秘密，要不要听？"说完自顾自笑了起来。

陈西林没等他笑完便向船长打了个手势："船长，可以开始了。"

"好嘞。"晒成健康黝黑皮肤的帅气船长开口，一看就是调动情绪的一把好手，"亲爱的朋友们，欢迎登上'凯瑟琳'号私人豪华游艇，今天的旅程一共为八小时，其中海上部分为五小时，岛屿陆地部分为三小时……登船后的一小时我们将为各位提供精美的自助式早午餐，大家可以一边领略海上风光，一边享受食物……十点我们将登上珍奇岛。"船长说着指了指远处明朗色调中的一团蓝雾，"大家看那里，那就是珍奇岛，上岛后将有一个非常有趣、新鲜的游戏等着你们。"

大家的脸上都显出惊讶的表情来，船长满意极了，继续道："游戏的详细内容我会在登岛前细说。我们将在岛上停留至一点钟，然后回到船上。以上部分为无酒精时段，一点开始将提供丰盛的海鲜大餐，届时酒精类饮品也将应有尽有，我们会驶往更远处的海域，并在黄昏时赶回，让大家欣赏海上日落和黄昏中的天际线。好了，如果没有什么问题，我们就扬帆起航了！"

船上响起掌声，大家的兴致被调动到了顶点，两三位服务生开始摆出早午餐自助的餐盘。明逾走出舱，躺在船尾的躺椅上，看着面前一路拉开的白色浪花，像在蓝绿的宝石上划开的浅痕……刚刚从酒店一路走来，她有点累了。

一个男子走了过来，是王祁，他和在大迈时差不多，稍稍有点拘谨,一周的 A 国生活并没有打开他。

"明总,又见面了。"王祁呵呵笑着。

明逾坐了起来:"王先生,上次走得匆忙,都没来得及当面祝贺你。"

"都是亏了明总,我才能得到这份差事,应该说幸好有这次机会让我当面谢你!"

"是你自己的实力突出,也谢谢你让我圆满完成在大迈的工作。怎么样?新工作新职位都还适应吗?"

"目前一切都还顺利,有很多学习的机会,有陈总这样的老板是我的运气了……"

正说着陈西林拿着一卷长围巾走了过来,看见王祁:"哦,王总和 Ming 上次在大迈分别后,这是头一回见面吧?"

"可不是嘛,我正和明总说,多谢陈总提供这样的机会,我才能当面答谢明总。"

明逾在墨镜后笑了笑。

"早餐都摆好了,去看看吗?"陈西林问。

"我坐会儿再去。"明逾拢了把头发。

"那我去看看,你们慢聊。"王祁说着往船舱里走去。

陈西林将手里的围巾递给明逾:"海风凉不凉?"

"还好了,谢谢,"明逾接过来,摘下墨镜,将陈西林看了看,"你还好吧?"

陈西林耸了耸肩,在她身边坐下:"我没事啊,今天做好主人就行。"

明逾又戴上墨镜,重新仰躺了回去:"你哥嫂怎么来了?"

陈西林也往后躺去,小声道:"白西恩向来喜欢碰我的瓷,我都习惯了。"

"那他今天不会搅局吧?"

"他带着雪莉就不会做什么出格的事,但他的存在就够硌硬。"

"嗯……看来你都总结出斗争经验了,"明逾忍了个呵欠,"一会儿玩什么游戏?"

"寻宝吧，是个团队建设的游戏，我们这不算一支团队，就只娱乐一下。"

正说着，一旁响起了脚步声，是个女人。

"Lynn，你在这儿呢。"雪莉一把甜甜的声音响起来，"Ming 小姐。"她又跟明逾打招呼。

明逾坐了起来："嗨，雪莉。"

陈西林躺着没动："有什么需要我的吗？"

"啊，我就是想来跟你说说话……"

明逾站了起来："你们聊，我去吃点东西。"

等明逾走了，雪莉在陈西林身边坐下："Lynn，今天真不好意思啊，我其实不知道你没请西恩，不然……"

"没事，他代表环太银行来，我邀请杰克的时候忘记说'不可转邀'，所以是我自己的疏忽。"

她没有太给雪莉面子，自己与白西恩的水火不容在家里家外都不是秘密，而雪莉跑来说这些，明显不是帮白西恩说话，是帮她自己的出现做解释。

"那……希望今天大家都玩得愉快。"

"照看好你先生，这样大家才能愉快，"陈西林站起身，"我也去吃东西了，你记得多吃点，下一餐要到一点了。"

船舱里极尽豪华之能事，DJ 打着一支轻快的小调，大理石桌台上铺满了鲜花、海星等装饰物，食物倒成了点缀它们的艺术品。

明逾夹了只焗扇贝在盘子里，刚要转身，迎面碰上白西恩咧嘴朝她笑。有些人的笑很假，里面都是"我只是礼貌对你笑"的意思，白西恩这笑里却满是"我要不礼貌了"。

"白先生。"明逾还是礼貌地笑了笑。

"叫我 Sean 啦，我想你也不是外人。"白西恩朝她挤了一只眼。

明逾不觉挑了挑眉，没有接话。

"太像了，"白西恩自顾自感叹道，"那天在机场第一眼看到你，就觉得你和妹妹的一位老朋友好像,今天还是越看越像。"

明逾脸上的笑一凝,去看白西恩的眼睛。

一截修长的手臂将她揽了过去:"你在这儿呢。"

是陈西林。

## 45. 寻宝

"啧啧,妹妹,护这么紧?"

"确保我身边的人不被你骚扰是我该做的。"陈西林声音不大,脸上的笑像是在说"见到你真高兴"。

黄达开像是瞅准了机会凑了上来:"陈总,这艘艇好棒啊,阿Ming,你今天也好靓!"

明逾还拧着眉头想白西恩与陈西林之间的对话,一时像走不出来了,半晌才松开眉头。"哦,阿开,"她突然想起了黄达开这趟来的愿望,"我给你介绍,这是白鲸的白西恩先生。"

"白老板我们刚才有见过嘛,"黄达开接了过去,"白老板,我们以后在香港多多合作啊。"

"没问题啊,WM 在香港房地产界……"

白西恩和黄达开聊了起来,陈西林道了声"失陪",便带明逾走开。

明逾没了胃口,将盛着一只焗扇贝的碟子放在桌上。

"多吃点,等会儿上岛了有很多体力活动,午餐要一点才开始。"陈西林道。

"我知道啦,你去招呼其他客人吧。"明逾笑道。

"嗯……白西恩有没有骚扰到你?"

明逾愣了愣:"我不会那么傻啦,轻易就让他骚扰到,不过他对你的私事好像了如指掌,看样子他知道我是你的朋友。"

"哦……上次在机场送你走让他看到了。"

"原来是这样……难怪他说我和卿很像,我还想,如果不知道我们的关系就这样讲话,也未免太过粗鲁。"

陈西林往盘子里夹食物，夹到了半边满，这才开口："你看过她照片……"

"嗯，不觉得像。"

游艇于十点差五分时停靠在了珍奇岛，之前船长已经拉了一个群，便于一会儿群发信息。

大家下了艇，船长拿着一只瓶子让大家抽签。

"这次寻宝游戏我们将十三人分成三个小组，原先的客人名单上有三位女士，计划每个小组里安排进一名女士，其他的先生们抽签决定。现在先生们还是抽签，多出的一名女士，由您自己决定加入哪一组吧。"最后一句是对雪莉说的。

雪莉想了想："好的，没问题。"

船长将瓶子传给客人们，大家各自从里面抽出一卷字条来，字条上分别写着——Lynn、Ming、Ashley。

黄达开、王祁和Q基金的一位董事抽到了明逾这组，陈西林见白西恩抽到了艾希丽那里，也算松了口气。

雪莉看着分好的队伍，欲做决定。

"不要选太熟的人了，"船长笑嘻嘻说道，"这是很好的摆脱你先生的机会啊。"

客人们发出善意的哄笑，白西恩耸了耸肩。

"那好，那我就加入Ming小姐这一组吧，"雪莉笑道，"不知Ming小姐是否欢迎我。"

"当然，"明逾条件反射地说道，"我已经感觉我们这一队赢了。"

"好了，"船长一脸满意，"亲爱的朋友们，鉴于Q基金设于神秘的非洲大地，我们今天的游戏主题就是古老的非洲神话。在神话中记载了一位美丽的女人，她被锁在一座古堡中，通往古堡的路上有七扇门、七把锁，我们的任务就是去解救这位美人。今天的珍奇岛上，各位冒险者也将勇闯七道关卡，最先闯完最后一关并拿到神秘信物的那一队就是获胜者。"

"获胜者有什么奖励？"白西恩问。

"那暂时保密。"船长卖关子。

"希望我的堂妹 Lynn 大方点，不要让大家失望！"白西恩哈哈大笑起来。

陈西林倒真开始回想起来，这些活动细节都是助理安排的，最后让她过目了一下。助理们安排这样的活动都游刃有余了，她自然也不会审阅得太过仔细。

"Lynn 从不让大家失望！"不知谁喊了一声。

大家本为白西恩这游走在失礼边缘的玩笑犹豫着该做什么表情，这会儿都笑了起来，陈西林也笑了笑。

船长交代了一些安全须知，便宣布征程开始。明逾回头看了眼陈西林，陈西林也朝她看。"加油！"她做出唇语。

第一关"按图索骥"，每组收到一张照片，去找到照片上的地方，并拿到通往下一关的线索。

三个小组各自行动，明逾的组里比别人多出一人，但这人是雪莉，看上去娇滴滴的，也不知多了她是好事还是坏事。

"雪莉小姐这鞋……在这里走路有没有事啊？"黄达开看着雪莉的凉鞋，关切道。

"冇事啦阿开。"雪莉随口答道。

明逾也顺着朝她的鞋看去，神情稍稍一滞，又回了神："嗯……是要小心，不要让树枝什么的划到了。"

雪莉笑着挽她的手臂："Ming 小姐好温柔可人。"

明逾礼貌笑了笑，跟着大家一同往林子里走。

照片上是棵歪脖子树，几人走了十来分钟便找到了，树前有些杂乱的脚印，应该有别的组比他们早来过了。

明逾给陈西林发了一则消息。

——你们找到树了吗？

陈西林正坐在一截木桩上喝水，眼里满是心事，手机一振，见是明逾，又见她的问题，握着手机，打两个字删一个字，犹犹豫豫的。

明逾这边，王祁已经围着树转了一圈："哎？你们看！"

树上钉着一张字条，是一道题目和提示——

**Q 基金的"Q"代表什么？**

A. Qing，卿——前面 T 字路口左转

B. Qi，祁——前面 T 字路口右转

陈西林的回复进来了。

——我已经过了那关，终点等你。

"青卿啊，选 A，这题好简单！"雪莉开心道。

明逾胃里一抽，"卿卿"，陈西林的家人竟与她如此亲昵。

王祁有些傻气地笑了起来，明逾朝他看，好像自打认识他以来，头一次见他找到了一点乐趣。

"连我都上镜了？"王祁打趣道，"这真是送分题。"

队伍里那名 Q 基金的董事开口了："Lynn 就不该参加这游戏，如果都是这样的题，怎么可能有她不会的？对我们不公平。"

"重在参与，重在参与。"黄达开磕磕巴巴地把这句翻成英文讲，他就是爱圆场。

"是不公平，希望下面几关别再出现这样的题。"明逾耸了耸肩。

几人从 T 字路口左转，是一条比先前稍窄的林荫道。

"雪莉也认识卿？"明逾问。

"你说青卿？白家人都知道她。"雪莉一双水汪汪的杏眼里蒙上了层复杂情绪。

明逾想继续问些什么，心里却有另一个声音在阻止她，背着陈西林去打听卿，总有些对不住她。可这是多好的机会，她没法控制自己。

"她……现在在哪里？"

明逾以为这是个很严重的问题，却只引来雪莉一个无所谓的耸肩："不知道了，Lynn 找了她很久都没找到，不过都是几年前的事了。"

"是啊，Lynn 跟我说过。"明逾不想让她觉得自己在套话。

/216

"你和她还真有点像,西恩那次在机场看到你就这么说。"

明逾的心一下沉了,之前白西恩这么说,她还可以告诉自己他在故意挑事,现在雪莉的样子却很无辜。

"这一关真有趣,就让往左走,是要一直走下去吗?"黄达开在后面说道。

"应该会有什么提示在这条路上吧,也许再走走就看到了。"Q基金的董事扶了扶墨镜。

王祁停了下来,往回看了看:"我倒是好奇,如果第一题答错了,在刚才那条岔路往右转,会有什么。"

"大概没人会答错吧。"雪莉笑道。

"但既然是游戏,就一定设置了另一个方向的可能。"王祁依旧沉浸在这假设里。

"会直接出局吧。"雪莉又往前继续走。

"我猜不会,"明逾想了想,"第一题答错就结束游戏,对于组织者来说太偷懒,如果客人真答错,接下来的几小时会很无聊,我想这游戏的宗旨还是让大家都开心。"

黄达开温温地笑着:"阿 Ming 总把事情看太透,不好。"他用中文小声说。

明逾心中一动,像心思被人猜透一般的狼狈,快走几步跟上雪莉。

"说到卿,我看过她照片,不觉得我们像呢。"她卡在了这里,真想说透。

雪莉倒真抬头将她仔细看了看:"嗯……其实你们五官不像,像的是动态的感觉。"

明逾的心继续往下沉。

"你讲话的神情……哦,还有身材,都与她有些相像,不过你不要担心啦,你比她年轻好多,再说,她应该不会回来了。"

明逾愣了愣,又苦笑了一下,她的担心和雪莉想的不一样,雪莉大概不会懂。

前面树间悬着只吊床,上面铺满了瓶装水,吊床前有一只牌子,上面写着——

  亲爱的朋友们，请在此地稍事休息等待。

  大家各自拿了水，路边有些木桩，明逾挑了一个坐了上去。
  不一会儿，一架无人机打半空飞了过来，大家仰头望着，无人机盘旋了两圈，精准降落。

## 46. 逐影

  明逾想，大约所有人的行踪都在工作人员的监视中，否则这飞机也不会来得这么及时，落得这么准确。大家从空地上捡起飞机，上面有张照片，照片上是一只木头雕成的图腾，立在水岸边。这是什么意思？一时大家都犯起了嘀咕。大家都在辨识那图腾图案，它究竟是什么？动物？神？还是什么抽象艺术？再看照片背面，短短一行字——

  找到它。

  照片又翻过来，几只脑袋凑到了一块儿，要找它就得先搜集线索，这张照片上有什么线索？
  "得沿着海滩找。"黄达开挠头。
  可不是嘛，照片上这图腾立在水岸边，那么这密林深处大概是找不到它的，可这是在岛上，四周都环着海水，难道要环岛走一圈？
  "西海岸可以看到海上日出吗？"不知为何，明逾又想到了这个问题，心中一动，伸长脖子去看图腾下的影子，再看一眼照片上的时间：上午九点。
  上午九点，太阳还在东方，影子应该在相反的方向，从照片上海水和影子的角度来看……东边，海水和太阳在同一方向，换句话说……
  "目标在岛的东岸，"明逾又仔细看了看照片，"东偏北。"

王祁又去仔细研究照片。有些人遇到问题后第一反应是问，有些人是自己去找答案，王祁看样子属于后者。

　　"影子。"他也找到了玄机。

　　"这题真是关键。"Q基金股东感叹，"看不出的队恐怕要绕岛走一圈，必然要输了。"

　　"我们快过去吧。"明逾仰头去看太阳，也不知陈西林有没有参透玄机，她想。

　　珍奇岛不大，穿过林子走到海岸边不过十分钟，海滩上聚着几个人，仔细一看竟是艾希丽那队人马。

　　大家互相打招呼问好，为了游戏公平性也不去讨论各自进展。明逾因艾希丽是自己助理，也是自己带来的客人，便停下来与她多讲了会儿话。

　　雪莉见到白西恩，便笑说自己好久没走这么远的路，还穿错了鞋。白西恩随口逗她："谁让你想摆脱你老公，不然我可以背你的。"

　　边说边拿目光锁定了明逾，见她空了，便上前打趣："Ming小姐，刚才第一题有答对吗？"

　　明逾笑了笑："卿基金，我在大迈时就看到了。"

　　"啧啧，"白西恩摇头，"我那妹妹真是心大，又让你跑去大迈看那些，又出这样的题为难你。"

　　明逾不想在白西恩面前表现出任何情绪，只友好地笑了笑，便借口离开。

　　两队人马分开，明逾看了看表，游戏已进行一小时，下面还有四五关要闯，干脆建议大家分成两组去找图腾，找到了发消息给队友，黄达开和王祁提出跟着明逾，剩下的一位男士便说保护雪莉去另一方向找。

　　很快明逾这组在海滩上找到了木头图腾，仔细看了看，竟是一个播放器，上面有七个按钮，七个频道，按钮上方有一行字——

　　　　Q基金于？年前成立

雪莉歪着头:"是四还是五啊?"她想不出那个年份了。

"四,按四。"股东发话了,他记得自然清楚些。

明逾心里早有答案,刚才一直沉默,等大家回答。

"对,是四,"王祁点头,"那我按了?"

一指下去,图腾说话了:"在岛上寻找大迈的'出租车'。"

一时大家都蒙了,这题却难不到明逾。

"我们去找一辆摩托车吧!"她轻快地建议。

雪莉跟在明逾身边:"Ming小姐,你好聪明,我觉得你什么都知道的样子。"

"没有啊,正好前段时间去了趟大迈,看到了而已。"明逾笑道。

"你居然也跑过去了!"雪莉不由得放大分贝,像是听到了一桩不幸的事,"好危险的地方,你们个个儿都跑过去。"

明逾愣了愣。

"啊,不好意思Ming小姐,我只是担心你们……当初Lynn为了青卿跑到那里设立基金会,爷爷就很不开心。那里很危险哦,听西恩说,还牵涉很多恐怖组织之类的事情……爷爷很疼Lynn的,连西恩也吃味①呢,可白家所有的孩子里,Lynn最像他们的祖母,所以爷爷疼她。"

雪莉打开了话闸便自有一套逻辑,明逾的脑子跟着她转了几个弯,这才转到了最后一个信息点来。

"所以白老先生是因为Lynn最像你们的祖母而偏爱她?"

"我们理解的是这样,祖母很早就过世了,爷爷跟她的感情很深,孤孤单单地过了这些年。"

等游戏玩到了最后一关,距离离岛的时间还差四十分钟。

最后的钥匙竟是艾希丽那队率先拿到,明逾回想,可能在海滩遇到的时候,他们就已经找到了图腾。但无论如何,陈西林那队没有获

---

① 吃醋,嫉妒。

胜还挺意外。

"你怎么慢了?"明逾小声问陈西林。

陈西林只耸耸肩:"是他们太快。"

钥匙打开一只柜子,里面是大迈的难民女孩娜哈亲手做的卡片和相册,相册记录了女孩在Q基金的帮助下,从不幸的少年经历中走出来,一步步自立自强的故事。娜哈十四岁时跟着母亲从西索逃过边境线,混乱中与母亲走散,不幸遭受强暴,得了性病。后来她被收纳进难民营,Q基金给她提供食物与住所,供她接受治疗以及进基础教育班去学习文化知识。如今的娜哈在难民医院做一名护士,挣工钱养活自己,同时也帮助更多的难民摆脱困境。

故事讲完大家纷纷鼓掌,卡片和相册做成的纪念册给艾希丽小组的四人每人赠送了一套,作为大家资助或者帮衬Q基金的回馈。对于企业或个人来说,做慈善一方面可以提升公众形象,这是比较世俗的回馈;另一方面这种个人化的回馈会比较珍贵,值得收藏。

游戏本身设置了两个半小时的时间,还剩半小时安排大家欣赏一组当地的歌舞表演,这个节目作为惊喜事先没有通知,也是调节时间的一个项目,万一游戏时间因为什么原因延长了,歌舞可以默默取消。

大家坐在凉棚里,中午十二点多,岛上气温飙到了30摄氏度,明逾坐在陈西林身边,边补搽防晒霜边悄声道:"今天有个问题一直卡在我脑袋里,说来真滑稽。"

"什么问题?"

"西海岸可以看到海上日出吗?"

陈西林的面孔突然静了下来,眼中蒙上一层雾。

明逾抹防晒霜的手停了下来,有些犹豫:"怎么了?"

陈西林偏过头去在包里找着,找出一支防晒霜。"日出日落,保护好不被晒伤要紧,"陈西林说着竟笑了笑,转过头来看明逾的眼睛,"能看到,我带你去看。"

明逾不觉挑了眉:"行动力这么强?"

陈西林勾起唇角笑，她低头给助理发消息："晚上把'妮可'调到41号码头的停机坪，今晚我要去一趟'人鱼岛'，请申请好航线。"

"妮可"是她的直升机。

Above

The fates

第四篇章

废墟与和平

## 47. 俯视

　　下午的时间过得很快，游艇穿梭于亦真亦幻的岛屿间，带着客人领略平常见不到的风景，美酒、美食也常伴美人指间。陈西林只喝了杯混合酒便收手，十分节制。

　　"你怎么了？怕在客人面前喝多了丢脸？"明逾拿酒杯轻轻碰了下陈西林的冰咖啡杯子。

　　"晚上我要带你飞，不能再喝了。"

　　明逾一抬眸，似笑非笑地看着她，有点吃不准她是故意逗自己还是怎样。

　　"哎，我发现这句流行语特别应景。"陈西林一歪头，也要跟她笑起来。

　　"应什么景……"明逾小声嘀咕，她觉得自己和陈西林现在根本不在一个频道上，这个夹生香蕉人。

　　"看日出的地方叫'人鱼岛'，直升机过去要四十五分钟。"

　　"又……要出动重型武器？"明逾有些意外，原本以为陈西林要带她去附近哪个沙滩凑凑合合靠着这季节的太阳高度角看一场水岸边缘的日出。

　　"不然呢？你要的是在日落的地方看'海上日出'啊，这么具有挑战性的要求，自然要出动重型装备。"

　　明逾觉得陈西林玩得比当年的伊万还野，这念头刚冒出来又甩甩头，这时想到伊万，有点难过，也有点自责。

　　"怎么了？"陈西林问。

明逾的眼眸柔软起来，她以为自己不会再为这些平凡琐事感动，可当遇到了那个人，她就还是那个明逾。

游艇派对结束，王祁和C城的客人第二天要乘飞机离开，陈西林与大家道别，余下的时间由大家自行支配。

陈西林带明逾去停机坪，天还没黑，她想尽量在日光里飞行。

"累不累？不然改天吧。"明逾心疼她。

"你不累就没事，"陈西林转头朝她笑，"改天你来了还是会有其他安排的，所以想到就去玩吧。"

"说起来，你去C城我都没安排什么特别的活动。"

陈西林停下脚步："其实对于我来说，你带我回家就是最特别的安排……"

傍晚的海岸边气温降下来了，微风从明逾的腿上绕到陈西林的腿上。"我明白啦，"明逾轻声应着，唇角温柔地漾开，"你冷不冷？"

"走吧，"陈西林挽起她，"前面就到了。"

这是明逾第一次乘直升机，她看着白色的机身："她看着很秀气。"

"这一架叫'妮可'。"陈西林笑着说道。

"你还有别的吗？"

"妮可嫁给了本杰明，本杰明是宝蓝色的。"两人坐进前排，四周都是玻璃，像坐进一架缆车。

"所以怎么判断性别？"

"妮可特别敏感，你在驾驶杆上稍稍一个触碰她就会做出反应，"陈西林指着腿间的驾驶杆，"体型也比本杰明小。"

"好吧。"明逾转了转眼睛。

"这没有小飞机舒适，上下没那么稳，噪声也比较大，得委屈你一下了。"陈西林摸起耳机套，"把这个戴上，一会儿只能靠它说话了。"

"我没事，"明逾也戴上耳机，"你学了多久？"

"当年……"陈西林想了想，"用六周拿了执照。我当初主要是需要这么一个通勤代步工具，开车太堵。"陈西林开始检查仪表盘和头顶的指示开关。

"我也想学了，难不难？"明逾好奇地四处看。

"对于你来说肯定不难，不过会比开车复杂些，开车只有平面维度，开飞机多出的纵深需要更多大脑和手脚的配合。"

明逾歪头看着她："不然你教教我。"

"拉起左手边这个起落杆，飞机就起来了，另外这个操作杆就像摩托车把手一样，可以加减速。左右脚上的踏板控制机尾的小螺旋桨，可以让飞机掉头、旋转。操作杆控制顶上的大螺旋桨，总的来说就是控制方向。"

"这么复杂……"

"动作的配合很重要，经常开的话就有手感，知道机器在想什么。比如说在空中本来是静止的，你想往前去，这时第一个动作是将操作杆往前移。可是这里就有一个纵深维度的问题了，你要让她往前飞，同时还要保持这个高度，原本的力只能保持她的高度，现在往前这个动作分了力，就要拧这个起落杆让她加速。可光加速还不行，头顶的螺旋桨打进风里的扇片总比另一边的扇片吃力，这样就会导致飞机倾斜，就要用脚踏板控制尾部螺旋桨稳住方向……所以在空中，光一个往前的动作就需要这几步的配合……"

"哦……我还是放弃吧，你会开就好！"明逾吐了吐舌头。

陈西林笑起来。"听着复杂，也是我讲得不好，回头找好的飞行教练教你，"她看了看明逾的保险带，"准备好了？"

"带我飞吧！"

起落杆拉起，陈西林唇角残留一抹笑容，螺旋桨由慢到快将节奏旋转起来……

"妮可"在海面上稳稳前进。

"岛上是有酒店吗？"明逾问，声音在捂得严严实实的耳机里，闷闷的。

"算是吧，我在岛上有家度假村，只接相熟的客人。"陈西林的声音从耳机传来。

明逾将这话消化了一下:"怎么开在那么远的岛上?"

"其实只是想给需要逃避一下俗世的朋友们提供一处场所。人鱼岛没有公共交通,只有私人飞机可以过去。冬天可以在房间里看雪海,可以冰钓,其他季节有更多的休闲方式,但在岛上开设这么一处场所,维护费用极高,我也没有对外开放,所以总的来说是亏钱的。"

"Lynn你知道吗,其实你所做的事情中,我没有看到一样是赚钱的,大概也只有白鲸的工作在挣钱,但我感觉挣钱也远不是你做那份工作的目的。"

陈西林笑了笑:"这么不好的事情让你看穿了。"

"我倒蛮欣赏的……"

明逾的声音小了,她确实欣赏,却又说得没有底气。和伊万分开后她就在拼命赚钱,这会儿说自己欣赏不挣钱的事,好像假得很。也许她是羡慕,若像陈西林一样生在这个大富大贵之家,她也懒得去挣钱。她又想到青家,想到生父,原本她也是有那样的机会的,可如果时间重置……她还是宁愿自己去挣钱。

"想什么呢?"

"想啊……想你不会挣钱,真愁人。"

陈西林开心地笑起来,明逾也笑起来。

陈西林乐了一会儿,笑容渐渐淡去:"今天相处下来,觉得王祁怎么样?"

明逾想了想:"他很聪明,思维不同于常人,不是一个挣工钱混日子的人。"

"嗯……"

"不过,有件事蛮有趣的。"

"什么?"

"你堂嫂雪莉和黄达开好像很熟……白西恩和雪莉常年住在香港吗?"

陈西林注视着前方渐渐清晰的岛屿:"嗯,白西恩和雪莉是在A国认识的,有了小孩后雪莉搬回了香港,白西恩也长期在那里活动。"

"难道是在香港时就认识?可是黄达开没提过啊。"

"为什么说他俩很熟?"

"雪莉叫黄达开'阿开'。黄达开这个人,在香港那个圈子里还是比较吃得开的,大家叫他'开哥',更熟的就叫'阿开'。你不觉得,照雪莉的身份应该称呼他'黄先生'吗?"

"这倒是。"

机舱里一阵沉默。

"Lynn……"

"嗯?"陈西林转头看了看明逾。

"上次我去东索,脑子里有了些奇怪的想法……"

"比如说?"

"当我看到那些难民,看到同一个太阳下不同命运的人,那些饥荒、病痛、流离失所,那些病态的苦难……你知道吗?我生长在一个和平的环境,那是我第一次如此近距离面对战争,第一次看到地球另一端的地狱……"

"妮可"在落日的余晖中俯视大地,俯视众生的灵魂。

"Lynn,我会打心眼里抵触战争,这是一种以往只在书上看到的情绪,在东索时我却真真切切地体会到了。"

"嗯。"

"所以……你现在要去竞标的项目,最终是为了战争……对吗?"

"逾,人类总是站在战争的废墟上道貌岸然地庆祝和平。我爷爷一九四三年离开海城前,他的家就成了租界,前半生的流离失所让他比任何人都有资格痛恨战争。

"之前的一个类似的项目就引起了一波汹涌的辩论,可战争不会因为无人机上没有精确目标定位就结束,不会因为士兵不能随身携带AI云计算的仪表就结束,它只会伤害到更多人的性命与财产。"

明逾看着色彩丰富的云层,沉默许久。

"Lynn,你对AI云最初的热情来自哪里?"

"这是一种让我感到兴奋的新技术,我要掌握它,要发展它。它让我忘却俗世一切的烦恼。"

"可现在你在做的,是让这项技术战争化。"

直升机来到了岛屿上空,陈西林边与地面联系边将"妮可"朝一个方向拉去。

"逾,这争执暂时不会有结果,我想我也不会放弃竞标。"

"妮可"缓缓降落在一座阶梯式建筑的顶层平台,这好像是岛上唯一的建筑。

## 48. 私有

太阳终于退到了海面最远处的边缘,橙黄与深蓝在那里组构成最为和谐的反差色。

等螺旋桨差不多停了,两人走下飞机,远处门边站着一个人,陈西林带明逾往那边走去。

"约翰,你好吗?好久不见了,"陈西林微笑着,"我给你介绍,这是 Ming 小姐。这是我在人鱼岛的老管家约翰。"

"Lynn 小姐,我很好,你呢?你看起来棒极了。Ming 小姐,欢迎来到人鱼岛。"约翰微微含起胸,与明逾握手。

三人进了电梯,这座建筑连大堂一共只有四层,约翰按下了第三层的按钮。

"我给你介绍一下,"陈西林对明逾说,"这里没有传统的餐厅、健身房或者养生馆,所有服务都在客房内进行,因为客流量非常小。其实我们只有两个套房,所以套房内所有陈设应有尽有,其实来这里也就是享受私人岛屿、私人别墅、私人服务。"

"听上去不错啊,是个放空或者约会的好去处。"

房门一打开,明逾这才理解陈西林为什么说"私人别墅"。一间套房足有 300 多平方米,风格简约精致。进门是挑高的客厅,一侧有旋转楼梯通往二层的卧房,客厅里有一方私人泳池,上面覆盖着透明地板,需要游泳时触动按钮,地板便打开。泳池边有一座壁炉,壁炉前的白色长沙发看上去十分舒适。更为迷人的是这里的风景,三面都是落地玻璃，直面大海。

明逾赤脚走在透明地板上，脚下是蓝莹莹的池水。

"喜欢吗？"陈西林问。

"好会享受。"明逾走到落地窗边，注视着刚刚经历日落洗礼的海水。

"明天早晨太阳会从那边升起。"陈西林指了指另一个方向。

约翰走了上来："请问Lynn小姐，Ming小姐，今晚需要些什么？"

"该晚餐了，你想吃什么？"陈西林问明逾。

"我吃点简单的食物就好，下午在游艇上吃得太丰盛，需要清理清理肠胃。"

"有一种菜肴叫'人鱼的眼泪'，只有这里有。"

明逾转过身："听起来好悲伤。"

"岛上有座天然的淡水泉眼，传说在风雨交加的夜晚会幻化作一尾人鱼，在泉水边唱歌，吸引海上的水手。人鱼不曾付出过真情，直到有一天爱上了一名水手，水手却天亮时无情离开。人鱼尝到了爱情的滋味，流下了平生第一滴眼泪，从此学会了哭泣。那以后泉水边长出一种植物，有着泪滴形的叶子，那是人鱼给水手下的诅咒，叶子美味可口，可吃下却要中毒……"

明逾看着陈西林的眼睛，有些拿不准她的意思："所以这是有毒的叶子，怎么吃？"

"叶子边缘长着一圈细嫩的刺，只有长着七根刺的叶子才能吃。"

明逾挑起眉，一时不知如何接话。

约翰笑了起来："两份沙拉？"

"两份沙拉，配些现烤的小面包，"陈西林想了想，"我是不是有一支木桐酒庄二〇〇〇年出产的酒在这里？"

"是的，Lynn小姐。"

"请一起拿来吧，谢谢。"

"木桐二〇〇〇年的酒你不如拿到别的场合喝？"约翰走了，明逾小声说。

"为什么？是不是嫌它太年轻？"

明逾笑着摇摇头:"我喝酒不挑剔。"

"这次来得太匆忙,我没有准备,很快会有一批精品窖藏出来,到时再请你喝。"

"Lynn,那两万元的酒不会给我带来两万元的愉悦感。它会带给你吗?"

晚餐很快就上来了,罗勒叶中果真掺杂着一种小巧、水滴形的叶子,四周摆了橘瓣、干果等调味,绿色蔬菜中间堆了些蟹肉和蟹黄,蟹黄与橘瓣的颜色相映成趣。

明逾拈起一片叶子,去数上面的刺。

陈西林笑了出来。

"噢,你编故事逗我是不是?"明逾放下菜叶。

"没有没有,"陈西林半趴在餐桌上,一眸笑意,"是这样的:野生的品种里 acid[①]太多,吃多了会有轻微中毒反应,我们重新培育了一下,保持口感和营养,大大减少 acid,就有了这道佳肴。另外这里用到的橘子、葡萄,都是自己种植的,蟹是海里捕捞的野生蟹。"

明逾送了两片"人鱼的眼泪"进口中,细细咀嚼。

"怎么样?"

"清甜,幽香。"

"是不是菜如其名?"陈西林托起醒酒器,给明逾和自己都斟了点。

空酒瓶约翰已放置一边,上面是酒庄买断的名画复制品,一套四瓶,供买家收藏。

"这次醒得充分,你再尝尝。"陈西林道。

明逾品了一小口:"二〇〇〇年,该是个好年份。"

陈西林也拈起杯啜了一口。

"这地方真舒适,如果能放个长假该多好。"明逾不禁感慨。

"等我把项目做好,竞标结果出来,就休长假,再带你过来。"

---

① 酸。

231

"嗯……"明逾歪着头,"那要等到什么时候?"

"几个月吧,不出意外八月应该出结果了。"

"哦……八月。"明逾掰了一小块面包,放入口中,眼神也放空了。

"是不是等太久了?还是你不方便?"

"没有,我是在想,我们认识多久了。"

"八个月了……吧。"

明逾转回神看她,笑了笑。

餐毕,除了半瓶未尽的红酒,其他都撤了下去,约翰问下面有什么要帮助的。

陈西林说:"打开泳池吧,好久没游泳了。"

"有泳衣吗?"明逾问。

这倒把陈西林问住了,以往没有旁人,她连泳衣都不穿。她想了想,说:"我应该有一套在这儿,新的没穿过,你可以穿的。"

明逾想,提起游泳的人是她,便摇了摇头:"我看你游好了。"

"没事,这个温水泳池很舒服的,你第一次来,给你吧。"

"真不用,我要是想游怎么都行,活人怎么也不会被泳衣难住。"明逾伸了个懒腰,"我先去洗个澡,不过……没有衣服换了……"

"哦,交给他们洗就行了,两小时就可以洗完烘干熨好。"

"好啊,那你先游泳。"明逾站起身,给了她一个俏皮的笑。

这种说走就走的旅程倒真是容易忽略很多细节,傍晚游艇派对结束后,明逾有过回酒店拿行李的打算,但一来时间上不太来得及,毕竟陈西林想在天黑前到;二来她看陈西林自己都没准备什么,觉得大概目的地什么都有吧。这会儿浴室的洗手台证明了她的猜想,温和不会致敏的全套护肤品,一次性内衣,样样周全。明逾展开柔软的素色浴袍裹在身上,穿过回廊,走下旋梯,蓝莹莹的池水上浮着一枚"静叶"。

陈西林在游仰泳,修长的手臂优雅地一左、一右划着水,腿上却不见什么浪花。明逾眯起眼睛看她,黑色比基尼简单得很,不会跟身体抢戏。

她倒了些酒拈在手中，走到泳池边坐下来，欣赏水中那枚静叶。

陈西林朝她游过来，到她身边，手臂搭在泳池边上，轻轻喘着，湿漉漉的头发贴在颈上。

明逾拿过浴巾递给她："累不累？"

"还可以，你想游吗？"

明逾弯起唇角，带笑的眼眸中有星光在闪烁："你去游吧，停下来怕你冷。"

"你呢？"

"品酒，看你。"

陈西林转过身潜入水中，一会儿又从水面浮出，往对面游去。

明逾饮尽了杯里的酒，酒杯在指间夹着，托着头看越来越远的陈西林。

她将杯子放在一边，站起身，浴袍从身上滑落。

明逾伸出一只脚，在池水中试了试，捏住鼻子，轻轻跃下。

陈西林在另一端等她。

她却并没有游到陈西林身边，在快要接近时消失在水面，等再浮出，已朝相反的另一头游去。

陈西林钻入水中，追逐而去。

"我有些事需要处理，"陈西林的尾音带着愧意，以致发不圆满，顿了一会儿，"需要三个月……"

"我不懂……"明逾瞥过眼神，"你还藏着别的事吗？"

明逾歪着头，竟像带着丝猜透别人心思的狡黠与喜悦，仿佛这事情与自己无关了。

陈西林看着她的眼睛，唇角漾了漾。

"三个月。"明逾想了想，笑起来，"未来的三个月世界将发生翻天覆地的变化，三个月，AI 云的招标要出结果；三个月，陈西林……"

她的眼眸突然蒙上一层雾，与其说不悦，不如说是不解，陈西林向来可以将事情说清楚，这次却说不清了。

朝阳却不为谁私有，它从明逾的床边升起，从陈西林的床边升起。有人轻轻叩门，明逾踩着厚软的地毯一路跑到门边，将陈西林拉到落地窗前。

　　"还好，没有错过看日出。"明逾说。

　　"怎么会？如果错过，我就驾'妮可'带你去追。"

## 49. 盟约

　　到了五月底，明逾便飞去了海城。

　　黄梅天要来了，这是明逾下飞机后的第一感受，头发快要卷起来了，直朝脸上黏。

　　耳机里和陈西林通着话："年纪到了没办法。"

　　那头说着什么，她边走边听，两边的人都比她着急离开。

　　"人家说三十岁是个坎儿，我三十岁时没什么感觉，今年倒像个坎儿，飞长途会觉得歇不过来。"

　　"那是因为你今年飞得太频繁，每一站行程都很短，别乱想。"陈西林道。

　　肯特依旧来接她，除了季节，海城似乎不曾变过。

　　到了酒店楼下，明逾将包装好的酒递给他。她买了支香槟，符合他婚礼这样喜庆的场合。品牌上，原本她想肯特可能最认可"黑桃A"，可选这一支送江若景仿佛太过流俗，Veuve Clicquot[①]倒是不错，可这个品牌的发展史充斥着寡妇的故事，总不太吉利，最后还是定了"路易王妃"，她选到了一支江若景出生年份的水晶款，幸运得很。

　　"她没你老板大方了。"肯特又说道。

　　江若景愣了愣："老板嘛，自然要更大方些。"

　　"我还想那个旅行套餐哦，不然我们转卖掉算了。"肯特两手一摊。

　　"为啥啊？"

---

① 凯歌香槟。

"拿她送的套餐去旅行,你不觉得别扭吗?"

"别扭什么?旅行就是旅行,不要想着她不就得了,没必要非得关联到一起呀。再说了,万一让她知道了,怀疑我……又何必呢?"

"噢……"肯特拿手捋了把头发,"你这么说也有道理,那就去吧。"

婚礼在海城最气派的酒店之一举行,明逾倒是了解了一些风俗习惯,进门就寻着登记台奉上红包。她在里面包了999元,起码寓意是好的。

登记完毕再看这婚礼场地,四处是粉色 peony[①]鲜花,peony 不知是芍药还是牡丹,说起来这花儿来自中国,可明逾以前在国内时倒没见着这样粉色的大团花朵,直到后来在 A 国陪同学去婚纱店租礼服,看到瓶子里插着几朵奶油蛋糕似的花朵,花形华丽却不臃肿,柔美却不媚俗,她惊讶于这样的花形却能开出如此仙气,问店里的人这是什么花,店员说是 peony。

她就想,将来自己结婚就要用这样的手捧花。后来和江若景关系好的时候,她说过这事,应该是说过,她记不完全了。

她被安排在江若景娘家人那桌,肯特跟明逾客套:"明总坐这里最合适了,在 A 国的几年,多亏了明总照顾我们小江。"

新娘子这时还没进场,这话是说给明逾以及江若景的娘家人听的。

"明总真算小江一个娘家人的。"他又补充。

江家人把这些话都认认真真听下去了,江母此时陪着新娘在来的路上,剩江父在一旁懊恼:"怎么之前不认识明总?早该去感谢明总那么照顾我们景儿的。"

"叔叔,您叫我明逾好了,我是晚辈。"

其他叔伯姑姨也都巴巴地看着明逾,笑得巴结又和煦。

江若景进场时明逾愣了愣,倒真有些认不出她,新娘妆大抵都是夸张的,发型、衣着又都是平时不曾见过的,一时整个人都变了。江若景的五官长得明丽,日常淡妆倒是很惹眼,浓妆就总有点画蛇添足

---

[①] 牡丹花的一种。

的感觉，不丑，但不像长得寡淡的女人，画得重些就也娇媚。

没穿过婚纱的人对婚纱的式样多不敏感，都是白花花的一条裙子。她的头梳得很好看，浓密柔顺的黑发在颈后绾成一个温婉的髻，面纱亦真亦幻的，很长，一路随后摆飘着，就真的很美。

明逾看着她一步步往台上走，心里涌上一种说不出缘由的感动，仿佛今天她真的成了一个娘家人，看着自己亲爱的小姑娘出嫁了，送她一程。

新娘和新郎登台演绎婚庆场面里最让司仪绞尽脑汁的片段，江母在明逾身边坐着，眼圈红了又红。

江家人被海城这花花世界衬得越发朴实，劝明逾吃劝明逾喝，好像也不知该怎么更好地招待她了。江若景八十多岁的奶奶也赶了来，这会儿拿她那独有的宠爱方式，往明逾的碟子里夹菜。

江母给她挡了回去。"妈！"她用青城话粗声粗气喊了一声，"在外面不能这样的，拿你筷子给人家夹菜，不卫生！这不是有公用勺儿吗？"

老人家耳朵不太好了，慢半拍似的笑着，不知道听没听到江母说了什么。明逾过意不去："阿姨，奶奶，没关系的……"

江父从台上走下来，刚结束一段预先排练了多遍的演讲。

司仪在台上说："今天本来邀请了新娘江若景小姐的老板，白鲸的陈西林总裁，但因为陈总人在国外，公务在身没有能够赶来，不过有幸邀请到了同是从国外赶来的FATES的明逾明总，大家可能不知道明总和江小姐的关系……"

明逾头皮一阵发麻，完全不知道正在发生什么，事先没有人跟她打过招呼。她去看江若景的眼睛，她在台上好像也有些惊诧，仿佛这一段也出乎了她的意料。

"江小姐在国外工作的五年中，有幸结识明总，明总亦师亦友，在工作、生活上给了江小姐无微不至的关怀，可以说，没有明总就没有今天的江小姐。现在江小姐的新婚夫婿正是FATES海城的总经理，这真是缘上加缘。用新郎的话说，明总就是二位的贵人，下面我们有请明总上台来说几句话！"

席上爆发出热情的掌声，大家都想一睹这职场女精英的风采。明逾看这事好像躲不开了，硬着头皮往台上走。

"哇！大家看，明总是不是才貌双全！"

司仪递给她一支麦克风，开口问道："明总，开口前我想问个问题，您今天的发言是作为娘家人还是婆家人的身份？是新娘的朋友，还是新郎的同事？"

明逾笑了笑："既然把我安排在娘家桌，自然第一身份是新娘的朋友。刚才主持人言重了，江小姐的进步与成绩全是她个人的努力与灵气所致，别人是帮不来的。'婚姻'在《圣经》里被定义为'盟约'，那我想今天就是娘家与婆家联盟，成为一家的好日子。在此，作为二位新人的朋友、同事，我祝愿新娘和新郎能够恩恩爱爱，白头偕老。"

"讲得太好了！"司仪毫不意外地夸张捧场，掌声依旧热烈，明逾道了谢，按照程序拥抱了新娘，又与新郎握手。

她是在婚礼后半段离开的，不想去经历尾声处那些私下里的祝福与道别。

同一时间，陈西林得到香港侦探的汇报：过去的半年里，没有证据显示黄达开与白西恩有过任何直接接触，唯一的联系是，白西恩的儿子卢卡斯和黄达开的儿子曾经在同一所私立学校上学。

## 50. 揭秘

又过一周，陈西林的国籍案就要出结果，她现在蓄势待发。白鲸海城的 AI 云团队群龙无首多日，远程指挥解决不了一些实际问题。

现在她还有一件想做的事，就是在海城再买一套房子，咨询了一圈，得知海城现在的限购政策很严格，纵使有钱也一时半会儿买不了。

她知道白家在海城乃至世界上很多城市都有房产，在海城应该不少，那是白亨利的故乡。晚上去陪白亨利吃饭，她有些犹豫，想问他要一套哪怕只有一室、两室的公寓来住，话到嘴边又犹豫起来，那公寓并不是自己名下所有,跟租又有什么区别?

"怎么了?在想什么?"白亨利问。

陈西林回过神来,拿酒杯碰了碰白亨利的:"爷爷,以后会打算回海城吗?"

白亨利愣了愣,摇摇头。"老爹这把老骨头,恐怕就死在这里罢了。"白亨利顿了顿,"你在海城,记得帮老爹去拜拜祖宗。"

"晓得了……"

二十世纪八十年代,白亨利曾回海城修葺祖墓,将他父母和祖父母的墓迁到了所谓的风水宝地。

"这几天多去看看你爸爸妈妈,"白亨利叹了口气,"说起来,老爹没有女儿,你又是白家孙辈中唯一长得像奶奶的女孩子。当初你要改姓,我就想,不如去随你奶奶姓,姓青,你偏要同你妈妈姓。到后面,还是和青家的人惹了那么些瓜葛。"

陈西林沉默着,大家都说爷爷偏爱自己是因为奶奶。她长得像年轻时的奶奶,身高也差不多,而爷爷对奶奶的痴情恐怕正是全家男人的楷模。早年的恩爱不说,后来在陈西林父母出那场车祸前一年,奶奶病故,那时爷爷六十来岁,正慢慢从白鲸幕前退出,别人觉得他需要个伴儿一同享受余生,可他从未动过这方面脑筋,一个人孤苦伶仃又活了这二十多年。

从白亨利的宅子走出来,房子的问题依旧存在,眼下等自己回了海城,总是要先在别墅里落脚的。

她给明逾发消息。

——忙不忙?可以通话吗?

明逾拨了语音进来:"吃完了吗?"

"嗯,现在驾车回家。"陈西林边说着边发动起车。

"怎么样?开心吗?"明逾关上办公室的门,瞬间安静下来。

"还好了,爷爷就还是老样子。"陈西林沿着长长的绿化带往大门驶去,"哎,你可以在海城购房吗?"

明逾顿了顿:"怎么问这个?不可以吧,好像有个缴税政策限制,我去海城也只是出差，没有劳动合同。"

"哦……还真麻烦，我也是被限购。"

"你又想在海城买房？"明逾微微凝眉。

"嗯……啊，有点想法吧……"大门缓缓打开，陈西林驶了出去，"我想问问你，酒店和租的房子，住进去的感受会有区别吗？"

明逾想了想："你在纠结什么？国籍的事有新消息了吗？"

"倒还没有，但应该也就这两周吧。"

再一周，陈西林的 A 国国籍便办成功了。

这样的话陈西林的律师便跟 FATES 海城合作，重新办理入驻中国的工作许可，过程也不会很长。说起来陈西林很快就会过来，且是长期驻派，明逾想到她前几天动了重新买房的心思，觉得她很傻气。

周六明逾帮陈西林约了那个做工的阿姨去宅子里除尘，这些年她是每周都去打扫一次的，如果碰到房子有什么问题还会帮忙联系修缮。主人回来前会做得仔细些，床上用品和浴室用品都会换上新的。明逾这天正好没事，就也过去看一看，顺便买了一盆白兰花送过去。有次陈西林提到小时候住在海城时，一到夏天，街上很多卖白兰花的婆婆，她很怀念那花的香气。明逾也怀念，平城也有很多卖白兰花的婆婆，对于离乡背井的人来说，这些好像都是属于童年的回忆了。

宅子里的一切还和记忆中的一样。阿姨在给冰箱做消毒，明逾说帮帮她，被婉拒了，她便拎着花儿去二楼玻璃露台，给白兰寻了个好位置，又给洒水壶蓄满水。明逾坐在椅子上，看着露台外的风景，微暖的风从打开的窗吹进来。时间过得真快，上次来这个地方时她们还是仅有两三面之缘的熟人，那时露台上还开着暖气，现在呢？陈西林成了自己的好朋友，初夏也到来了。

宅子里的电话响起来，明逾侧耳听着，阿姨接了起来，她便继续放空思绪，不一会儿传来阿姨的脚步声。

"明小姐，是区街道办，他们想和户主讲电话……"

明逾站起身："有说什么事吗？"边问边往屋里走去。

"不晓得呢，我没问……"

明逾接起电话："喂"了一声。

"请问是青卿女士吗？"

明逾愣了愣，一时不知如何回答，好像自己听错了一般，便又"喂"了一声，声音却比刚才低了。

"喂？请问是溯南路66号的户主青卿女士吗？"

"我不是，您是哪位？"

"这里是区街道办的，请问您是青卿女士的朋友吗？"

明逾脑中好像短路了一般，半晌："我是她朋友。"

"请问您贵姓？"

"我姓明……请问是什么事呢？"

"是这样的，明小姐，我们区街道办受建设局委托，请区里的居民填写一份调查问卷，关于在溯南路路口设立地铁站的……"

"卿卿……姓什么？您……真是街道办人员吗？"

对方顿了一下："'青草'的'青'，单名一个'卿'，'爱卿'的'卿'。您放心，这不是骚扰电话，您可以登录我们的网页查看。"

明逾的脑中乱了起来，像被病毒入侵的计算机系统。对方又在说着什么，她本能地应付，却也不记得自己都说了什么。

电话也不知是什么时候挂掉的，她却还伫立在话机旁，阿姨端着一只盆来到了楼梯口，看了看她，小心翼翼开口："什么事啊？"

明逾抬起头，眼中空落落的："没事……没事……"又勉强挤出个笑来。

她往楼下走，边走边想，走到一楼楼梯口，看到了那张照片。她站在那里，看着照片上的人，不觉往后退了一步，再没刚才进门时的理直气壮了。

重又走上楼，阿姨在洗手间打扫，明逾走过去："有这三个月的电费单吗？水费单也可以。街道办的人要。"

阿姨愣了愣："哦，有的，都放在了陈小姐卧室的抽屉里，我去给你拿。"说着要放下手里的活儿。

"不用了，我自己去找吧。"明逾已转身往陈西林卧室走。

之前她没来过，推开门，厚重的帷幔，华丽的顶灯，偌大的床上顶着米色的床幔……"她偏爱民国的风物。"耳边传来陈西林这句话，明逾被这厚重的氛围压着，仿佛不敢向前了，又仿佛压着她的不是卧室里的氛围，而是自己想要看到的东西。

她还是硬着头皮往前走，走到桌前，缓缓拉开抽屉。

里面是一沓沓的纸，她将它们取出，物业费单、电费单……她屏起气，细细看去。

青卿……青卿……青卿……

她想起第一次来到这所宅子的那个冬雨之夜，她问陈西林："租的还是自己的？"

她答："不是租的。"

是啊，她只说不是租的，自己却将答案理解为，是她自己的。再一细想，陈西林的许多话可不就是这样？她以为房子是陈西林的，便说以为她没在国内生活过。陈西林却说小时候在海城生活过，绕开了这栋房子与是否在海城生活过的关联。

她说"你喜欢民国风格"，陈西林说"家里有人喜欢"。

她问"照片上的人是不是你的家人"，陈西林只回答一个"对"字。

她问"这是不是你的长辈"，陈西林便只笑着摇摇头。

……

对啊，有些话她不想说，但只要她说出来的，就都是真的。可不是真的吗？可是，她姓"青"？明逾想起雪莉对她的称呼，原来她说的是"青卿"，自己偏偏听成"卿卿"。

这世上有很多人姓"青"吗，为什么都聚到了自己周围？

明逾不解地想。

单据下面还有一沓纸，是背面朝上放的，明逾将它们翻过来，那是手绘的素描，纸张却微微泛黄。第一张，上面有一张似笑非笑的脸，那张脸似曾相识，旁边用铅笔写了一个字——

卿

第二张，还是那张脸，眼眸低垂，还是那个字——

卿

第三张、第四张、第五张……不同的表情，同一张脸，同一个"卿"字；最后的两张却是新纸，颜色还没有泛黄。明逾的手轻轻颤抖着，她好像明白了，那张脸不再是似曾相识了，那是她熟悉的一张脸，挺拔清秀的鼻，微挑的眉，再看一旁的字——

卿

不对，一旁还有一个名字——

Ming

还剩一张了，她像等待宣判似的揭开。
那分明是自己的脸，自己的表情，旁边一排淡淡的字迹——

Who R U？分不清了……

## 51. 丑剧

一片混沌的大脑中有什么东西挣扎尖叫着要往外蹦，眼底是一道波光潋滟的水面，水面下的黑影跃跃欲试，眼看就要破水而出。
白西恩那张晒成麦色的公子哥儿的脸，唇角挑着戏谑的笑，她以为他的话不过是挑拨，现在想来谁又知道是不是暗示？他说看见自己第一眼就觉得像青卿；雪莉睁着一双漂亮的杏眼，说她们动态像，神情像，身材像……

她怎么就没多想想呢？毕竟在与陈西林共同认识的人中，他俩是肯定认识青卿的。她居然没把他俩的话放在心上——"青卿""青卿""像""神态像""动态像""身材像"……

她的脑中突然浮现出老色鬼的一张脸，在 Wendy's 简陋的桌椅上，他眼泪哗哗地说："你长得真好……个头这么高，随我们青家的人。"

青……青……这世上会有多少人姓青？会有多少姓青的人生活在 A 国西海岸？

天色暗了下来，刚才露台上那方晴好的天早已变色，六月的海城，雷雨说要来便就不会客气，一道闪电划破灰墨色的天穹。

阿姨的拖鞋声在什么地方琐碎地响着，伴随着几声嘀咕和感慨，明逾是听不进去了，拿起手机疯狂地搜索：青卿，Qing Qing，Q Foundation+Qing Qing，S 城 +Qing Qing，L 城 +Qing Qing，青卿 +A 国青家……

她用她能想到的各种组合去搜索她，甚至再加上她记忆中的父亲和祖父的名字……这样的时代，想不在互联网上留下任何痕迹，太难了——著名的柯迪拉大学医学院有她的 bio[①]，顶级的医学院毕业生，后期主攻脑神经方向，在柯迪拉兼职任教，也驻院做脑部手术；二〇〇二年到二〇〇六年，每年都去非洲做医疗支援，最常去的地方就是东索；有一篇报道撰写了几位做支援的医生，青卿的篇幅里用两句话提到了她的家庭背景：来自一个显赫的家族，祖父是青××，可以在一些历史典籍中找到他的名字。

雨倾泻下来，敲在玻璃露台上有着慌乱的节奏，刚才的那扇窗忘了关，刚刚安置下的那盆白兰被骤风刮倒，从桌台滚到地上，碎裂声被雨声淹没。那是明逾熟悉的一个名字，就是她生身祖父的名字。

下面她不知道该怎么想了，再去搜，再去找，却找不出青卿父母的姓名，对她身世的探索就这么断了。不知不觉她已经对着手机疯狂搜寻了两小时，阿姨做完事，准备离开了。

---

[①] 个人简介。

"明小姐啊，可惜了……"她手里拿塑料袋兜着那棵残破的白兰，盆摔碎了，根茎上的泥土也剥落了，这还可以修复，但先前缀着的几个花骨朵却都掉了。

明逾讷讷地看着她手中残破的花。

"我再找个盆栽进去吧。"阿姨说。

明逾摇摇头："扔了吧。"半晌又说，"不会再开花了。"

唯一的钥匙在阿姨手上，这是青卿的宅子。明逾站起身："我先走了。"

"明小姐啊，等雨停了吧。"阿姨依旧拎着那只袋子，仿佛破的脏的都要往地上淌。

明逾踩着楼梯，魂魄也往底下坠。等雨停？无风无雨的天是给无忧无虑的人留的，她明逾不配。

雨不似刚才那样大，却也将她上半身浇湿，她回想当初跟陈西林提起自己身世时对方的反应，却想不起来。陈西林是不会有什么反应的，陈西林向来不着痕迹，明逾想。

一辆出租车在一旁按着喇叭，明逾惊醒了，开了门踏进车里。

"小姐啊，想什么这么入神？喊你几声都没听到。"司机油里油气的。

"去××酒店。"

司机从后视镜看她："这么大的雨，你碰到我真是幸运，你看，都淋湿了。"

明逾弯了下唇角算是笑过，唇角赶紧收了回来，她怕那像青卿。以前她不怕的，青卿的照片她都看过几张了，哪有那么像？可以前她是不信陌生的两个人会有多像的，现在不一样了，那是基因里的，基因里的东西你怎么跟它拗？陈西林和她相处了十二年，转脸便分不清两人了。

"分不清了……"

泪水来得有些迟。她突然就想到几个月前，在回家的那辆 Limo 里，陈西林一反常态，轻声对她说："我其实……找你好久。"

替代，原来我是青卿的替代。

这个素未谋面的青卿，跟自己有着亲密血缘关系的青卿，这个从头至尾像个幽灵一般存活在自己与陈西林之间的青卿，才是她在找的人。

陈西林那些没缘由的靠近、关怀，突然都有缘由了。

关了车门往大厅走，空调风打在潮湿的头发和上衣上，一个冷战——她是不是也不知道我与青家的关系？

我有跟她说过吗？

明逾想得皱起了眉，又摇了摇头。没说过，那个家族，说出名字就怕有人知道，再去背后查来查去。反正老色鬼死了，从此再没瓜葛，不提最干净。

自己是没说过，但不代表陈西林不知道，不过到了这一步，陈西林知不知道的区别在哪里？

她把自己泡在浴缸里，在水底想象死亡的味道，却在快达临界点时挣扎坐起。青卿在哪里？她突然疯了似的要弄清这个问题，青卿究竟在哪里？

雪莉说，陈西林早些年找了她很久，为什么会要找她？

明逾一直以为，那是一场普通的离别。可如今，看到陈西林依旧自由出入青卿的宅子，甚至把那里称作自己的家……她突然觉得雪莉的话没那么简单了，事情没那么简单了。

陈西林的电话一如既往，在夜幕中进来。以往这是明逾最为享受的时刻，陈西林总是在刚一睁眼时就打给她，声音慵懒极了。

"今天是不是下雨了？我看了天气预报。"陈西林懒懒问道。

"嗯。"

"那……都没出门活动吗？"

"没有，就去了趟你家。"

"去做小监工。"陈西林打趣。

明逾在心底冷笑起来：她底气十足地把那地方当家。

她知道如果拿这事问陈西林，陈西林会怎么回答，陈西林会坚持，说欣赏她是因为她是明逾，说自己只是刚开始时觉得她俩像，再往后，就只是因为她是明逾了。

这纯主观的、没有检验标准的事情,她不会去问了。

她甚至不想惊动陈西林,她要自己去搞清楚,而在她搞清楚前,她不要听任何的解释。

陈西林按下窗帘的按钮,眯着眼看那渐渐展开的清晨。

"天气不好会让人消沉,开心点。"她低声说着。

明逾在午夜被梦惊醒,不知道什么时候睡着的,窗帘都没拉上,外面是海城的不夜天。

她做了个梦,梦里有个医生对她说,可以帮她把"青"字去掉,她的血液,她的基因,她身上所有的"青"都去掉,问她愿不愿意。她迫不及待,让医生快做手术。她躺在一张台上,旁边有台类似抽换骨髓的机器,她看着一根粗粗的管子在机器旁蠕动着……

手术结束了,她站在镜子前,再也认不出自己了,镜子里的那个女人,又矮又丑,她一阵难过,却又突然开心起来,去问陈西林:"你说你在意的是明逾,你看,没有了'青',这是我。"

她从陈西林的眼中看到了惊悚、鄙夷、嫌弃……

她惊醒了。

醒来的瞬间往往是一个女人最为脆弱的时候,也是最为无畏的时候,那一瞬间的渴望最为真实。那个瞬间,会想去联系冷战的友人,会想给许久不见的亲友打电话,会在社交平台发一则洗漱完就要删的心情。

那个瞬间,明逾想给陈西林打电话,问问她如果自己不像青卿她会怎么样,问问她青卿去哪里了。

理智很快就会占据这个瞬间,冷战的友人继续冷战,亲友大抵还是在平凡地度日,心情大多时候没发出去,明逾也没有打电话给陈西林。

她翻着手机电话簿,在一个名字上下徘徊,那个名字是青晖——她同父异母的哥哥。她与青晖、青家的联系在生父死后戛然而止,就像世上本没有这么一场丑陋的缘分,是记忆背叛了她,杜撰出了这么一场人间丑剧。

青晖说给她的最后几句话便是对她的总结:"没见过比你更冷血、

更薄情寡义的人。"

她曾经不懂为什么这个人如此说她，原本是青家欠她的，可再想想，大概青家那一年年给舅舅的钱，让他们觉得填平了这歉疚，最后只剩下她做女儿的孝义了，她却偏偏不尽。

她从未主动找过青家任何人，这会儿却鬼使神差地将手指往通话键上戳。她用 A 国的手机打，有点指望青晖没有删除她的联系方式，省得她要自我介绍。告诉青晖她是谁大概是这世上最为尴尬的事情之一。

那边响了很久，就在明逾觉得快要接入语音留言时被接起了，那一声"喂"太过意味深长，又是中文，泄露了自己并未被对方删除这一信号。

"喂……"明逾也没有多说。

双方都在试探阶段。

"你怎么？什么事？"

平淡中透着冷漠。

"你还在 L 城吗？我有事想见你。"

"见我？当初爸病危，撑着口气等你，你关机不管，他老人家含恨去世，我当你这辈子没脸见青家人了。"

"那是我和他之间的恩怨，他走了就带走了。"

"说得轻巧，那你还找我干吗？你去找他吧。"

"我找你打听一个人，青家人。你放心，我不缺钱，也不找你办事，只问这么个人。"

"谁？你电话里说就行。"

"我……当面说吧，至于那个青家人，我也要见。"她在心里说，活要见人死要见尸。

电话那头沉默许久："我后天回 L 城。"

"那我就后天去找你。"

明逾放下电话，说实话青晖比她想象的好说话一些，原本以为第一通电话对方不会答应相见，可又想想，在有交集的那段时间，冷漠薄情的一直是自己，青晖对自己的恨，应该也就在于老色鬼临终时自己的决绝,也许他憋着这么多年的一口恶气没处撒,倒真想见到自己时当面撒出来。

明逾脑中盘旋着老色鬼当年给她介绍家人时的一番话,他拿出张照片,是青晖一家四口的合照:"这是你哥哥、嫂子、小侄子、小侄女。"

他急于让自己播种出的果实相互认亲。

明逾不想看,却又压不住好奇扫了一眼。

"你哥哥大你整整十五岁。我啊,二十六岁有了青晖,四十一岁有了你。"明逾记得那天她的生父喋喋不休地讲着,她在心里生出一种极端而变态的、愤怒和好奇交织的情绪。

这么说青晖现在也快五十岁了,不再年轻,大概比自己看得更透些吧,明逾想。

她去跟马克告假一周,马克为她近些时候频繁的突然告假而奇怪,追问她是否身体出了问题,他认识的明逾,恨不得连公休日都拿来工作。

"没有,是家里出了些事,需要处理。"

家里?马克也不了解她说的家指什么,据说她父母都去世了,也没结婚,他耸耸肩:"交接工作做好。"

"明白了,谢谢。"

陈西林是在明逾动身的第二天往海城飞的,头一天晚上找不到明逾,打电话关机,发消息没人回。第二天她的生物钟提醒她在五点钟醒来去找那个女人,看了看手机,寂静一片。

她有些慌了,打电话给肯特,被告知明逾刚休假了。

陈西林心里七上八下的,眼皮也跳了起来,恨不得乘火箭去海城。

## 52. 道歉

落地海城是当地时间下午三点,陈西林刚走出机舱就拨明逾的电话,很意外,拨通了。

她先稍稍舒了口气。

这是 L 城的周一夜晚零时，明逾是下午到的。她恨不得下了飞机就能见上青晖，拨通青晖电话，对方说今天有点事，约到了第二天见。

她开着手机，不光为和青晖联系，也打算跟陈西林说一声。

"总算打通了，你在哪里？还好吗？"陈西林急急地往出口走，好像很快就能见到她了。

"我没事，你别担心，不过这周我可能不和你联系了。"

陈西林愣住了，脚步也停了下来，在抢着出关的人流中静止下来。

"为什么？发生什么事了？"

"总之我没事，挂了。"

"我在海城，"陈西林一个抢白，"我现在海城了，我去见你。"

"我不在。"

陈西林停顿反应的一两秒里，明逾将电话挂了。

"叮"的一声，震得陈西林微微一颤，再拨过去，她关机了。

陈西林站在人流中，转过身往回看。陈西林想，不然再回去，又想，可谁知道她去了哪里？她只说不在。

青晖是第二天下午见明逾的，没有半点客套与迂回，直接把明逾约到了墓园。

明逾拿了地址，放到地图上一搜，这才知道是一处墓园。她明白了，要接触青家人，必须去生父的墓前，把先前没尽的义务尽了，说白了，得让青晖的那口气顺了。

她犹豫了一刻，自己这些年的坚持，或者说固执，固执地和青家划清界限，固执地为此不惜与舅舅一家断了往来，固执地被世人唾骂成薄情寡义的白眼狼……所有的这一切坚持与固执，今天就要被逼推翻，只因她想弄清青卿的来龙去脉。

值得吗？

她盯着屏幕上那个墓园的名字，The Fates Cemetery①，不由得牵起

---

① 命运之墓。

唇角，勾起一个冷笑，大约这就是命运的召唤，躲来躲去终是躲不过。

到了这一步，什么决定会让自己更后悔，前进还是后退？当年病床上那个弥留之际的老人召唤她，她到了机场，狠心拒绝了，拒绝的究竟是弥留之际的那个人还是自己？恐怕是自己，是与生父在他生命的尽头放过彼此的机会。母亲走得不释然，她想，自己在这件事上也就不配拥有释然，生父也不配。可那场拒绝带给她的顶多是从此以后与青家人的决裂，顶多是心中偶尔又偶尔冒出的一丝后悔，可如今呢？如今的后退会带来什么？是与陈西林之间解不开的结，或者是与自己解不开的结。

明逾活到三十几岁，较劲的对象恐怕一直是自己。这是她独有的"与世无争"。

她换上黑色衣服，开车往墓园驶去。

夜深了，陈西林着一身黑色的丝绸寝衣，站在青卿的照片前。
顶灯将黑缎照出柔滑低调的色泽，陈西林的眼中也似这黑绸缎一般，静谧的黑中泛着淡金的星光。
"不辞而别真的很容易吧？"她问。
"如果我哪里做得不好，你们可以告诉我的。"
"死刑犯还可以有辩护律师呢。"
她往前走两步，走到照片跟前，抬起手，将它摘下。
"对不起，你不能再在这儿了。"

墓园被打点成了一处让人赏心悦目的地方，若不想着地底下的主人们，这里称得上景色宜人。

青晖站在小停车场的门口，远远看见一辆黑色敞篷车往这边驶来，驾车的是个墨镜遮了大半张脸的亚裔女人。

明逾将车泊好，往青晖这儿走来，她的头发一丝不苟地在颈后束成马尾辫，露出干净的一张脸，干净的一身气质。

她在离青晖不远处停下脚步，看着他。青晖比想象中年轻，看上去也就三十八九岁，推的寸头，长着青家人的窄鹅蛋脸，架着副茶褐色的眼镜，眉间有道"川"字纹。明逾看他拿目光上下将自己一打量，目光落在自己空空的手上，"川"字纹更深了。

"你好。"她开口道。

对方点了点头："把你约到这儿，希望你不会介意。"

明逾摇摇头："走吧，他在哪儿？"

她跟在青晖后面往前走，青晖回头朝她看了看："你是在国内一直到上大学出来的是吧？"青晖继续往前走去。

"对。"

两人走进一道有些东方情调的拱门，里面是个小园子。

"这是青家的墓园。"青晖说这句时，眼中多了几分感慨。

再往前一段，青晖在一方朴素的黑色大理石碑前驻足，将手里的一束花敬了上去。

"爸，明逾来看你了。"

明逾下意识地往后退了半步，有做梦的感觉。自打那一年她在机场关了手机往回走，就没想过还能有一天站在这个人的墓前。

"你跟他说几句吧，我去那边看看。"青晖说着便走了。

明逾一个人戳着，这里比外面肃穆许多，让人无形中生出些伤感的调调来。

"我……没什么可说的，"她小声道，"其实我也没想过会来看你。反正那年，你去世的那天，我就知道我真的是个孤儿了。"

她的唇轻轻一哆嗦，闭紧了，再也无话。她的头低着，手指触到大腿上，膝盖上，就这么完成了一个鞠躬。

过了会儿，青晖折了回来，站在她身边。"爸其实很想听你叫他一声，不过不勉强，"他急着将下半句说出，生怕被反驳似的，"活着的时候都没听到，现在说什么意义也不大。

"我希望你原谅他了。"他又接着说道，"爸后面那些年过得不好，都在怪他，你那边怪，我们也怪，好好的突然说有这么一桩事，对我母亲打击很大。她老人家身体一直不好，对于我来说也是五味杂陈的，我打小把他当榜样，后面形象一下塌了。好在那会儿我也成家了，老大不小的人了，看事情不会那么狭隘，想想也能想通。"青晖想了想，又说，"其实对哪边都是伤害，但是我知道对你母亲更加不公平，这没什么异议。"

"算了，不在这儿说这些了。"明逾欲转身离开。

"你等等，这些话其实早些年爸在世的时候应该说透的，今天既然你来了，就都说了吧。"

明逾眯起眼睛看墓碑上的照片。

"其实爸后面那些年一直在努力赎罪，起码对你是这样，一直在想法子补偿你。"

"我知道。"

"你知道一部分吧，有些事我妈到现在都不知道。当年你舅舅联系上他，说要钱供你出来，那十好几年前，他五十万、一百万地给，都是他自己攒的私房钱，我妈都不知道。那些年他把他的老本儿都给你舅舅家了，当然了，后来我们也听说那些没有全用在你身上。其实我念大学那会儿爸都不太给我钱的，只够个最基本开销，想买点啥自己做活儿赚。他是真想宠你。"

"说来说去，就是用钱对吗？"

"这……你要这样说我也不能反驳，那会儿还能用啥？其他的得等你认了他再说，不是吗？"

明逾叹了口气："这些事到今天哪还能算清？我和舅舅家都不往来了。要说他们当年拿了……你们的钱，他们是拿了一些，但他们把我养大也不容易，再加上年年月月日日日受人指指戳戳的……无论如何，明家确实拿了青家的钱，你如果觉得不妥，我想我现在也有偿还的能力了。"

"你这是什么话？我跟你说这些，当着爸的面儿，是想你明白爸的不易，不希望你继续跟他过不去，跟你自个儿过不去！"

"我明白了。"

"那些钱是爸该给的，我们没意见。只是你最后的做法让我们寒心。"

明逾蹙起眉，该来的还是跑不掉。

"对不起……"她在墨镜后闭起眼睛。

明逾和青晖要出园子，刚走到拱门口，进来一个女子，高挑的身材，一条深蓝色的无袖短裙，颈上搭着条蓝白相间的丝巾，手中还抱着一束花。

明逾像被钉在了地上，愕然地看着她，双唇不禁分开，大概下一秒就要喊出来。

那不是青卿吗？

## 53. 资本

女子先是一愣，定睛朝青晖看了看，面部柔和下来。

"眉姐姐来了。"青晖点头微笑。

他喊她什么？

也就两秒工夫，明逾拿错愕与探究的眼神在两人间游走。

"来看看，你也来啦。"女子边说边看了眼明逾。

明逾从墨镜后使劲看她，她的眼、眉、鼻、口，她脸上的每条肌肉走向，她都在看，像是照片上那个青卿，又不太确定，毕竟，那些照片也有年头了。

青晖明显地犹豫了一下。对方有点疑问的意思，而他大概不知如何介绍自己，明逾想。

"那得来。我先走了，改天我们聚聚。"青晖体面告别，体面忽视掉明逾，对方如果够有涵养，也就不会开口问。

明逾是不舍就这么走的，又有些庆幸就这么走。她没想好如果这趟来能够直面青卿她该怎么办。她的心里早设定了别的可能，而且飞来的一路上，她愈加确定别的可能。

"她是谁？"走出园子，她便迫不及待地问青晖。

青晖的"川"字纹深了一层："她？大伯的女儿。"

"她叫青卿吗?"

青晖停了下来,一脸讶异:"你知道青卿?"

明逾点点头:"我看过她照片。"

青晖顿了许久:"电话里你说打听一个人,是青卿?"

"对。她是青卿吗?"

青晖显出不解的神情:"她是青眉,青卿的妹妹。"

明逾愣了愣:"所以青卿是大伯的女儿?"

青晖的不解随着额上的皱纹加深了:"为什么打听青卿?"

"先前……有个客户托我去一趟非洲,她在那边有个机构。我去看到一些照片和批注,说照片上的人是青卿。当时我想,'青'姓不常见,或许是跟你们这边有关系……在网上搜了一下,好像是亲戚。"

这是她想好的说辞,网络上看到青卿曾在非洲做支援,若说在哪个机构看到她的事迹也在情理之中。

"非洲哪里?什么机构?"青晖的语气好像有点急。

"东索,一个客户的基金会。"

"是最近的照片?"

明逾想了想:"都是有些年头的。"

青晖像是缓了过来,语气恢复了之前的沉着:"青卿以前经常跑非洲,她是医生,响应联合国号召去做慈善,给难民看病。"

这说法和网上的资料对上了,明逾"哦"了一声,一时没想出怎么继续。

"基金会……"青晖像是在自言自语,竟又冷笑一声,"不会是S城白家老二那女儿搞的什么基金会吧?"

明逾顿了顿:"客户不姓白。"

"姓陈?"

明逾犹豫起来,可以这么快被当事人一个亲戚联系到一起,莫非青家人已经知道青卿和陈西林的关系?"嗯。"她点点头,干脆闭口,看青晖下面怎么说。

他却笑了笑:"这趟来找我,是想帮客户打听青卿?"

"不是，我自己想打听。"

"你想打听？你还挺关心'这边'的事儿，"他的语气不咸不淡的，"你打听她做什么？"

明逾抬起脸："我是不会为客户、为商业利益来找你的。从小到大我没为这些世俗利益找过你们，现在也不会。"

青晖笑了笑："今儿不管是谁想打听，事实就一个：青卿失踪了五六年了，我们找不到她。还有，你最好离白家人远些，尤其那个改了'陈'姓的小姐，青卿跟她相识一场，现在落到这个下场，你比她命硬？"

失踪？这隐隐约约和明逾心里那个不成形的设想重合了，但她还是震惊不已。

离陈西林远些？为什么？陈西林给她带去了什么？

"青卿在哪儿失踪的？跟……陈小姐有什么关系？"

青晖绷着脸往停车场走："我们只知道她去海城散心，然后人就不见了。刚才这墓园里有一座墓是她儿子的。那年她儿子死了，她受打击太大，去海城散心，她先生本来不想让她去的，拦住她就好了，结果人也就找不着了。"

明逾像是陷在了地上，走不动了，浑身都是凌乱的问号。

青晖回头看了看她。

"青卿……是有家庭的？"

青晖站在离她五米远的地方，抱起手臂："你究竟为什么打听她？"

明逾转身看身后的墓园拱门，又转回来："她到底还活着吗？"

青晖锁着眉头，目光从明逾脸上转到她身后。明逾转过身，是青眉。她刚从拱门出来，看到小径上的二人，笑了笑："你们还没走呢？"

明逾将墨镜摘下，讷讷地看着她。

"这位小姐是？……"青眉看看她，又看看青晖。

青晖的笑里有丝尴尬："哦，眉姐姐，我忘了介绍，这是我爸的那个女儿，明逾。这是大伯家的眉姐姐。"

青眉犹豫了两秒，像是回忆起来了，将她这么一打量，微笑道："哦，原来是逾妹妹，这么标致。来扫墓吗？"

明逾点点头,又抬头:"眉姐,青……卿姐在哪里?"

青眉脸上掠过一道防卫的神色,青晖忙解释:"刚才不是看到您嘛,就给她讲了讲家里的人,讲到卿姐姐,这不您正好出来了。"

明逾低了头,也没打算再做解释。

青眉缓了缓:"小晖,姐姐的事以后不要随便给人说了。我先走了。"说完便往停车场走去。

青晖将火气压了,抛下一句"你这是干什么"便也往停车场走去。

与青晖的见面就这么不欢而散,明逾抱着膝坐在酒店的床头。自从在陈西林的宅子,不,青卿的宅子里看到那些、听到那些,她几乎没吃过东西。

在所有关于青卿的事情上,她觉得自己总像隔着缭绕烟气在看,好不容易看到七分就将她熏得生不如死,还有三分就总也不让她看清。

明逾突然笑了出来,觉得陈西林真不够义气,当初自己毫无隐瞒,陈西林竟不露声色。

她将下巴搁在手臂上,看着眼前的虚无。

青卿失踪了,在海城失踪了,失踪前儿子死了。明逾想到那座民国风情的洋楼,浑身一哆嗦,以前只觉得它神秘,现在却蒙上了一层鬼魅的色彩。可是陈西林为什么要去大迈设基金会?为什么会去大迈找青卿?她不该在海城好好找青卿吗?

陈西林踏进宅子,电话响了起来,阿姨接了,说了两句便来找她。

"陈小姐,是区街道办,上次就打过电话来了,说找户主。"

陈西林过去接起电话,对方问是不是"青卿"。

陈西林将听筒换了一边耳朵,坐了下来:"我是她朋友,请问什么事?"

"哦,明小姐是吗?"

## 54. 戒心

陈西林握着听筒，脑中过电一般"吱吱"响，再下个瞬间，各种碎片开始拼接，下意识或是故意地，她"嗯"了一声。

"哦，明小姐，打扰一下，上次我们跟你说的民意调查，请提醒青卿女士或其家人下载提交，这对于我们这一片区的各方各面都很重要。如果不熟悉如何下载调查表，我们街道办有打印件提供……"

"请问是哪方面的调查问卷？我一下想不起来了，不好意思。"

"关于设立地铁口的。"

"哦……我知道了。"

陈西林与对方客气两句，挂了电话，欠身坐在圆桌上想这事情。

阿姨"踢踏踢踏"走下楼来："陈小姐，今天晚餐在家吃吗？"

陈西林抬头："阿姨，上次明小姐来的时候，是不是接了街道办一个电话？"

"哦……"阿姨努力回想，"对，就是刚才找您的那个单位，他们每次打来都找什么……青。"

陈西林抓起垂到脸侧的头发拢到脑后，心乱如麻，想了想："明小姐那天说什么了没有？"

阿姨又仔细想："哦，她要这几个月水电单。我想她是您朋友，帮您办事，就跟她说在抽屉里，她去看了……单子……没什么问题吧？"

陈西林站起身："水电单？在哪里？"

"您卧室抽屉里。"

陈西林往二楼走，走进卧室，打开抽屉，那里躺着一摞纸，拿起来一张张翻看，每张单据上都写着"户主：青卿"。

她倒吸一口凉气，手腕垂下，一沓纸散落在桌上。这事怎么解释？怎么解释自己还住在青卿的房子里？再一低头，那沓散开的纸里，最后几张却不是单据，抓起一看，是她画的铅笔素描，前面很多张是许久前画的，是青卿，再往后，有两张近期的……

她看着那两张画儿，脑中同时回想着……那是二月来海城的那一趟，夜晚失眠时随手画的。那时的自己有点迷茫，那个叫明逾的女人让自己惊奇地发现她的神态，她某些举手投足的样子，竟有些像卿……

　　这发现又让陈西林往后退……那趟来海城她没有带有绘图软件的设备，就随手拿了纸画在上面……再看一旁自己写的字……陈西林忍不住骂出了声，这还怎么说得清？这还让她怎么去说？

　　肇事的纸张被她重重扔在桌上，不过是撒气，气的是自己。陈西林走到露台上，心里七分乱三分痛，心揪了起来。

　　阿姨在玻璃门内瞥着她，不敢再上前，定是自己做错了，阿姨想，大概不该让外人看那缴费单。这是阿姨能想出的最大的麻烦。

　　陈西林眼角流出泪来，却还倔强地看街角的风景，街角有一棵枝繁叶茂的梧桐，陈西林眼中却是泳池那头落落大方地站着的明逾。

　　她该怎样解释这一切？


　　明逾一早从酒店房间接到一个女人的电话，说是青晖的妻子，她的嫂子。

　　女人说晚上一直打不通她的手机，明逾说没电关机了，女人说没关系，约她出去吃个便饭。

　　明逾大概能想象出哥嫂间的一场戏码：嫂子说好不容易她主动来求和了，也去爸墓前道歉了，怎么不接到家里来，冰释前嫌？哥哥说今天在墓园气过他了，还不知来找他是做什么的，要叫她吃饭你自己叫。嫂子折个中，约到外面吃这顿饭，可进可退。

　　明逾觉得自己猜了个七七八八，便谢过电话里的女人，敲定了晚餐。


　　陈西林一直到登上飞机，都打不通明逾的手机。海城到 L 城这条航线，她很久没飞过了。中午在露台上，她想明逾去 L 城一定是去找卿，可怎么找？如果我是明逾，她想……既然她知道了青卿的全名，未必在互联网上搜不到她。

晚餐定在全城最好的中餐馆VIP包房里，大概觉得西餐的吃法太过冷淡，往中餐馆的圆桌上一坐，先有了两分情。哥嫂将女儿带来了，说儿子在东部读书，这次赶不回来，下次再聚。女孩子十六七岁了，当年老色鬼拿出的那张照片上，她还是个婴孩模样。

不知不觉被光阴抛出这么远，明逾不由得感慨，当年的自己竟也比她大不了两岁。

"这是Angie，安吉，这是姑姑。"嫂子给两人介绍，讲话完全没有北方口音。

乍得了这称谓，明逾脸上有点挂不住，毕竟自己从未开口叫过哥嫂，一时竟有些紧张，不知是该伸手去握还是怎样，对方却无所谓得很。

"Hi, auntie."[①]她没有拿中文叫姑姑，大概也是有些尴尬，脸上却平静得很，这么叫完一声便垂着眼睫看面前的菜单。

"Hi..."明逾也这么糊弄过去，心里却有些揪着，她和当年的自己倒有几分像。

"安吉是'竹升'，规矩差了些，你不要和她一般见识。"嫂子笑着。"竹升"两个字她用广东话说，意指在国外出生长大的中国人。

"没有，是我这个做长辈的坏了规矩，连见面礼都没有准备。"

明逾听见"规矩"一词才想起这一茬来，先前并没有心思想这些，也没料到这一趟来就能有这么个和乐融融的场面。

"不是啦，我们忘了跟你说要带安吉来呢。"嫂子给她解围。

安吉抬头朝明逾笑了笑，像是表示原谅，又低下头看菜单。

"安吉？这是中文名吗？"明逾问。

嫂子有点不好意思："是啊，也不是什么深奥的名字，Angie，安吉，就这么叫了。"

青晖给大家斟上茶。

"蛮好的。"明逾说。

第一代、二代移民的中文名果然就开始马虎了，青安吉，陈西林，

---

[①] 你好，姑姑。

明逾想，都随英文名起，实在是没有什么场合会用上中文名。陈西林小时候倒在海城生活了几年……明逾一走神，又拐到了陈西林身上。

青晖绷着脸，应该还在为头天的事耿耿于怀。

"妹妹这趟来 L 城要玩几天吗，还是有什么工作计划？"嫂子又问道。

青晖皱了皱眉头，不知是哪个词戳到了他。

明逾听她喊自己"妹妹"，也不太习惯，跟安吉一样垂下眼睑，捧起茶杯："打算明天回 C 城了。"

青晖抬头看她，想说什么，又没开口。

服务生进来写菜牌，老式的中餐酒楼少不了龙虾大蟹的套餐，商量着挑了一个完事。

"Angie 要考大学了吧？对什么专业感兴趣？"明逾问，她对这个侄女倒有些好感。

安吉晃了晃手里的一大杯冰水，满满的冰块在里面"咯吱咯吱"响起来："Artificial Intelligence."①

明逾的心倏地跳漏一拍，稳了稳："不错啊，蛮有前途。"

安吉耸了耸肩。大嫂揽过安吉，亲昵地在她头上亲了一下，带着些许母亲对女儿的骄傲。

"你们……这些年都在这里吗？以后有什么打算？"

"就在这儿扎根了，老一辈儿葬在这里，孩子们也在这里，我们没别的选择。"青晖终于开口了，呷了口茶，又想了想，"我们青家跟白家就不是一条道儿的，昨儿我没跟你说开，白老头他家就是生意人。生意人，你懂吧？"

明逾想了想，青晖和青家人大概挺自命清高，做生意不如白家，却瞧不上人家。

她倒不喜欢这副态度了："青家呢？"她问，看青晖能说出什么花来。

---

① 人工智能。

青晖被她一噎，连喝了两口水："敢情你不知道青家啊？"

"跟妹妹好好说话。"嫂子打圆场。

"青家出国来，不也做生意来了？"明逾说得轻，却清晰得很。

安吉挑了眉笑起来。

"青家是有更深层顾虑的，父亲在二十世纪八十年代出国发展，也是经过爷爷那一辈儿的慎重考虑决定的。青家也算淡泊名利，在这里远离纷争，过好自己日子就是了。"

明逾想了想："那大伯家呢？"

青晖愣了一愣："他家来得比较早，比我们早十来年。"

L城一座山庄的一栋别墅前，陈西林停下车，按响了门铃。

青眉从屏幕上看到她，又不太确定，仔细辨认着。

陈西林抬起手，朝那个方形的按钮又落了下去。

青眉顿了顿，接通音频，缓缓的声音传出来："你怎么来了？"

"姐姐，打扰了，我想打听一个人。"

"你不要叫我姐姐。"

陈西林顿了顿："你永远是姐姐，就像卿永远是我的家人。"

## 55. 追随

门开了，青眉披着长披肩出现在门口，陈西林愣了愣，看来她没打算让自己进去。

青眉跨出半步，门在身后虚掩着："又找谁？"

"姐姐，你还好吗？"

青眉拿和青卿一样的那双眼眸将陈西林看着。第一次见时她十八岁，十八岁的陈西林轻潇别致，难得的是，她并没有因年纪的增长与世事的磨砺而变浑沌，成了一个清风般徐徐的女人。她笑了笑，不打算回答这个问题："说吧，你找谁？"

陈西林有些难过，这个长相酷似青卿的、大自己十来岁的姐姐还是不愿原谅自己。

"卿的搭档，K博士，姐姐知道怎么联系他吗？"

青眉顿了顿："找他做什么？"

"拿回一件寄存在他那里的东西。"

"既然有东西寄存在他那里，怎么会没有联系方式？"

"因为原本的计划是，卿与他联络。"

青眉叹了口气："那你的东西可放得有年头了。"

"嗯。"

"我怎么知道，你去找她的搭档，不会做什么给我们惹麻烦的事。"

陈西林惨淡地笑了笑，想了一想："姐姐可以与我一起去。"

青眉将披肩裹了裹："你等一等吧。"

她走进门去，门在她身后轻轻合上，陈西林低着头，她的身影在门前晚灯的光晕里落寞得很。一会儿，青眉走出来，将手中一张便笺递给她。

"谢谢。"陈西林将它一折，攥在手里，"那我走了，姐姐保重。"

青眉只微微一笑，笑意很快便消散了。

陈西林刚要转身，又顿了顿，拿出手机："姐姐如果看到她，请告诉我。"她将明逾的照片点出来，掉转屏幕，递到青眉眼前。青眉看着她的脸，又垂眸去看手机屏幕，眉头一拧，诧异之色从眸间划过。

陈西林心中一动："她来找过你？"青眉依旧锁着眉，迷茫地去看陈西林。

"姐姐，她找过你？"

青眉眉头一松："她没找过我。"

陈西林看着她，无奈地抿了抿唇："你确定，她没找过你？"

"我确定。"

"……好，如果她找你，请告诉她我在L城，在找她。"

青眉看着陈西林的眼睛，又低头看明逾的照片，再抬头看她。

陈西林疲惫地笑了笑，收回手机，丢进口袋里："谢谢姐姐，不打扰了。"说完往后退一步，转身向车子走去。她寄一丝希望，希望青眉会叫住她,告诉她明逾在哪里。她落下车窗,发动起车子,青眉转身,门关上了。

青眉靠着门,想着这整件事情,半响,走向电话机。

明逾和青晖一家三口从酒楼下来,青晖的手机响了,他看了一眼来电显示,接通:"喂?眉姐姐?"

电话那头说了句什么,青晖顿了顿,边说着边往一旁走去。

留下明逾和安吉、安吉的妈妈,三个人站在一处,尴尬地笑着。

青晖走到一边:"姐,你说,什么事?"

"我问你,咱们逾妹妹和陈西林有什么瓜葛?和我姐姐又有什么瓜葛?"

青晖愣了愣:"怎么了?"

"陈西林刚才找过我,她在找明逾。小晖,她们究竟是什么关系?"

"她——"青晖拖长了尾音,"她跟陈西林有工作上的来往吧,好像姓陈的是她客户。"

酒楼旁停车道上,明逾拢了把头发:"我去那边买个东西。"她指了指街对面的便利店。

"Auntie,我也去。"安吉跨了一大步跟上去。

明逾扭头朝她笑了笑,一时还没想好怎么和晚辈相处。

在收银员身后的橱窗里,明逾挑了一样东西:"你要什么吗?"她问安吉。

安吉也没客气,拉开冰柜门抓了瓶饮料,明逾一起刷了卡。

"谢谢 auntie。"

"不客气。"明逾笑了笑。

两人走到门口,安吉拧开瓶盖:"你在找 auntie 卿吗?"

明逾愣了愣:"你怎么知道?"

安吉仰头喝了口水,耸耸肩。"爸爸妈妈说话我都听见了,"她将水吞下,"他们都说了几年了,你要听吗?"

明逾看了看街对面,青晖还在讲电话,安吉妈在低头看手机。

安吉说："auntie 卿失踪了很久，据说与西蒙哥的死有关。"她站在那里，踮了踮脚尖，"哦，西蒙哥是 auntie 卿的儿子，他是那种苍白、脆弱的男孩子，一直有一些心理问题。"

"为什么？"

"为什么有心理问题，还是为什么会死？"

"都。"

安吉竟牵了牵唇角，脸上有了一抹逾越了年龄的无奈笑容，一瞬也就消失了。"我不清楚他是怎么了，也不知道他为什么自杀，"她又踮了踮脚尖，"但 auntie 卿一定是知道的。"

明逾在想这一切都给青卿和陈西林带去过什么。

"据说后来有人在东索看见过 auntie 卿。"

明逾问："你怎么会来告诉我这些？"

"昨晚隐约听到妈妈和爸爸说，应该是 Lynn 让你来打听 auntie 卿。"

明逾抬眸看她："你认识 Lynn？"

安吉又耸了耸肩："认识吧。She's cool.[①]"她用英文说。

"可你告诉我的这些 Lynn 不知道吗？"

"我不知道她知道多少。但如果是她让你打听，总没有恶意，我知道的就这些。"

"怎么这么相信 Lynn？"

安吉缓缓地笑了笑，看着自己脚尖，表情纯真无邪："她是 auntie 卿的好友至交。"

"你知道这么多？"

"你肯定也知道啊，我看得出来。"

"你还看出什么了？"

"不确定，不过 auntie 这一晚上都不开心。"

明逾惨淡一笑："小小年纪，这么尖锐。"

街对面安吉妈从手机上抬起了头，好像突然想起去问所有人都去

---

① 她很酷。

哪儿了。

青晖开始收尾对话，笑容里有安抚的意思："应该只是巧合，眉姐姐不要多想了，明逾不可能知道卿姐的事。"边说边往安吉妈这边走来。

安吉妈终于看到了街对面便利店前的女儿和新认的小姑子，朝她俩挥了挥手，示意她们过来。

明逾看了眼对面："我们走吧。"

陈西林从一栋工业化设计的联排楼房走出来，手中是一块火柴盒般大小的芯片，拿塑料盒装着，她放进了包里。这里是K博士的家。

下一站？她走进车里，落下车窗，点燃一支烟。

起码，从青眉的反应看，明逾找过了她，可她为什么肯定地说没找过，撒这么个理直气壮的谎？相信青眉不至于。刚才K博士肯定地说没见过明逾。

等等，一个说明逾没找过她，一个说没见过明逾……区别是？

一阵恶心从胃里、从脑波深处涌出，陈西林打开车门，含着胸呕起来。这几天几万公里的奔波、劳神，大概已透支了她的体力与心力。"年纪到了没办法。"她一边呕，一边竟想起那天电话里明逾这句娇憨的自嘲，眼中涌上泪，再一眨都要掉出来。

青眉应该是见过明逾的，尽管可能见到的只是照片之类的影像。陈西林想，或许是偶遇？可青眉为什么不说？

陈西林坐在车里，想着这一切。最起码，明逾是来过这里的，那么她还在L城吗？自己是以最快速度过来的，只比她晚一天而已。一天，她不至于就走了吧？

陈西林发动起车子，往山庄开。她知道明逾订酒店的风格，也大概知道明逾是哪些酒店品牌的会员，碰碰运气吧。

她在硕大的石雕装饰墙前停下，将车钥匙交给门童。大厅中央的壁炉前坐着三三两两的人，陈西林扫了一眼，往桌台走去，漂亮的女侍应在华灯下朝她笑："您好，请问怎么帮到您？"

陈西林微微一笑："我赶来与朋友相聚，行程匆忙没有订房间，套间还有吗?"她拿出卡包。

前台不着痕迹地扫了一眼:"没问题,我帮您查一下。"

很快,她订下了带有大阳台的套间,谢过对方,又拿出手机拨打明逾的,不出意外,关机。

"也许我朋友的手机出了问题,从下午开始我就联系不到她。"陈西林稳稳地笑,"能帮我联系一下吗?她叫 Ming Yu。"

前台稍稍犹豫了一下:"请问怎么拼?"

陈西林报给她。

她知道,若不露面,若不订下象征身份的房间,前台只会礼貌地拒绝她,没有商量余地,保护客人隐私是最起码的。

"嗯,请稍等,我给您的朋友打个电话,如果她在房间,是说您在大堂等她吗?"

陈西林笑了笑:"是的,谢谢。"当然,她是不会告诉自己明逾房号的。

漂亮前台手握电话的姿势像给陈西林的人生带来了莫大的希望,仿佛电话里一声声的"嘟——"直穿大脑。

"对不起,Yu 女士,这里是酒店前台,打扰一下。"当然,她以为 Yu 是明逾的姓。

脑中一根紧绷的弦倏地弹开,愉悦感向四肢发散。

"这里有一位 Lynn Si Chin 女士,在大堂等您。"

陈西林看着她的脸:被培训得无懈可击,看不出真实情绪。

"她就在前台这里。"

陈西林伸出手,向前台微笑着,电话鬼使神差地转到她手上。

"是我。"

## 56. 无明

电话里半晌没有声音,这样的时刻人类的听觉神经最敏感,陈西林从听筒里捕捉对方的呼吸、心跳。

"你……疯了。"这是明逾能说出的话。

"对,我疯了。"

电话里又沉默了一阵:"我下来。"便挂了。

陈西林将听筒呈给前台,同时呈上微笑:"谢谢,你帮了我大忙。"

前台说完无懈可击的客气话,看她转身慢慢往电梯口走,忽然希望 Ms. Chin 不要走进电梯,还有些好奇 Ms. Yu 会怎样,想去看看她们见面的场景。真是个漂亮而气场强大的亚裔女人,她想。

陈西林没有让她失望,果然在离电梯口不远处的拐角处停了下来,手中拉着的小皮箱在脚边立着,专心地看着前方的一排电梯门。

一会儿工夫,她的等待像是得到了救赎,唇角有了一抹意味深长的笑意,却没说话,开始往这边转身体。随着她的视线,另一个高挑的亚裔女人出现在拐角处,女人的头发在颈后束起,露出干净的脸庞和额头,她往壁炉休息区的方向看了看,站定了,将侧脸对着前台的方向,垂下眼睫,像在做一个艰难的决定,又抬起眸,说了句什么。

明逾语气却冷冷的:"你跟我上来吧。"

陈西林弯了下唇角表示答应,跟着她进了电梯。明逾按下一个按钮,外面又匆匆走进来一个人,两人便沉默着往上升。

出了电梯,她们又沉默着走在过道上,脚下的地毯将一切杂音吸收了。

明逾往里走去,这是简单的一个大房间,没有客厅,她走到了窗边,再没退路。

她看着窗外安静的街道:"你怎么知道我在 L 城?怎么知道我在这里?"

"我从合作伙伴那里意外得知你来了 L 城。至于酒店,只是猜测,如果这里找不到你,就一家一家找。"

"何必?"

"我知道你误会了一些事情……"

"误会?"明逾转过脸来看着她,"我也希望是误会,可我都看见了还怎么误会?"

"你我都到了这年龄，还不明白眼见不一定为实吗？"陈西林叹了口气，"逾，海城的宅子，户主是青卿，但是是我买的。这几年我也极少去海城，年初派遣过去，我也就在那里住着了，你出现之前，我没去想户主是谁，就觉得那是一个家。"

明逾眼中神色瞬息万变，最后还是化作一团冷漠，转过脸去看窗外。

"第一次邀你回家时，对你有些信任，但没有想得太明白。所以那时她的照片悬在客厅，我也没有觉得是问题。宅子是她装修出来的，照片也是她布置的，我没有过问。"

明逾抱着手臂，喉间轻轻滑动，修长的颈上微微一漾。

"起初的几年我四处找她，不惜一切代价地找她，后来我放下了，那宅子留在那儿，她如果能回来，也就是一个故人回来了，无论如何，我是盼她好的。"

明逾微微一笑："是啊，你们今生的牵绊恐怕再也解不开了，除非你失忆。"

"逾，你没有过这样的人吗？"

"敌不过你们的时间。"

"有时候我在想，时间的长短也不会决定太多。"陈西林顿了顿，"你见过青家人了吗？"

明逾错愕地扭过头看她。

"果然是，希望他们没有为难你。"陈西林将她的错愕做了另一番解读。

明逾的心突然陷入一场兵荒马乱，以前她觉得身世是她想要抹去的污点，现在，现在她居然会怕，怕陈西林知道她与青卿是堂姊妹的关系。

"你还知道什么？"明逾的语气尖锐起来，"你无所不能，查我的行踪，查我的背景，那曾经以为的巧合如今变成有理有据的必然了对吗？"

陈西林被这突如其来的爆发冲撞，也顾不上细想这话里的前后逻辑关联，只想着安抚她，想着这情绪必是为了那些画儿。

"逾，当你有疑惑，给我一些信任，来问我，好吗？你只身一人飞跃万里来找她家人，他们不喜欢我，自然也就不会对你友善，想想这些我是真的愧疚。"

明逾愣了愣，忽然意识到陈西林并不知道自己和青家的关系，不知道该庆幸还是失望。如果陈西林知道青卿和自己亲密的血缘关系，也许她刚才那段话就要改写，由此，自己让她想起的也并不是缘分，而只是青卿。

有多在意就有多怕，有多怕就有多自卑。患得患失只是因为在乎，缘分只在凡尘里存在，它浑身写满欲，无欲则刚，欲而无明。她没有勇气告诉陈西林，告诉她自己和青家、和青卿的关系，也没有勇气瞒着她继续下去。

她恨这捉弄人的命运。

"Lynn，我们不要再见了。

"我发现自己没有能力处理这么复杂的往事，我们不要再见了。"

"哪里复杂？"陈西林右侧太阳穴处尖锐地疼痛起来。

"青卿是怎么回事？她的儿子是怎么死的？你有打算过说给我听吗？"

强烈的恶心泛上心头，陈西林垂下头，半长的发遮住了侧脸，也遮住了紧锁的眉头。她弯下身子，颓废地坐在床上，半晌道："青眉告诉你的，对吗？"

明逾站在她面前。

"明逾，不要这样对我，好吗？"

明逾慢慢弯下腰，抓住她的发尾，她的手攥了起来，攥着它们往下扯，陈西林仰起脸，后颈也弯下去，她有些吃力了，眼中的不解快要透出惊惧。

## 57. 沉船

明逾不知道自己的手抓住了陈西林的脚踝，不知道自己用尽了全身力气把她从沙发上扯下来。

陈西林眼中再顾不上不解,只剩惊惧,这一拉一拖太突然,她的身体失了衡,差点惊叫出声,忍无可忍:"明逾!!"

这一声愤怒到了极点,明逾竟收了动作,手和怒气都悬在空气中,颓丧感渐渐袭来。肩膀塌了,手臂塌了,明逾讷讷地看着陈西林,看到她左耳的耳垂渗出血珠来,而自己送她的耳钉,已从那只耳朵脱落到不知什么地方了。

明逾从未见过陈西林发这么大的火。

陈西林整理好自己:"我欠你一个和盘托出对吗?好,今天就都讲给你听,但愿能医好你的心病。"

明逾将眼神撇开。陈西林站起身,坐到一旁的椅子上,看着茫茫然倚靠在床脚的明逾。

"我认识她时,她的儿子已九岁。青、白两家本有些渊源,我的祖母姓青。"

明逾恍然抬起脸,眼中写满错愕。

陈西林将这错愕理解为对于她与青卿关系的反应,继续她的"和盘托出":"我和你说过,我与青卿是在一场家族的酒会上认识的,我祖母的父亲和青卿祖父的父亲是兄弟,也就是说,我的祖母和青卿的祖父是堂兄妹,我祖母的父亲于一九一三年从内地去了香港,祖母二十世纪三十年代出生在香港。虽然有这么一层亲缘,但青、白两家许多年来道不同不相为谋。我十八岁那年,两家关系早轻松许多,几代之前的事情也已与我们无关,那场酒会是青、白两家经历了几代人后第一次相聚。"

明逾在讶异中醒不过来,陈西林的祖母和青卿的祖父是堂兄妹,也就是说……陈西林的祖母和自己的祖父是堂兄妹……

她的唇一哆嗦,一句"我姓青啊"堵在喉间。

"青卿在认识我之前没有想过会发生那么多的意外。"

明逾的手指插在头发里,很是颓然:"我不懂,你为什么受这么多年的委屈,还毫无怨言!"

"为她的儿子。"

"什么意思?"

陈西林的脸上呈现了痛苦的神色,声音小而喑哑起来:"她的儿子喜欢上了我。"

"什么?"明逾惊得一下坐直。

"我不知道为什么会发生那样的事……我和青卿相识的那些年,确实和她的家庭不可避免地有一些接触,但我一直没有在意那个孩子……直到他快满十八岁时,有一天青卿发现她的儿子喜欢我……请原谅,细节我就不多说了。"

明逾像是没有回过神,一张脸上已没了血色。

陈西林的脑中回放着那年那日青卿的那场慌乱,起初自己不信她说的,直到她说出在西蒙的房间发现些偷拍的照片和写给自己的那些信……

这是谁都不曾料到的事情,两人冷静下来商议,让陈西林先避开一段时间,青卿决定送西蒙去欧洲一个学期,希望少男冲动的情感很快消失,并在新的环境遇到新的人……

然而他们低估了少男的感情,西蒙出国两个月,思念心切,想回来看陈西林,又怕父母不允许,便一个人悄悄买了机票回来……

"当我们想办法把他安排到新的环境后,有一天他回了L城和我摊牌,我拒绝了他……

"那之后她的儿子患上了严重的心理疾病,自闭、自虐……学业暂时搁置,而青卿,在那之后她生命的意义仿佛就是给西蒙治病。"

陈西林站起身,耳垂上的血凝固了。她还不知道那里的伤口。她走到窗边,背朝着明逾,刚才的那场混乱给无袖的白色上衣在肩膀处撕开了一个豁口。

"就这样又拖了两年,那孩子看起来稳定了些,但生活很乱,什么样的人都交往,青卿管不住他……后来他染上了艾滋,我们都不知道,他谁都没告诉。那午夏末,我带青卿去海城散心,她已经很久没有走出那个家了……我记得那天海城下着很大的雨……"

"就像今年二月的那场雨。"明逾的声音空空的。

"是啊，就像今年二月的那场雨，我都不知道，海城的二月也能下那么大的雨。"

明逾牵了牵唇角："那天你也是这么说的。"

"那天她突然接到电话说西蒙自杀了，当时我在外面，不知道发生了这些，等我回家去，她不在家里，因为行李都没收拾带走，我就以为她有事出门了。等到傍晚，人不回来，电话也打不通……总之，后来等我知道这一切，她已经处理完西蒙的葬礼，失踪了。"

"失踪了……"

"是啊，快六年了。"

明逾消化不了这一切，半晌道："青家人都知道多少？"

陈西林转回身，眼睛红了一圈，坐在刚才的椅子上。"她和青眉的关系很好，青眉知道得七七八八，至于其他人，或多或少应该会有些嘀咕。"陈西林看着明逾，她已从刚才的慌乱中解脱出来，平静得像"泰坦尼克"号触冰前的海，"关于青卿的失踪，你还有什么想问的？"

明逾微微启了唇，顿了顿："为什么用她的名字在大迈建基金会？"

陈西林无声地叹了口气："青卿是脑神经医学方面的专家，是个医生，对公益慈善事业也很热心，早些年联合国召集一个医疗小组去非洲义诊，她报名参加了。她去过东索很多次，而我所掌握的她最后的行踪，就是东索，在那之后，就再也没有她的消息了。"

窗外的天黑透了，脚灯的光晕微弱，门铃突然响起，两人皆是一惊。

"您好，酒店管家，请问需要铺夜床吗？"

明逾抹了一下眼角的泪："不用了，谢谢。"

"抱歉打扰，晚安。"

陈西林站起身来："现在，我大概还剩一件事情没有交代。"

明逾也试图从地上爬起，整条腿都麻了，她这才发觉，撑着床沿，微微拧起眉来。"不要说了，"她站了起来，将散乱的头发理好，"不要说了，我……不想听了。"

陈西林笑了笑。"听完吧，明逾，我再也不信你的那些'不用说'了，就当我欠你的，日后你想起来也不再有心结，"顿了顿，她又补充,"在海城时我就决定都告诉你的,和你今天的态度无关。"

她走到门边,打开灯,明亮的光照得人无处藏匿,她又走到窗边,将窗帘合上。

"对了,西蒙被我拒绝后,青卿那两年也常感慨,说她进入更年期了。"陈西林说到这里竟"呵呵"一笑,"后来我会想,她的出走,也许还包含着这部分原因,她想在彻底衰老前消失,是不是挺傻?"

她将皮箱打开:"现在我就告诉你,最后一件事。"

## 58. 死地

明逾竟不敢再朝她看了。明逾一直将自己的一切遭遇——出生、情变、疾病——大事化小,轻巧巧地说给陈西林听,因为不想让她承受。可明逾一直认为自己可以承受住对方的一切,也应该去分享、分担、承受,如今却有些吃不消了。

那是一个蓬勃生命的堕落与消亡,那是一个挚友至亲以消失的方式去懊悔与否定这段长达十二年的交情。她是如何熬过来的?

所以她以前不愿自己去承受与分担,对吗?

明逾高估了自己的承受力。

再往下,再往下陈西林却不允许她叫停了,她困在了这个房间里,困在了陈西林的往事里,困在了自己索求的牢笼里。

"明逾,看着我。"

明逾有丝慌乱地转回头,陈西林的脸上有镇定与自若,有哀痛的过去与凄绝的未来,那神情竟是美的,就像电影里那乌沉的船身倒插入海面后缓慢下沉的从容优雅,像死神指挥的一支交响乐,不疾不徐。

明逾的视线转到她的手中:手术刀、镊子、酒精……

"你……干什么?"

"给你解释最后一个秘密。"

"明天再听可以吗?我累了,你也是。"

"明天?不了,今日事今日毕。"陈西林将手中的物品放在梳妆台上，自己在一旁的凳子上坐下，"稍稍有一点血腥，不过别怕，一个'门诊小手术'而已。"

明逾想不出她要做什么，但本能地害怕。

陈西林不等她多想，两根手指摸到自己右侧锁骨下方，明逾的世界滞在浓稠得化不开的雾中，动弹不得，本能地用双手盖住大半张脸。

药水倒在上面，手术刀消毒，在上面轻轻一划，镊子夹出一个什么东西，陈西林将它丢在准备好的纱布上，止血，拿缝合胶带利索地将伤口贴好……

"好了。"陈西林又套上上衣，"是不是很快？"她竟笑了笑，"你看这个。"

她拿镊子夹起纱布上那个微小的东西，明逾慢慢放下手，眯起眼睛看她手里的镊子头，那上面夹着一只黄蜂尾针那么大的东西。

"它在我的身体里七年了，"陈西林道，"这是一枚植入式微芯片。"

明逾只晓得怔怔地将她看着，答不出、问不出。这超越了她原先所有的想象，但她知道，陈西林会将这个故事讲完。

"我所能记得的故事的开端就是十几年前，青卿带我去大迈，前面说过，她在那边做过几年的志愿医生，而我当时年轻得很，不过是去旅游观光。我们在那边的集市上看到当地人在卖战士的识别牌，军队内部将之戏称为'狗牌'，而这些'狗牌'的主人，多半已阵亡。回来后我想，为什么不设计一种植入式'狗牌'记载这些信息？这样就永远不会丢失。我又继续想，为什么不增加卫星定位？为什么不增加扫码功能？为什么……而我的专业与青卿的一碰撞，很可能撞出一个宇宙大爆炸似的效果。"

陈西林站起身，走到冰箱边，拉开门："可以招待我一瓶水吗？"她转脸朝明逾笑，那笑气定神闲，像极了去年九月FATES那场酒会上，她接过明逾递过的那瓶水时的样子。

明逾看着她，却没了当时当场的游刃有余。

陈西林径自抽出一瓶："你要吗？"

明逾摇摇头。陈西林关上冰箱，回到梳妆台前的凳子上。明逾看着她仰头饮水，就像当初的模样。

"当时，包括现在，人体植入式芯片都走在技术的前沿，其实这个概念并不新颖，伟大的脑袋们总是能想到一块儿，但它总在发展到某个节点时就无法向前了。比如说迄今为止这种芯片还只能是无源芯片，比较被动，无法自主向接收器发射信息，如果想做成有源芯片，一来暂时无法解决能量续航问题，二来无法压缩体积……总之……我无意在今晚给你做一个关于芯片的技术性讲座。总之，有些问题我和青卿想去解决。

"而我的野心很大，我和青卿一直在研究芯片与人体、与大脑的结合，这才是一次真正的革命。"

明逾不知什么时候坐在了床沿，感觉像是在听一部科幻片。

"青卿早在八年前就有一些想法，比如说通过芯片连接人脑和身体各处的神经，甚至用芯片模拟人脑对神经做出指令，我们叫它'硅脑'。这个想法如果成真，将攻克医学上的很多难题，例如给帕金森患者植入'硅脑'控制其神经与肌肉，再想得深一些，利用'硅脑'治疗脑瘫，治疗失忆，抹去记忆……是不是越想越神奇？"

"这样就可以帮助她的儿子。"明逾抬起头。

陈西林闭了一下眼睛，缓缓睁开，嘴角的笑意渐浓："有时我会为你的灵性暗自吃惊。她想帮助西蒙，抹掉他的记忆，治愈他……这是项目启动半年后我才渐渐想到的，你却像在第一时间看透了青卿一样，你都不认识她。"

明逾的心又是一沉，精彩的"科幻故事"让她分了一会儿神，现在却将她拉回现实，承认自己与青卿思维的偶发一致，那是基因的杰作吗？她几乎要甩头否认。

"无论如何，我和她在制造'宇宙大爆炸'的路上，如果成功，我和她都会将各自的领域带入一个新纪元。可我们要攻克的第一个问题就是无源芯片的'源'。后来我设计出了一个携带式'收发装置'，可以利用太阳能续航，并与植入体内的这枚微小芯片互动。你能猜出它是什么吗？"陈西林说到这里，竟神秘地笑了。

明逾看着她的脸，摇了摇头。

陈西林摸了摸自己的耳垂。她摸的右耳，尚不知晓左耳的耳钉已经不知去向。

"在你送我这副耳钉之前，那一副，我戴了七年。"

明逾张了张口，声音都消失了。

"对，就是那副耳钉，外形上是不是看不出什么异样？"她看着明逾，笑了笑，"我换上你送的那副耳钉时，就已经彻底放弃了这个实验。我和青卿在七年前各自将芯片移植进自己身体里，对，我们在用自己的身体做实验。而青卿和我各有一套系统与我们身体上的装置连接在一起，打开这个系统便可以追踪到我们的位置，身体器官如心、胃等的状态，我们的情绪，大脑电波的突变……"

"所以其实你从身体到情绪的状况，都有可能在她的监视下……所以你……"

"不，"陈西林摇摇头，"她走前将这系统给了她工作上一个非常密切的合伙人，那是一个复杂的加密芯片，我今天把它拿了回来。"

"那……"

"我和青卿曾有过一个约定，今年八月我生日那天，实验结束。如果不是她的退出，今年这个'宇宙大爆炸'应该已经成功了。"

"她呢？她有没有拆除身体里的东西？"

"前些年我时时盯着系统，可她那边一点反应都没有，起初我不甘心，后来我渐渐相信，她在离开前、在将系统芯片留给K博士前，就已经取出身体里的装置了。对不起，明逾，你有生气的理由，我的身体里有这么一件东西，我不想提前取出，更不想告诉你这些……也许是我太贪心……我总觉得也就几个月了……"

明逾垂下头，又轻轻摇了摇："不敢相信……"

"可是，明逾，当年的我、现在的我都这么拼，我曾一直用'理想'二字粉饰一切，我觉得我是个有理想的人，在她走后的那些年，这份'理想'更是支撑着我。我的注意力、我的精力、我的情感全都投注在研究、事业和理想上……听起来是不是恢宏极了？只有我自己知道，潜藏在恢宏理想背后的不愿见人的意识。"

明逾警惕起来，抬头："什么意识？"

"报复。"

"什么？报复青卿？"

"不，报复我的伯父一家，甚至报复白家。"

"为什么？"明逾拧起了眉。

"你从未问过我，为什么姓陈。"

明逾想了想："没错，但我一直觉得是为避嫌……"

"不，车祸过后，我改了姓。"

"你父母的车祸？"

"对。我相信，那场车祸是一场谋杀。我的爷爷白亨利曾经一度偏爱我的父亲，遭到白西恩父亲……我伯父的嫉恨。"

"你怎么知道那车祸？……"

"父亲清醒时对我说的，所以如果我和青卿的实验成功，能够治愈我的父母，也是一件再好不过的事。"

"可这与'报复'扯不上边啊。"

"八年前我和青卿正式研究我们的计划时，我就知道，一旦成功，伯父那一脉将在白鲸彻底失势。如今我要一手操控 AI 云项目，也有这样的打算。"

"好……可对白家的恨意……也是因为车祸吗？"

"我和爷爷说过父亲告诉我的事，可爷爷睁只眼闭只眼，让我觉得不公。"

明逾哑然，怔怔地望着陈西林。

夜深沉，消化着白日的一切喧嚣。

那沉默不知维持了多久。

陈西林抬眸，语气轻快起来，像是报告结束后、散会前的一刻轻松。"好啦，陈西林在你这儿彻彻底底地透明了，"她笑了笑，"你会怎样想我？"她歪着头想了一下，又说，"怎样想都不要告诉我了，把评价留给你自己吧，希望我在你生命中的昙花一现给你带去过欣喜与美好。"说着她站起身。

明逾的唇褪色到发白，仰着头，整个身体都绷了起来："我……我明白了，Lynn，对不起，我收回之前的那些……好吗？"

陈西林温柔地笑了笑："谢谢你，明逾，让我走吧，在你面前，我再也无法自处了。"

"不要！"明逾站起身，"不要走啊……"

陈西林站定："只有一个小小的请求，帮我保守我的秘密，好吗？"

明逾仔细去分辨她脸上的表情、她的声音，去找寻自打认识陈西林后就一直被她给予的安全与包容。可她忘了，忘了陈西林性子里所有那些温柔的坚持可以化作一把"双刃剑"，此时剑刃对着自己。

陈西林依旧温柔地笑着："Ming, take care."

"Lynn！"明逾追到门边，"我……"她下意识地手心朝上，那是一个古老的、印刻在人类基因里的祈求的姿势。

陈西林摇头，像在阻止一个顽童说出什么不规矩的话。她牵了下唇角，又重复道："Take care."

门合上了。明逾将身体托付给这扇合上的门，口中呢喃着那句未完的话："我真的后悔了啊……"

**纯属虚构　请勿代入**

图书在版编目（CIP）数据

万丈红尘之轻 / 四百八十寺著. -- 北京：国际文化出版公司, 2024.4
ISBN 978-7-5125-1577-2

Ⅰ.①万… Ⅱ.①四… Ⅲ.①长篇小说－中国－当代 Ⅳ.① I247.5

中国国家版本馆 CIP 数据核字 (2023) 第 133708 号

## 万丈红尘之轻

| 作　　者 | 四百八十寺 |
|---|---|
| 责任编辑 | 侯娟雅 |
| 责任校对 | 王泓浠 |
| 出版发行 | 国际文化出版公司 |
| 经　　销 | 全国新华书店 |
| 印　　刷 | 北京世纪恒宇印刷有限公司 |
| 开　　本 | 880 毫米 ×1230 毫米　　32 开<br>8.875 印张　　　　　　247 千字 |
| 版　　次 | 2024 年 4 月第 1 版<br>2024 年 4 月第 1 次印刷 |
| 书　　号 | ISBN 978-7-5125-1577-2 |
| 定　　价 | 52.80 元 |

国际文化出版公司
北京市朝阳区东土城路乙 9 号　　邮编：100013
总编室：（010）64270995　　传真：（010）64270995
销售热线：（010）64271187
传真：（010）64271187-800
E-mail：icpc@95777.sina.net